新潮文庫

死に急ぐ鯨たち・もぐら日記

安部公房著

新潮社版

11941

目次

死に急ぐ鯨たち

もぐら日記

約一億年前、
とつぜん恐竜が全滅した理由として、
大隕石の衝突説がある。
石狩川の流域は、
その隕石の落下場所の一つだったらしい。
この黒いガラス質の石は、
私の父が入植当時、
河原で拾ったものだという。
それまでは月の破片だと考えられていたようだ。
(カバー写真について)

写真——安部公房

死に急ぐ鯨たち・もぐら日記

死に急ぐ鯨たち

なぜ書くか……

この質問はたぶん倫理的なもので、論理的なものではないはずだ。論理的には質問自体が答えをふくんだ、メビウスの輪である。作家にとって創作は生の一形式であり、単なる選択された結果ではありえない。「なぜ」という問いが「生」の構造の一部であり、生きる理由に解答がありえないように、書く行為にも理由などあるはずがない。

しかし倫理的にはいささかノスタルジーを刺激する質問である。こういう質問が可能な（解答の当否は別にして）希望にあふれた時代があったことは否定できない。だが積載量過剰のトラックのような時代をくぐりぬけて、作者は失望し、かつ謙虚になった。死の舞踏でも、下手に踊るよりは上手に踊ったほうがせめてもの慰めである。

夢のなかで幻の越境者が夢を見る……

シャーマンは祖国を歌う

儀式・言語・国家、そしてDNA

ぼくが『第四間氷期』という小説を書いたのは、今から二十六、七年前のことでした。一種の未来小説で、よりよい未来を実現するためには現在をどう軌道修正すべきか、コンピューターを使って未来予測をする話です。完成した予測機はいちおう詳細な未来の予想モデルを描き出してくれました。しかし開発者である主人公はどうしてもその結末が気に入らない。その予想モデルによると、環境の異変をのがれて近未来の人間は、遺伝子組替えの技術を使ってエラをはやし、水棲(すいせい)人間に変ってしまっている。

この許しがたい未来から人間の運命を守るために、主人公はこの結果を世間に公表しようとする。ところが未来が干渉してくるのです。すでに水棲人間として誕生してしまった人間にとっては、水棲であることはべつに不幸でもなんでもない。むしろさまざまな利点さえある。過去の陸上人間の遺産を受け継ぎ、改良を加え、彼らなりの文化を築きあげて行くつもりらしい。未来に現在の価値基準を持ち込んではいけない、現在の単なる延長が望ましい未来だとは限らないのだ、と対話能力を持ったコンピューターに主人公はさとされるのですが、おいそれとは納得できません。いくら理屈ではそうかもしれないと思っても、心情的に拒否反応をおこしてしまう。あげくに秘密裡に組織されていた未来からの刺客に暗殺されてしまうわけです。しかしそのころコンピューターの中では、未来の水棲人間のあいだにちょっとした病気が発生することをはじき出している。奇妙な自殺病です。水中ではもう必要がなくなった涙腺や鼓膜の痕跡が残っていて、わけもなく風の音が聞きたくなり、呼吸できない地上に這い上って涙を流しながら死んでいく……

　発表当時、一部の作家や批評家がこの小説に対して示した強い拒否反応には、小道具として使われたコンピューターや遺伝子工学といった仕掛けに対する反発もあったでしょう。あの頃はまだ誰もコンピューターが実用化されるとは思ってもいなかった。わずか二十数年前のことです。取材のために今のNTTの前身である電電公社の研究室を見せてもらったことがあるのですが、当時のコンピューターはまだ真空管時代で、大きな図書室ほどの部屋に真空管や電線の束がぎっしり張りめぐらされた、かなり大げさなものでした。しかし実用化にはほど遠く、研究員たちもさほどの夢は持っていなかったようです。とくに人工頭脳についてはまったく否定的でした。丸ビルほどの容量が必要だろうし、とても冷却方法が間に合わないというわけです。こういう場合技術屋さんというのは、功をあせる反面、意外に禁欲的な態度をとるようです。

しかしあれから二十数年たって、今では名刺サイズの電卓が普及し、人工頭脳もすでに現実のプログラムにのぼってしまった。まったく信じられないほどの変化です。この先、技術革新の加速はますます早まるのかと思うと、きゃしゃな乳母車に七〇〇〇ccの大排気量エンジンを積んで走らせているような不安さえ感じるほどです。それではあの小説に対する拒否反応もすでに解消したと考えていいのでしょうか。いや、そうは問屋がおろしません。ある種の過敏症の人にはいぜんとして主題そのものが気に入らないはずです。現在と未来とでは価値基準が変ってしまうかもしれない、という歴史観……こうあってほしいと思う未来像を、かならずしも未来が受け入れてくれるとは限らないというニヒリズム……よく考えるととりたててニヒリズムではないのですが、真剣に時代の行方に想(おも)いを馳(は)せていればいるほど、よけい神経を逆撫(さかな)でにされかねない。人間は長い歴史をくぐり抜けてきた文化的連続体ですから、たえざる革新を身上にする技術のような身軽な変化にはなじみにくいのです。不変なものを求める気持は、人間、のみならず多くの動物にとっても、本能的な衝動の一つでしょう。コアラでさえ動物園の移転で死んでしまうことがあるのですから。

時代の変化が急加速されるほど、恒常性に執着する心が正比例して強まるのは当然の成り行きです。「反技術主義」の傾向は、たぶん、文化を支える重要な柱の一本である伝統に根差すものでしょう。まして修復不可能な環境破壊、核兵器に端を発するとどまるところを知らない兵器の開発競争、フランケンシュタインの発明を思わせる遺伝子工学の進歩……こうしたあからさまな赤字の帳尻を突きつけられてしまったのですから、技術不信のうねりが大きな時代的潮流になったとしてもべつに不思議はありません。

だが、怪物フランケンシュタインでさえ、シェリー夫人の原作のなかでは醜悪な外見を与えられた美しい魂として描かれているのです。外見のために誤解された怪物の孤独の訴えが、あの作品のテーマなのです。映画はそのテーマを通俗化しただけでなく、完全に裏返しにしてしまった。ここでうっかり「反技術主義」に同調したりしたら、それこそ映画的フランケンシュタインの再復活に手を貸すことにもなりかねない。

もちろん大気汚染や核兵器は、弁解の余地のない怪物です。情状酌量の余地のない悪です。しかしその責任ははたして技術自身にあるのでしょうか。企業の利潤追求、国家のエゴイズム、産業の軍事化、そういった技術の利用のされかたを問わずに、単純に技術主義批判に走るのは問題のすり替えにならないでしょうか。

もしぼくが現在の立場から『第四間氷期』の続編を書くとしても、たぶん同じようなストーリーになるでしょう。未来にさからった主人公はやはり裁きを受けるでしょうし、未来も風の音楽にあこがれて自殺を選ぶ異端者の抹殺までは出来ないのです。すすんでこの葛藤(かっとう)を受け入れないかぎり、目を開いて現代を生きることは不可能でしょう。「技術礼賛(らいさん)」の夢がすでに色あせてしまったように、「反技術主義」もほとんど有効性のない老人の愚痴にしか聞えません。

だいたい《技術》対《人間》という二元論が、ぼくには胡散臭(うさんくさ)く思われるのです。技術自体はけっして人間、もしくは人間性の対立物ではありえない。技術というのは要するに、道具を使って何かをする、その行為のプログラム全体を意識化することでしょう。人間は技術的成果に満足感をおぼえるだけでなく、プログラムの完結自体に深い喜びを感じることさえあるのです。それは技術に投影された自己発見の喜びです。技術というのは本質的に人間的なものなのです。

大事なのは多分、技術が内包している自己投影と自己発見の問題でしょう。あるときぼくはカメラのちょっとした故障を修繕しながら、うまくいきそうになったとき、無意識のうちに「人間は猿ではない、人間は猿ではない」と呪文のように繰り返しているのに気付きました。もちろん猿だって多少は道具を使えることくらいよく知っています。けっして猿を差別視するつもりはありません。ぼくの呪文は、単に作業をプログラム化できたことの喜びを表現しようとしただけのことです。ところでこの「作業のプログラム化」とは、いったい何なんでしょう？　試行錯誤もあるでしょうし、イメージのなかでの座標転換作業もあるでしょう。しかしけっきょくは時間軸にそった手順の見通しです。自分の行動と対象の変化を、因果関係として総体的に掌握することです。《ことば》の力を借りなければ出来ることではありません。もともと自己投影とは《ことば》の構造そのものなのですから。

じつを言うとしばらく前から、現代の混沌を解読する鍵として《ことば》の謎の解読に注目しはじめていたのです。ちょっとした機会に分子生物学の勉強をしたおかげでしょう。勉強といっても素人のことですから、ほんの生齧りにすぎません。しかしある種の感動を禁じえませんでした。生命現象を分子レベルで解明したこの学問は、単なる還元主義的成果にとどまるものではないのです。最近はその応用である遺伝子工学が脚光をあびすぎて、肝心の思想的側面は忘れられがちですが、あんがいこれは進化論に比肩しうるものかもしれません。少なくとも進化論にとって強力無比な援軍であることは確実でしょう。とにかく系統発生の筋道が客観的に検証可能なものになり、系統発生と個体発生を一つの場で扱えるようになったのです。しかしちょっぴり気になったのは、何人かの分子生物学者が今後の研究課題として、異口同音に《精神》の領域をあげていたことでした。なぜ《ことば》と言わずにいきなり《精神》などというあいまいな概念を持ち出すのだろう？　急にあらためて《ことば》の問題にこだわらざるを得なくなった。こだわりはじめてみると、ここが極端な空白地帯であることに気付きました。あらゆる領域に隣接しながら、手つかずのまま放置されているのです。《ことば》が扱いにくいことは確かです。《ことば》を考えるのもまた《ことば》によるしかないのですから。ちょうど鏡と問答を交すような、不確かで思弁的な作業です。そしてとっさに次の三人の名前を思い浮べていたのでした。ロシアの大脳生理学者I・パブロフ、オーストリーの動物行動学者K・ローレンツ、アメリカの言語学者N・チョムスキー、《ことば》についての先駆的な見解を示した三人です。

もちろん三者三様で、立場も違うし、方法も違います。しかし合成写真を作るように、三人の見解を重ね合わせて強い露光を与えると、かなり鮮明な絵柄が浮びあがってくるような気がするのです。

たとえばパブロフは、条件反射で有名なあのパブロフですが、《言語》を一般の条件反射よりも一次元高次の条件反射とみなしていたようです。じつに興味深い仮説ですが、あいにく死ぬ直前にひらめいた予見だったらしく、書き残されたものはないらしい。三種類の科学辞典に当ってみましたが、関連記事はなく、この問題に関しては後継者にもめぐまれなかった疑いがあります。いまは可能な範囲での憶測にとどめておきましょう。「一次元高次の」という意味は、たとえば紙のうえに円を画き、その円を紙から離して空中移動させてみてください。チューブが出来ますね。平面が一次元高次の空間になったわけです。言葉を替えれば二次元が三次元に積分されたことになります。つまりある条件反射の系の積分値として《ことば》を想定したのがパブロフの仮説になるわけです。ぼくとしては、「積分」よりも「デジタル転換」のほうを採りたいような気もしていますが、今のところこれ以上の深入りはやめておきましょう。肝心なことは、《ことば》をあくまでも大脳皮質のメカニズムとして捉えようとした姿勢です。

チョムスキーは逆に言語学の側から、つまり《ことば》の構造を内視鏡で観察するやり方で、「普遍文法」という考え方に辿り着いています。「普遍文法」というのは、遺伝子レベルに組み込まれた、言語形成のための生得的プログラムのことです。地球上には、エスキモー語、フランス語、チェロキー語、ヒンズー語、日本語、アボリジニ語、と言った無数の個別言語があり、それぞれが固有の文法を持っているわけですが、その固有の文法がけっして文化レベルに浮遊している空中楼閣なのではなく、「普遍文法」という生理的基盤にしっかり根を下しているという考え方です。もちろん実験的に証明できたわけではありませんが、単なる思いつきでもありません。チョムスキーは英語なら英語の固有文法をあれこれ観察するうちに、その構造の形成過程に、ある制限法則が働いていることに気付いたらしい。たとえば水を入れた桶の底に穴を開けると、水が流れるにつれて水面に渦ができる。北半球ではたしか左巻きだったはずですね。いずれにしても、このパターン形成は、もちろん水自体の流体力学的法則に従っているわけですが、それだけでは右巻き、左巻きの選択は起きえない。どっちに巻いても流体力学の法則は満たされる。もう一つ外部から地球の自転という力が働いて、はじめて渦の方向が決定されるわけです。その地球の自転に似た力場が、固有文法の形成にも作用していることを突き止め、それをチョムスキーは「生成文法」と名付けました。もともと個別言語は学習によって習得されるものですが、その学習はかならず「生成文法」にそって行われる。ちょうど渦の方向が地球の自転から逃れられないように、どんな教えかた習いかたをしようと「生成文法」と矛盾した習得はありえないということです。つまりある言語で否定形なら否定形、疑問形なら疑問形を構文する場合、当然正しい配列と間違った配列があるわけですが、その文法的判断の基準は仲間同士が適当に話し合いで決めたようなものではなく……文法が確定する以前に話し合いなど成り立つわけがないのですから……そこには人間が喋りはじめる前からすでに敷設されていたレールがあったとしか考えられません。異種の個別言語間で原則的に翻訳可能なのもたぶんそのせいでしょう。ここから《普遍文法》まではあともうほんの一歩です。人間は外界を探索することによって概念を構築するが、《ことば》を構築するわけではない。《ことば》はあくまでも《普遍文法》を材料に、「生成文法」の設計図にしたがって構築されるということです。

チョムスキーの《普遍文法》が空中から降ろされたゴンドラ式探査機なら、パブロフの《第二系条件反射》は地底から掘り進んだトンネル式探査機でしょう。反対方向から接近した二台の探査機が、《ことば》をはさんでぱったり顔を合わせたというわけです。

ローレンツの場合はもっと具体的です。動物行動学者にふさわしく、終始探検靴をはいて地表を歩きまわっています。そしてたとえばある種の鳥が、赤いぐにゃぐにゃした物に特異的な反応を示し、いちもくさんに避難行動に移ることなどをじつに細かく観察しています。赤くても動かなければ駄目だし、ぐにゃぐにゃしていても赤くなければ反応できません。その避難行動のおかげで、鳥は狐の襲撃から身を護ることが出来るわけです。たぶん尻尾のない狐にはまったくの無防備でしょう。ここで大事なのはその避難行動が、経験や学習によって得られたものではないということです。人間が敵を見分けるのとはまったくやり方が違います。つまり動物の知恵はいささかも驚異などではなく、ぐにゃぐにゃした赤い物を見ると、ただわけもなく逃げ出したい「気分」にさせられてしまうだけのことです。くだいて言えば「本能」であり、より正確に言えば遺伝子レベルに組み込まれたプログラムによる行動誘発、もしくは抑止のシステムです。この方法で動物の攻撃行動を解析した本はローレンツの代表作になりました。いっさいの擬人化を排した観察の正確さと説得力は驚くばかりです。たしかに進化の鑿が彫った自然の大伽藍には舌を巻くよりほかありません。

　この方法を人間の行動に適用するわけにはいかないものでしょうか？　チョムスキーの「普遍文法」には、動物の本能行動とかなり似通ったところがあります。ローレンツはうっかり《ことば》の鉱脈を見落しただけなのではないでしょうか？　いや、べつに見落したわけではない、じつはローレンツもその鉱脈の存在について何度も言及してはいるのです。はっきり《ことば》の基礎を生得的なものとみなす、と主張しています。しかし残念なことに、主張するそのトーンはきわめて低い。どうもローレンツは、それこそ「本能的」に、《ことば》の世界に嫌悪感をもっているようですね。そうかもしれない、ほとんど例外を許さない動物行動の整然とした秩序にくらべて、人間の行動はたしかに猥雑すぎる。でも、当然でしょう。《ことば》という概念把握の能力によって、本能的な閉ざされたプログラムを開いてしまったのですから。思いがけないところで「反技術主義」の伏兵に出っくわしてしまいました。だがはたしてローレンツが案ずるほどに、《ことば》は人間にとって不都合な存在なのでしょうか。

もちろんそう考えるのも、《ことば》によってです。もし《ことば》を不都合なものだと考えたとすると、不都合な《ことば》で考えたその見解も不都合にならざるをえない。まさに迷宮の世界です。いったん《ことば》の鉱脈を掘り当ててしまった人間は、よきにつけ悪しきにつけ、もはや《ことば》なしには済まされないのです。こんなふうに想像してもらいたい。動物の世界を大気のない月に例えれば、人間の世界は厚い《ことば》という大気にくるまれた地球なのだと。無念無想は誰にも想像できますが、よほど修練をつんだ禅僧でもないかぎり、実体験はまず不可能でしょう。人間が《ことば》から離脱できるのは、たぶん深いノンレム睡眠の時だけです。目をさました瞬間、夢の内容を思い出せない苛立ちは、誰しも経験ずみのことでしょう。《言語化》できない苛立ちです。夢の中にまで《ことば》は深く根を下しているのです。

《ことば》によって、人間は具体的に何を失い、何を獲得したのだろうか。まず考えられるのは、「群れ」の行動が質量ともに大きな変化を受けただろうということでしょう。ローレンツも観察したとおり、ぐにゃぐにゃ動く赤い物にたいして、ある種の鳥はかならず避難行動を選ばなければなりません。例外は一切許されない。「群れ」の統一行動が種の維持に欠かせない条件だからです。避難行動のみならず、攻撃、求愛、巣づくりなど、基本的な行動がすべて儀式のように正確にとり行われなければなりません。複雑な環境にたいしては儀式を複雑化すればいい。儀式の基本パターンを重ねていけば、かなり複雑な外界に対しても、けっこう対応できるはずです。本物の狐にではなく、ぐにゃぐにゃした赤い物にならかならず反応してしまう閉じたプログラムにも、それなりの有利さがあることを認めないわけにはいかないでしょう。これが開かれたプログラムだったら、そうはいかない。渡されたプログラムが各人各様のまちまちなものだったら、劇場の客だって黙ってはいないはずです。

ところで《ことば》がなぜプログラムを開いてしまったのか。仮に問題の鳥が《ことば》を持ったとしましょう。ぐにゃぐにゃした赤い物を見ても、もう前みたいに素直な反応はできない。いったん《ことば》のフィルターを透過して、意味の信号に転換してから、行動の選択をするはずです。この場合、行動を指示する直接の刺激情報は《ことば》で、ぐにゃぐにゃした赤い物はその《ことば》の刺激剤だという関係になります。《ことば》は受信機であると同時に送信機の役目も兼ねているのです。しかも受信内容が送信内容と一対一の対応をしているとは限らない。時と場合によって「本物の狐」になったり、「毛ばたき」になったり、「婦人用襟（えり）まき」になったりするでしょう。つまりプログラムが開かれてしまったのです。その結果の行動もまちまちなものにならざるを得ません。

つまり《ことば》を行動刺激の信号にすることで、人間は創造的プログラムを持つにいたったわけです。まちまちなプログラムには、「群れ」の統一を失わせ、分散させる作用もあったでしょうが、それだけだとは思えない。まちまちなプログラムをもらった劇場の客だって、一過性の混乱の後は入場料を払い戻してもらうとか、その混乱を大いに楽しむとか、なんらかの解決に到達できるはずです。単なる分散ではなく、「群れ」の構造化がはじまるのです。そして多分、これは「分業」の原動力にもなる。「群れ」全体として、環境に対する適応力を増していくわけです。やがては直接顔を合わせることのない成員を組織するまでに巨大化し、抽象化され……ついには国家の誕生です。

もちろん望ましいことばかりではなかったでしょう。「群れ」の強化は縄張りの拡張をうながし、やがて他集団との対立を激化させる原因をつくった。あんがい人間の同種殺害能力も、この時点で獲得されたものかもしれません。《ことば》の代償として支払わされたいくつかの「本能の放棄」とコミの計算で……もちろんプログラムは開かれているのですから、その気になればあらたに《ことば》で殺人を無条件に防止する道徳的儀式を作り出すことも不可能ではなかったはずです。しかしそうはしなかった。内部に対するオキテはつくったが、「群れ」に対する反逆者と敵に対してはそのオキテを適用しないという例外則にしてしまった。同種殺害の本能的タブーから自由になったのをいいことに、《ことば》はむしろ「群れ」に対する忠誠の儀式を練りあげ、他集団に対する敵意をあおり、狩りの技術を戦闘能力の強化に結びつけた。奇妙なことに集団内における「儀式の運用」と「戦闘力」というこの二極分化は、昔も今もほとんど変っていないようです。《ことば》の技術者であるシャーマンと、戦士の統率者である族長がかならず併立して、権力の楕円構造をつくってしまう。軍事力の中心と、儀式の中心とは、「群れ」にとって代行できない二つの機能なのでしょうか。この楕円構造はヨーロッパではカソリック社会における王と法王の関係に顕著ですし、日本でも永いあいだ将軍と天皇の併存がつづいてきました。現代でも本質的にはさほど変化していないような気がします。とくにシャーマンがとなえる呪術のうめきは、いっこうに衰えを見せる気配もありません。軍事力においては言わずもがなでしょう。

いったいシャーマンは何を歌いつづけているのでしょう。聞き違いでなければ、ぼくにはどうも、国歌のように聞えます。あまりいい傾向ではありません。《ことば》自体は本来、分化や分業化を得意としていたはずですが、いったん「全員集合」の号令をかけると、これもまた強力な信号として働きます。《ことば》を手に入れるために支払った数々の代償のなかに、「集団化」の本能だけは入っていなかったのかもしれません。しばらく前、「集団化」の例として面白い事件がありました。東北で起きたホテル火災の一件です。火災現場を詳細に調査した結果、階段の下で焼死したいちばん多人数のグループについて、奇妙な事実が判明したのです。どうやら二階から逃げてきた客が、いったんそこで避難行動を中止したらしい。生存者の話で分ったのですが、そこで客の一人が忘れ物を取りに二階に駆け戻ったのが行動中止のきっかけだったという。そしてそのままほぼ全員が火にまかれてしまった。どうもこの力場の主役はその血迷った忘れ物の主だったようです。群集心理として、パニックの際には、例外行動をとった者がボスとして選ばれる傾向があるらしい。もし例外者がそれだけでボスの資格をもつとすれば、ボス形成のメカニズムはボス候補の資格とは無関係に、集団に潜在する属性なのかもしれません。《ことば》の下にひそんでいる「集団化」の衝動は、あっさり《ことば》のフィルターの目を詰まらせてしまうほど強力なのかもしれない。しばしばアジテーターが熱弁をふるうとき、異形の者として自分をきわ立たせる理由も分るような気がします。シャーマンをみくびってはいけない。シャーマンの歌に対する反応は、誰の心にもひそんでいる郷愁にも似た衝動らしい。

むろんシャーマンが、つねに大音声(だいおんじょう)で祖国の歌を歌っているわけではありません。日ごろは小声で、さりげなく発声訓練に余念がありません。ごく日常的な行儀作法から始まって、婚礼、葬式などに至る個人レベルの儀式……大小の共同体の祭礼、スポーツ競技、式典、流行への関心、など多様な生活ルール……ローレンツはこうした儀式化の側面を遺伝によらない伝承、つまり伝統ですね、その安定性を非常に高く評価しています。「黄金分割」的感覚とまで言っているほどです。しかしぼくは必ずしも賛成できない。たしかに安定はしているでしょう。しかし安定だけを望むのなら、閉じたプログラムのままで十分だったはずです。《ことば》はむしろ不安定を種火にして、創造力のエンジンを始動させたのではなかったか。もちろん動物の本能行動に解発と抑制があるように、《ことば》にも解発と抑制があって当然です。「集団化」をうながす《ことば》の信号は、いかにも強力ですが、じつは蛇口を開ける刺激ではなく、逆に蛇口を閉じるほうの刺激なのです。蛇口よりもゴム紐のたとえのほうが分りやすいかもしれない。「集団化」の信号は、力いっぱい伸ばしきったゴム紐から、手を離すように命じているのです。分散化や個別化を《ことば》の緊張状態だと考えれば、こちらは休息状態だとも言えるでしょう。野球やサッカーに熱狂したり、オリンピックでの国旗掲揚に涙ぐむのに、ことさら《ことば》の緊張を必要とはしません。いっぱんに「集団化」の儀式は、《ことば》を眠りにさそう手続きなのです。加熱ではなく、冷却なのです。熱狂や昂揚感と矛盾するものでもありません。大脳皮質を麻痺させるアルコールやヘロインが、主観的な興奮をひきおこすことは周知の事実です。ためしに近親者の死に出会った場合のことを想像してみて下さい。ふつう動物たちは、生前と同じルールでその死体と付き合おうとして混乱におちいるか、まったく無関心にふるまうかのいずれかです。人間は《ことば》のフィルターを通じて、あらかじめそれが死体であることを認識してしまいます。だが認識したところで、いまさらどんな手立てがあるでしょう。死者と付き合う方法はありえない。限界に近く張りつめた《ことば》の緊張も、対応する行動を見付け出せない。そこで葬儀という儀式です。死者との付き合いを、生者との付き合いに座標転換するのです。涙も愁嘆場という儀

式の中で形をととのえ、無害なものに変ります。

「儀式」の強制力には、もう一つ別の衝動も無視できません。仲間から認知してもらえないことの不安です。日本では村八分ですが、これはなにも日本だけの現象ではないらしい。以前アメリカのテキサスの小さな町を舞台にした映画を観(み)たのですが……たしか「ラスト・ショウ」と言ったと思います……その映画の中で、隣町との対抗サッカー戦でへまをした少年が町で村八分になる悲劇が扱われていました。ひどく暗い印象ですが、なかなかよく出来た映画だったと思います。さらにこれが国家レベルになると、国家反逆罪です。シャーマンの歌にこめられている、陶酔とおびえの旋律……たいした歴史も持っていない「祖国愛」が、国内では必ずしも利害が一致しない人種や階級や身分の差を超えて、嵐(あらし)のような集団化の衝動を喚起する理由も分るような気がします。

もちろんわれわれは、少くも現在の日本人は、年中シャーマンの声を気にしながら暮しているわけではありません。おおむね日常生活というものは、麻薬抜きの《ことば》……最低限の緊張はたもっている《ことば》……によって支えられているものです。他人の目にはいかに馬鹿(ばか)げて見えても、めいめいが自分に独自の能力を夢見たり信じたりしている状態は、けっして悲観的なものではない。国民の九割以上が中産階級だと信じている「極楽トンボ」症候群も、《ことば》の分化機能による平等観のあらわれだと思えば、納得できます。けっして非難されるべきことではないでしょう。しかしシャーマンの歌が途絶えてしまったわけではないのです。つい最近も中曽根首相によって打ち上げられた、靖国(やすくに)神社の公式参拝や、学校行事の際の国旗掲揚と国歌斉唱の義務づけなど、なかなかの大花火だったと思います。靖国参拝が問題なのは、野党が主張するように信教の自由をうたった憲法に違反するからではなく、それが「国家儀式」の整備だというそのことにあるのです。また国歌や国旗についても、イディオロギー的な賛成や反発だけではもう手遅れでしょう。むしろこの際、文部省の通達をそのまま実行して、かわりにある特定集団の歌や旗が引き起すある種の感情……集団化の情緒の発生メカニズム……を、深く内省的に見据え、《ことば》のフィルターに投影し検証する訓練の機会に利用するのが、もっとも教育の場にふさわしいやり方かもしれません。

考えれば考えるほど不思議な気がします。「分化」と「集団化」という《ことば》の二つの機能が、うまくバランスをとってくれた時代が果してあったのでしょうか。「儀式」としての《ことば》はいつも善玉でありすぎたように思います。たとえば国際親善使節に派遣されるのはいつだって民族芸能団と相場が決まっている。この集団化傾向にはらわれる敬意は、暗黙のうちに国家間のマナーにさえなっている。はじめに述べた「反技術主義」の大義名分も、おそらくその辺にあるのではないでしょうか。もちろん「集団化」の衝動を一方的に否定しているわけではありません。ついせんだっても、メキシコ市での大地震のさい、地震の規模にくらべてパニックが少なかったのは、テレビが休まず情報を流しつづけたせいだという記事を読みました。おおいにあり得ることだと思います。「集団化」には強い鎮静作用がある。テレビは簡単に疑似集団を形成してしまいます。このテレビの疑似集団形成能力は、その功罪をふくめて、最近の技術的成果のなかでも最大規模のものではないでしょうか。上野動物園のゴリラのブルブル君でも、テレビでノイローゼを治したのです。

にもかかわらずこの「疑似集団」の過剰生産には、なにか人を落着かなくさせるものがある。単に調理済みの情報の過剰だとか、低俗番組の横行とかいうだけでなく、愁嘆場やスターを共有することによる「疑似集団」の氾濫によって、「集団化」衝動にたいする免疫が出来てしまうのではないかという懸念です。慢性化した「集団化」中毒患者は、国家儀式の肥大化にも、ほとんど気をつかわなくなるでしょう。「分化機能」としての《ことば》は家畜小屋に閉じ込められたっきり、肉や卵の生産にはげむだけで、牙をむくことなどとうに忘れてしまった様子です。国家は無限の集会所として野放図な広がりをみせ、その権威は無条件に美化され、政策批判はともかく国家の存在理由を問うことはいまや「いかがわしい」行為とみなされる。カンボジアでのポルポト政権の知識人（！）虐殺、イランでの神の名における聖戦思想……それでも国家そのものは裁かれずにすむのです。核兵器の使用に対する反対が、戦争否定の部分的意思表示にはならず、逆に優先課題になっているのも腑に落ちない。あまりにも強い国家への帰属感のせいで、敵のない世界の可能性など信じられなくなってしまったのでしょうか。段階的軍縮のほうが実際的提案であることはぼくも認めます。しかし実際的であることは、実現しないことの言い替えのような気もするのです。

なんとかこの《ことば》の片肺飛行に終止符を打たないかぎり、「技術」を含む人間の自己投影の成果が正当な評価を受けられない可能性がある。ぼくはけっして技術万能主義に与しているわけではなく、たとえば「疑似集団」の無制限な製造機であるテレビに対しても、かなりの不安を感じています。また核兵器を含むすべての兵器、環境を破壊し汚染している巨大産業が、すべてシャーマンに対する企業献金によって成り立っていることも知っています。そのうえで、一つ「国家信仰」を冷却させるための具体的な提案をしてみたい。現在の民主主義制度はいちおう権力の楕円型二極構造から、立法、司法、行政の三権分立をとるまでに進化しています。この際それに

「教育」のための独立した「府」を追加し、四権分立にしてみたらどうでしょう。もちろん従来の意味での教育とは違います。DNAが《ことば》という鏡の前に立って自己発見するまでの、系統発生の歴史を教育基本法にすえた、新しい教育体系でなければ意味がありません。もはやどんなシャーマンの御託宣にも左右されない、強靱な自己凝視のための科学的言語教育です。存在や認識の「プログラム」を開く《ことば》という鍵を、ついシャーマンの歌にまどわされて手放したりしないための教育です。人間とはまさに「開かれたプログラム」それ自体にほかならないのですから。

死に急ぐ鯨たち

　ぼくの仕事場は噴火で出来た湖をとりまく外輪山にある。近い将来に大地震を予告されている筆頭候補地の駿河湾（するが）から六十キロほどの距離だ。専門家の意見によれば、明日にも地震が起きて不思議はない状況らしい。兆候がありしだい警報が発令されることになっている。常時、危険な次の瞬間と鼻を突き合わせているわけだ。もっとも集団移住の動きについてはまだ耳にしたことがない。

　二つの時間が平行して流れているようだ。一つはプレートの圧力で限界まで蓄積されたエネルギーが解放を待つ、物理的な時間。いま一つは昨日のように今日があったのだから、今日のように明日があるはずだと言う、日常的な経験則の時間。物理的な時間が避けがたいことを知りながら、なぜか経験則を優先させてしまっている。

　ためしにここでちょっとした賭（かけ）をしてみよう。この一行を書きおえるまでのあいだに地震がくれば、一万円支払います。

無事に地震をやりすごせた。ぼくは賭に勝った。あいにく賭の相手を特定しなかったので、儲けはしなかったが、損もしなかった。ぼくだけでなく、実際に地震がくるその直前まで、誰もがこんなふうに楽観的見通しのほうに賭けつづけるにきまっている。

想像力の不足からくる楽観主義。盲人に連れられて行く盲人の群れを描いたブリューゲルの絵を思い出す。誰かおびえた一人が駆け出せば、たちまち全員が反応してパニックを起すだろう。それまでは持続する「今」に居座りつづける腹なのだ。しかしこの楽観主義を単なる愚鈍で片付けるわけにはいかない。経験の反復を日常として定着するのは、生き延びるための知恵でもある。たとえば市街戦という非日常性が終ったとたん、すぐさま街に日常的な露店商たちを呼び戻すあの生命力にも通ずるものだ。むしろ過剰な想像力は取り越し苦労の種になる。行動原理には、科学実験のような厳密さよりも、機械の歯車ていどの遊びがあったほうが実用度が高いのだ。

冬がおわれば春がくる。春がすぎれば夏がくる。この自然の周期に疑惑を抱く者はいないだろう。しかしこの周期も絶対的ではない。地軸が傾くほどの変動でなくても、春がとつぜん秋に飛んでしまうくらいの天候異変は珍しくない。にもかかわらず春を信じて冬を耐え、夏に備えて春を耕作する。わずかに厳密さを欠いた行動原理のおかげで、明日の収穫のための今日の労働が可能になるのである。

八世紀の中国の詩人杜甫(とほ)の作品に、「国破れて山河在り」という句がある。国は政治であり、山河は日常だろう。国が破れれば当然山河は荒廃するが、消滅するわけではない。国が破れてもなお生きつづける民衆の拠(よ)り所として、荒廃してもなお存続しつづける山河の概念を提示したのだろう。人間の歴史はけっきょくのところ、さまざまな不安定要素に対して日常を拡大しつづける努力だったのだ。

しかし現代の、とりわけ第二次世界大戦後の危機には、これまでの危機とは質的に異るものが感じられる。戦後、杜甫の詩を噛(か)みしめることが出来たのは敗戦国の国民くらいのものだろう。正義の側に立った戦勝国でも、植民地支配から脱して主権を手に入れた第三世界の国々でも、平和な日常の幻想があふれかえっていた。国家が本来内包していたのかもしれない戦争の病根にメスを入れる、またとない機会だったのに、人々はとりあえず国家に寛容になっていた。戦争だけでなく、日常の安定と保障の仕事まで委任してもいい雰囲気になっていた。信任状を手に入れた国家は、早速競争を開始する。もともと国家の悪癖である競争心に拍車をかけたわけだ。安全のために、不信のシンボルである武装が正当化される。(それでも先進国の工業生産品による日常の補強は一応有効にみえた。その結果、日常性をより堅固にするためのエネルギーの大量消費は見過され、エントロピーの増大が日常を窒息させるまでに至る)。冷戦を通じて肥大化しつづけた軍事力が核兵器であったために、やがて力の均衡という奇妙な平和にたどりつく。むろん均衡で競争が中断されたわけではない。不信の天秤の両端に、同じ速度で荷重がかかっていく軍拡の均衡なのだ。こんな均衡が際限なく続けられるわけがない。誤解や錯覚や手違いによる攻撃開始が絶対にありえないとしても、どちらかが先手必勝の機会を摑んだ瞬間、均衡は破れざるを得ないのだ。平和のために、犠牲を最小限にとどめるために、最終兵器の発射ボタンに指がかかる。その機会を相手に譲らないですむように、先手必勝の秘密を目指して先陣争いを続けるしかない。すでに地球を数回も破壊できるだけの核戦力が保有されているのに、誰にも歯止めをかける気はなさそうである。

全面核戦争になれば、もう山河も残らない。国が破れれば、山河も一緒に破れてしまうのだ。

国家のなかに巣食っている不信の構造に光を当ててみたい。良い国家や悪い国家ではなく、国家の存在自体を疑ってみるべき事態がきたようだ。国家だけにはなぜ暴力が許されるのか、尋ねてみるべき時がきたようである。国家の主権を超えた司法権の創置は絶対に不可能なのだろうか。現状ではとても見込みなどありそうにない。司法権が有効に力を発揮できるためには、犯人の武装解除が出来るだけの暴力の裏付けがなければ駄目だろう。もともと自分を超えるものを許容できないのが国家の体質である。人間の政治能力の限界に行き着いてしまったのだろうか。

鯨の集団自殺は謎(なぞ)めいている。かなり高い知能をもっているはずの鯨の群れが、とつぜん狂ったように岸をめがけて泳ぎだし、浅瀬に乗り上げ、座礁(ざしょう)してしまうのだ。いくら追い返しても逆らうばかりで、そのまま空気に溺(おぼ)れて死んでしまう。何かにおびえて逃げようとしているのだろうか。鯨を恐(こわ)がらせるものと言えば、海の猛獣といわれるシャチか鮫(さめ)だろう。しかし鮫のいない海域でも見られる現象だし、シャチ自身が鯨の仲間で、やはり集団自殺をくわだてるのだ。そこで、もしかすると溺死(できし)の恐怖におびえた鯨が海から逃れようとしているのかもしれない、と言う説さえあらわれた。海の生物が溺死を恐れるというのは逆説的で、考え方としてはたしかに面白い。鯨は魚ではなく、もともと肺で呼吸する地上の動物だったのだから、ことと次第によっては先祖返りして水による窒息死に恐怖心を抱きはじめないとも限らないわけだ。寄生虫か細菌に脳をおかされ、浮上する力が失われたとき、可能性としての溺死におびえるあまり、現実の死を見失うこともあるだろう。

人間だって鯨のような死に方をしないという保証はどこにもない。

右脳閉塞(へいそく)症候群

時代にふさわしい作品として待望されている、という意味でなら、いわゆる《新しい小説》という言い方も分らないではない。年が変れば去年のカレンダーが不用になってしまうのと同じことだ。しかしその《新しさ》の含みには、もっと別のものがあるような気もする。たぶん方法にかかわる問題だろう。なんとなく理解できるようでいて、定義づけは意外にむずかしい。

一つの作品が誕生するプロセスは、作家自身にもそうはっきりとは自覚できないものだ。主題や、登場人物などについて、あれこれ考えたり感じたりしているだけではまだ駄目なのである。そうした意識的努力を重ねるうち、やがて自分の思考が濃縮され、過飽和溶液の状態になる。次に思いがけない飛躍の瞬間がやってくる。ちょっとした印象の破片がその溶液のなかに落ちて核になり、結晶作用がはじまるのだ。

たとえば『方舟（はこぶね）さくら丸』の場合だと、その核の役割をしてくれたのは、単に水洗便所に落ちて片足を吸い込まれてしまったナンセンスな夢だった。それまで準備してきたメモやノートが、とつぜんその夢の周囲に結晶し、構造を持ちはじめたのである。そこから先の展開は急激で、しかし論理的なものではなかった。はやりの言いまわしを使えば、きわめてアナログ的なのだ。創作は「待つ」ことだというのは嘘（うそ）ではない。あとは計算を越えた直感が自由気ままに自己増殖してくれる。

そうは言っても、小説は言語の世界であり、言語はあくまでもデジタルな記号だ。音楽や美術が最終的にアナログな表現をとるのと、完全に対照的である。小説を音楽や美術と区別し、芸術には含めない立場も、たぶんその辺によりどころがあるのだろう。デジタル表示は論理の構築に適しているから、むしろ評論などと重なりあう部分も多くなる。しかし小説が評論と異質なものであることも否定はできない。

つまり小説もその発想の段階では、きわめてアナログ的なのである。デジタル表記である言語を、アナログ的に処理することで、最終的にはもういちどアナログ的なイメージに引き返さなければならない。この二重性こそ小説の小説たるゆえんだろう。たしかに小説のなかのデジタル的な要素は説明も出来るし解釈も可能である。だがアナログ的要素のせいで、解釈しつくすことは不可能だ。

ところで小説が時代とかかわりあうのは、はたしてどちらの領分だろう。概念としてのかかわりあいなら、たぶんデジタルのほうに分がありそうだ。主人公の言動や、主題の展開だけなら、まずデジタル表現だけで済んでしまう。しかしある小説が真に現代を感じさせる場合、なぜそれが現代的なのか、かならずしも「説明」できるとはかぎらない。解釈の手の届かないアナログ的な要素に、現代を感じる場合が少なくないのである。

角田忠信(つのだただのぶ)氏の『日本人の脳』という本によれば、母音だけで意味を形成する日本語の特殊性のせいで、日本人は自然音によって優位脳(一般には左脳)を刺激されやすく、そのぶん劣位脳(右脳)の閉塞をおこしやすいという。もっとも日常の知的作業には特に不便はないらしい。右脳閉塞というのは、つまりアナログ的思考が停止した状態だが、さほど深刻な障害ではないということだろうか。そう言われてみると、たしかに右脳が閉塞した感性の障害者がその辺をまかり通っている。デジタル作家にデジタル評論家だ。

もっと悪いのは、感性(右脳)の欠如を補うために、情緒過多症におちいってしまった連中かもしれない。情緒は一見したところ感性と近縁にある精神活動のようだが、じつはおおよそ似て非なるもので、むしろ言語周辺領域に属する「あいまいな言語」

と考えるべきだろう。けっきょくは左脳の機能にすぎないのである。まがいものの言語のくせに、なんとなく感覚的な、そのまぎらわしさがよけいに危険なのだ。ただでさえ右脳閉塞におちいりやすい日本人の心的構造を、抵抗なく武装解除してしまう。最近日本人の活字離れが言われるが、考えてみればさほど悲観すべきことではないのかもしれない。あまりにもデジタル化した文学が、そのデジタル過剰のために見離されているだけかもしれないのだ。アナログ志向がその裏に機能しているのだとすれば、閉塞した右脳のための換気扇としてむしろ歓迎すべきだろう。小説にかぎらず、創造性はもともとアナログな世界のものだったはずである。

そっくり人形

ひっそりとした平日の美術館、もしくはあまり有名でない画家の展覧会場を想像していただきたい。一枚の絵の前にさきほどから男が一人、じっと立ちつくしている。中年の婦人が通りかかる。気がすすまないらしく、せいぜい数秒、長くて十数秒もすれば、すぐまた歩き出せるように、傾けた姿勢のまま軽く足をとめた。しかし眺め入っている男を視線の端にとらえると、あらためて画面に目をこらし、そろえた両足のあいだに重心を据えなおす。額縁だけが大きく、中には何も描かれていない。白い漆喰様のものが、ただ一面に塗りこめられているだけだ。もういちど男を盗み見る。こちらは魅せられたように身じろぎもしない。何を見ているのだろう。自分には見えない何かが見えるのだろうか。男に見えているものが、自分にだけは見えないのだろうか。目をこらす。

かなり間があってから、婦人は悲鳴をあげて後じさった。やっと気付いたのだ。隣の男は本物の人間ではなかった。白い画面の部分、もしくは延長として、本物そっくりに作られた彫刻だったのである。モデルに選ばれるほどの個性はなく、服装も体型も年のころもすべて平均的で、おまけに着色までされていた。驚いたのも無理はない。ただの見物人のつもりが、人形といっしょにいきなり絵の一部にはめ込まれてしまったのである。見えるけど触れられないホログラム（実体映像）の中に迷い込んだような体験だったにちがいない。

このそっくり人形は、たぶん七〇年代のはじめ、アメリカを中心におきたスーパー・リアリズムの流れを汲むものだ。実物とまぎらわしいほどの写実にある種の衝撃力がそなわっていることは否定できない。しかしそれが美術の名に価いするかどうかは、また別問題である。たとえば料理店の入口に並べられた蠟細工の見本、毎度のことながら感心させられても、感動させられることはまずありえない。スーパー・リアリズムも今でこそ市民権を得て、美術館入りをはたした作品も少くないが、出始めのころはやはり世間の眉をひそめさせたものである。

細部の描写だけなら、なにも今に始まったことではない。中国や日本は例外として、近代以前のヨーロッパ、とくにルネッサンス期には写実がむしろ重んじられた。遠近法なども採用され、もっぱら見るという行為の客体化が追求される。写真の発明をうながす衝動もこの時点で準備されたと考えていいはずだ。現に暗室の壁に穴をあけ、反対側にうつした倒立像を絵筆でなぞった画家もいたと聞く。現像定着という化学処理が発明される以前の手作り写真である。

ところが近代に入って、いよいよ写真の実用時代を迎えても、写真が美術の主流を占めるような事態にはならなかった。むしろ美術の写実離れがはじまる。現実の剝製(はくせい)であることをやめ、描写が表現に席をゆずりはじめたと言ってもいいだろう。

考えてみると、もともと細部の再現だけが写実の目的だったわけではなく、主題を表現するための手段だったのだから、いったん写実離れがはじまると後は早かった。技法はますます自由になり、奔放になり、やがては抽象画からアクション・ペインティングへまでの道を走りつづける。それは画くという行為そのものへの問い掛けでもあった。

そうした近代絵画の流れにさからうようにしてスーパー・リアリズムが出現する。表現を無視し、写真のようにひたすら細部に執着する。なかには実際に写真に着色したり、モデルを洋服ごと石膏(せっこう)で型取りしたりする例もあるらしい。表現主義に対するパロディなのだろうか。近代絵画の流れを変えるとまでは思えないが、すくなくも流

れを乱す杭くらいの効果は認めてやるべきだろう。最初に
では写真とスーパー・リアリズムのあいだに、どんな違いがあるのだろう。写真でも同じこ
書いた美術館のそっくり人形は、見物の婦人に悲鳴をあげさせたが、写真でも同じこ
とが起こりうるだろうか。カラーの実体写真が実現すればたぶん可能だろう。その限
りでは、さしたる区別はなさそうである。
だがその先を考えると、明白な違いがでてくる。そっくり人形は、見物人を刺激し混乱させようという作者の意図さえみたせば、それ以上の細部は必要としない。写真のほうは、作者がかならずしも意図しなかった細部の情報までふくんでいて、受け手の解析能力に応じた情報を提供してくれる。レンズの解像力がすぐれていれば、それだけ情報の量も多くなる。うまくすれば被写体の指紋を拡大し、前科の有無をしらべることだって不可能ではないはずだ。
つまり情報の《質》としては、写真もそっくり人形も似たようなものだが、《量》に関しては本質的なひらきがあると言うことである。たとえばボイジャーから送られてきた土星の写真には、コンピューターで数か月にもわたって分析しなければならないほどの情報が詰め込まれている。いくらそっくりに似せても、描いた絵ではなんの情報源にもなりえない。せいぜいテレビの科学番組の背景として役立つくらいのもの

だろう。

だからと言って、写真の情報がまったく質を問われないというわけではない。たとえばすぐれた報道写真は、しばしばその情報の質で忘れがたいものになる。しかし今さら質にこだわる必要はないような気もするのだ。構図がどうの、コントラストがどうのといった造形主義的な批評や評価に甘んじているかぎり、そっくり人形に対する画家たちの嘲り（あざけ）は、そのまま写真にはね返らざるを得まい。写真はそっくり人形の代用から早く脱皮し、美術の亜流であることをやめて、情報の圧倒的な優位性を自覚すべきなのだ。画家たちが、そっくり人形は写真にまかせようと言いつづけるなら、写真家は言い返してほしい、そっくり人形こそ画家たちにまかせようと。

サクラは異端審問官の紋章

　ぼくも昔は陸上競技の選手だったことがあるし、とくに運動神経が鈍いはずはないのだが、水の中ではさっぱりだ。コーチの指示どおりにしても、泳ぐどころか、すぐにプールの底にはりついてしまう。自分では比重のせいだろうと得心しているが、コーチからは泳ぐ動作を分析しすぎるせいだと批判された。たしかに分析癖の過剰は否定できない。たとえば人並み以上に数学が好きだし、得意でもある。だがその分析癖のおかげで、皮肉にも、分析が作家の仕事にとってむしろ有害だという分析結果に辿(たど)り着いてしまったのだ。以来、プールでの努力は断念したが、作家としてはなるべく分析をやめてイメージに身をまかせ、言葉のなかを泳ぐように書こうと努めている。

　だから日本文化の現状、と言った分析的な依頼には、本来応ずべきではないような気もする。もっともそんなこだわり自体が分析的だと思いなおして、引き受けることにした。独断的で偏見だらけの意見になっても責任をとるつもりはない。

　ぼくは桜の花が嫌いだ。闇（やみ）にたなびく雲のような夜桜のトンネルをくぐったりするとき、美しいとは思う。美しくても嫌いなのだ。日本人の心のなかに咲くもう一つの桜のせいだろう。たとえば舞台の書き割りに、それもチンク・ホワイトなどではなく、貝殻の粉を原料にした胡粉（ごふん）の白で描かれた桜。外国人には美学的にしか映らなくても、日本人には情念の誘発装置として作動する強力な象徴なのである。アメリカ人にとってのカウボーイ・ハットのようなものだろうか。

　ところで情念はしばしば感覚と混同されがちである。しかしこの二つはまったく次元の違うものなのだ。感覚は外界、もしくは体内から発信された刺激を専用の器官で受信する生理的なシステムであり、情念はむしろ言語に近い。言語そのものではないが、その周辺に隈（くま）のようにかかる亜言語、もしくは準言語なのだ。伝達内容も感覚とくらべるとはるかに構造的である。もっとも言語の構造ほど体系的ではなく、共同体験の反復をつうじて自然発生的に形成されるものなので、同じ文化圏のなかでしか通用しえないという弱みがつきまとう。ただ条件によってはその弱みが強みに転化されることがある。夜間戦闘にさいして敵味方を識別する合言葉として使用されるような場合だ。そこで異端審問官たちからは、便利なリトマス試験紙として重宝がられることになる。情念のすべてをナショナリズムと結びつけるのは短絡的すぎるとしても、ナショナリズムの支点がつねに情念にかかっていることは否定しえない事実だろう。

あいにく日常という個人的な時間を表現の場にする文学作品には、どうしても情念的要素が混入しがちである。よく文学の翻訳は歩留りよくて八十パーセントだと言われるが、翻訳不可能な残りの二十パーセントは文体に混入している情念のせいかもしれない。もっともさいわいなことに、これまで翻訳小説に接して翻訳だという理由で飽き足らなさを感じた経験は一度もない。すぐれた小説はつねに小説としてすぐれているし、つまらない小説はつねに小説としてつまらないのだ。べつに情念の含有量で作品の価値が左右されるわけではなさそうである。とくに第二次大戦後、世界は自国を中心にして描かれた地図ではなく、地球儀的な連続体として見えるようになった。ことさら背のびをしなくても、ごく身近な日常に世界がかかわっているのだ。ひっそりと私室に籠（こも）っていても、国境を通底して時代に手がとどいてしまう。いまさら情念にこだわったりするのは時代錯誤としか言いようがない。

しかし時代錯誤をすこしも恐れないのが異端審問官の美徳でもある。考えてみるとここ十年ばかり、日本の演劇界は情念への傾斜を日増しに強めてきたようだ。とくに意欲的な中小劇団でその傾向が目立った。ナショナリズムが正面切って謳（うた）い上げられたわけではない。情念派はむしろ反体制的な動きとして、新左翼的な論調の支持を取り付けたのである。だが目をこらすと、その背景にほの白くたなびいているのは、まぎれもない桜なのだ。おもむろに異端審問官たちが腰をあげ、桜の花を咲かせる反体制演劇人たちを次つぎと大劇場に送りこみ、反体制と体制の同時塗り替え作業に成功をおさめつつある。

そんな時、とつぜんアメリカが声高に軍備増強をせまり出したのだ。いまのところ日本政府は、田舎芝居のハムレットの声色で、世論とアメリカの要求の板挟みに悩んでみせている。だが内心では揉(も)み手しているはずだ。ナショナリズムを鼓舞するためにはまたとない機会である。いずれなしくずしに軍備は増強され、アメリカは日本が要求をのんだと錯覚するだろうが、日本の異端審問官たちに礼服をつける口実を与えただけのことなのだ。ナショナリズムによるナショナリズムの説得などありえない。対話の拒絶がナショナリズムの特質の一つなのである。アメリカが叫べば、それだけ桜の花もよく育つ。

ぼくがドストイエフスキーを知り、夢中になって読みはじめたのは、十七歳のとき、ちょうど日米開戦の年だった。あのときぼくの中で、象徴としての桜が散りはじめたように思う。あれ以来どうしても桜が好きになれないのだ。異端審問官が掲げる篝火(かがりび)

にいくら桜が美しく映えたとしても、しょせん周囲の闇の深さのせいにすぎまい。しかし咲いた桜はいずれ散る。そうだろうか？　核時代の篝火は桜が散る前に地球を抱きすくめてしまうかもしれないのだ。洪水を生き延びたノアの方舟（はこぶね）も劫火（ごうか）のなかでは無理だろう。生き延びることはほんの数日、死刑の執行を待ってもらうだけのことだ。それに桜嫌いのぼくに、異端審問官が方舟の乗船切符を都合してくれたりするわけがない。

　そこで今ぼくは、方舟への乗船資格をテーマに書きはじめたところである。

タバコをやめる方法

なぜタバコが吸いたくなるのだろう。いったん喫煙の癖がついてしまうと、なぜやめられないのだろう。一般には薬物中毒の一種だと考えられている。たしかにタバコにはタールやニコチンなどの有害物質がふくまれていて、それを承知で吸うのだから、アルコールや麻薬の中毒と同一視されても仕方がない。ぼく自身ながいあいだ喫煙の悪癖をニコチン中毒だと決めこんでいた。だがよく考えてみると、何か本質的な相違があるような気もしてくるのだ。第一タバコにはこれと言った禁断症状がない。麻薬やアルコールの中毒患者の場合だと、しばしば夜中に跳ね起きて机の引き出しや冷蔵庫のなかを引っ搔き(か)まわしたりする。しかし一時間ごとに最低一本吸わずにいられない常習者でも、熟睡中に目を覚してタバコに手をのばすことはまずないだろう。それにタバコが麻薬やアルコールのような人格障害を引き起した例もまだ耳にしたことがない。癌や心臓病の原因になることはあっても、精神に影響を及ぼすほどのものでないことは確かなようである。

さらに奇妙な性質がある。習慣化するにつれて本数が増えることはあっても、より刺激の強い銘柄に変更することはめったにないのだ。むしろマイルドなものを選ぶ傾向がある。いったんマイルドな味を覚えると、ためらわずにそちらを常用しはじめる。だいたい刺激の強いものほど値段が安く、マイルドなものほど値が張るのも、こうしたタバコのみの心理にたくみに便乗した商法だと言えるだろう。喫煙者が欲しているのはタバコそのものであって、その中に含まれているニコチンやタールだけではなさそうだ。

べつにタバコ無害説を主張しようとしているわけではない。なにしろ紙の煙突をつくり、不完全燃焼させた煙を効率よく吸引してしまうのだから、たとえ中身がタバコの葉でなくても健康にいいはずがない。そんなことは百も承知で、なお吸わずにいられないから不思議なのだ。薬物依存症でなければ、何に依存しようとしているのだろう。喉がかわいたときの、水にたいする渇望に似たものだろうか。そんなはずはない。水の欠乏は生命の維持にかかわるが、タバコの欠乏は禁断症状さえ引き起こしえないのである。しかし一か月の禁煙のあとの一服のうまさがたとえようのないものであることも事実なのだ。あるいは生ぬるい日向水にたいする、氷水の効果だろうか。

ある時ぼくは、この奇妙な耽溺の正体を知ろうとして、タバコを吸いたくなったときの心理状態や、吸っている最中の感覚を、じっくり内省的に観察してみたことがある。そしてこれは薬物を吸っているのではなく、時間を吸っているらしいことに気付いたのだ。もしくは時間を変質するこころみと言ってもいいかもしれない。無理に比較すれば、爪を咬む習慣に似ているような気もする。だからたとえば電話を掛けるときなど、ついタバコに手がのびてしまう。自然な対話でない時間の欠損部分を補塡するためのパテがわりの煙のような気もするのだ。だとすればこれは完全に心理的なものので、方法が適切でありさえすれば、禁煙は他の薬物依存ほどの苦痛なしに可能なはずである。

生理学的な害を自分に言いきかせる方法や、ハッカパイプなどの代用品は、誰もが一度は試みて失敗した処方だろう。タバコ中毒がふつうの薬物中毒でないのなら、そういう自虐的なやりかたが逆効果になるのはむしろ当然のことだ。いたずらに禁煙の努力をするよりは、禁断症状が存在しないという事実のほうに着目すべきではないだろうか。とにかく挑戦してみることにした。

まず手許にタバコと愛用のライターを置き、すぐにでも吸いはじめられる状態にする。タバコを吸いたい気分が熟するのを待つ。ライターの火をつけ、タバコの先ぎりぎりまで近付けてもいい。そして考えるのだ。いま自分はタバコを吸いたいと思っている。もし吸わなかったら、なんらかの生理的不都合が生じるだろうか。その気になれば、すぐにでも火をつけられるのに、吸わずに我慢している。二分経過。三分経過。何処(どこ)か痛むだろうか。四分経過。五分経過。頭が痛みだしただろうか。胸が苦しいだろうか。いや、なんともない。なんの変調も認められない。当然だろう、タバコに禁断症状はありえないのだ。そして十分経過。十分間我慢できればもうしめたものである。タバコを吸わなくてもまったく平気だというその感覚を心の底に刻み込み、さらに数十分して吸いたくなったとき、その感覚を思い起してやればいい。しだいに喫煙願望の間隔がひらいていく。必要なのは集中力だけだ。それ以外にはなんの努力もせずに、ぼくは一週間でも二週間でも禁煙を続けることが出来た。この方法の特徴は、他人にそばでタバコを吸われても、まったく誘惑的な刺激を感じないことである。

喫煙の悪癖は生理的耽溺ではなく、言語領域での心理偽装にすぎないのだ。あえて名付ければ、これは一種の言語療法だろう。言語による心理の内部調整である。言語機能の内省による観察にもなるし、人間の行動がその細部にいたるまで、いかに言語によって構築され支配されているかを体験するいい機会になるはずだ。おまけにタバコを止めら
れるのだから一石二鳥である。ただ一つ欠点をあげれば、あまり簡単に禁煙が出来るので、またすぐに吸いはじめてしまうことだ。告白すればこの原稿を書きながら、すでに数本分を灰にしてしまった。

テヘランのドストイエフスキー

もう何か月か前のことだ。テレビのニュースで、空襲を受けたテヘラン市街の情景を流していた。血にまみれたシャツの切れ端、つぶれた食器、サンダルの片方など……道路と建物の区別もつかなくなった瓦礫（がれき）の中を、カメラがゆっくりパンしてゆく。そして一瞬、カメラが停止した。停止した画面に、一冊の本が映し出された。カメラはすぐまた横移動に戻り、本は画面の外に消えてしまった。

その本はかなりの厚さのハード・カバーで、表紙いっぱいに描かれたシルエットは、まぎれもなくドストイエフスキーの横顔である。一秒足らずのことだったが、鬚（ひげ）と額が目立つあの特徴的な横顔は見間違えようがない。ぼくは呆然（ぼうぜん）と、しばらくその消えてしまった本の残像に目をこらしつづけていた。砂漠を泳ぐ魚に出会ったような意外さだった。一日に五回アラーに祈りをささげ、拳（こぶし）をふりあげて聖戦を誓うホメイニ信奉者たちのイメージから、ドストイエフスキーの読者を想像するのは難しい。意識を個別化し集団の解体をうながすドストイエフスキーの作品と、一切の例外を許容しないホメイニの教義を両立させることは、熱い氷を造る以上に困難なことである。

とつぜん閃光(せんこう)のように四十三年前の冬の記憶と結びつく。昭和十六年十二月八日、日米開戦の日だ。当時は日本も聖戦の最中だった。そしてぼくはドストイエフスキーとの出会いに夢中になっていた。図書館の全集を順に借り出し、読みあさっていた。あの日はちょうど『カラマーゾフの兄弟』の第一巻を読みおえ、二巻目と交換するために家を出る時だったと思う。新聞の一面いっぱいに、白抜きの大見出しがパール・ハーバー奇襲を告げていた。しかしぼくにとって切実なのは、『カラマーゾフの兄弟』の第二巻が、すでに誰かに借りられてしまっているのではないかという懸念(けねん)だった。日米開戦のニュースのほうが、むしろ遠い世界の物語のように感じられていた。

きびしい思想統制の中で、それ以外の思想が存在することさえ教えられずに育った十七歳のぼくにとって、あの懐疑主義はたまらなく新鮮なものだった。一切の帰属を拒否し、あらゆる儀式や約束事を踏みにじり、ひたすら破滅に疾走しつづける登場人物たちは、どんな愛国思想よりも魅力にあふれた魂の昂揚(こうよう)として映ったのだ。

考えてみると、総力をあげて意志を貫徹しようとする体制にとってはなんとも厄介な疫病である。厳重な検疫態勢をしいて徹底的な駆除をはからなければならない害虫文学である。ローレンツが動物の行動の観察で明らかにしたように、一つの信号に応じて所属集団の全員にそっくりな反応をさせるためには、反応にあらかじめ様式を与えておくのが効果的らしい。つまり儀式化による定着である。人間の場合でも事情は変らない。ただ一つ人間が動物と違う点は、刺激信号に物や出来事だけでなく、あわせてデジタル的な記号、つまり言語を利用できるようになった点である。もちろん言語の獲得で人間が手にしたのは、単に集団の行動を統制する能力だけではない。むしろ精巧をきわめてはいるが融通のきかない動物行動の「閉じたプログラム」の鎖を切り、各人がばらばらに個別反応をする「開かれたプログラム」の鍵を手にしたことだろう。この言語という個別化の鍵によって、人間は「群れ」を構造化し、複雑な社会化をなしとげることが出来たのである。

しかし同時に儀式の強化によるフィードバックで、舵の安定をはかる必要も増大する。個別化による社会の分化が進むにつれて、儀式の数も種類も増えつづけた。冠婚葬祭から学校行事、場所にふさわしいマナーや服装、世代や所属集団を誇示するバッジや髪型、スポーツの国際試合の会場にひるがえる色とりどりの国旗と国歌の演奏、国体や高校野球の開会式での首をしめられた瀕死の猫を思わせる選手代表の宣誓の絶叫、さらに信じがたくグロテスクな各種企業の軍隊式朝礼、あきらかに憲法に違反している神棚礼拝の義務づけ……そしてそれらの上に君臨するものとしての、さまざまな国家儀式。

「儀式化」は本来「個別化」とセット販売される抱き合せ商品だったはずなのだ。だが現実にはその約束もすでに建前にすぎなくなった。「群れ」の最終形態である国家が成熟期に達し、体重増加のために蛇や蟹なみの脱皮は望んでも、サナギが蝶に変身するような真の脱皮にはむしろ拒否反応を示している現在、儀式の一方的な肥大化は当然のなりゆきと言うべきだろう。個別化は今やプラスチック製の刺身のツマにすぎない。がさつな自由意志などより、帰属願望のほうがはるかに時代にかなった美徳なのである。上は宰相の式典好みから、下はパフォーマンスとかいう若者の祭典好みにいたるまで、現実の一切が儀式で立体構成されたジグソーパズルの賑わいだ。さらにテレビ番組の類型化が疑似集団の形成に拍車をかける。小さなブラウン管の前でめいめいは孤独なまま、同時に泣いたり笑ったりの大疑似集団を体験できるのだ。過剰儀式の慢性中毒症状である。靖国神社の公式参拝、小中学校での日の丸掲揚や国歌斉唱の奨励などに対しても、憲法違反などの疑義申し立てがあるだけで、国家儀式そのものの否定という観点からの批判はほとんど見られない。やはり中毒症状の進行はかなりのものだと見なさざるを得ないようだ。

　だからこそテヘランのドストイエフスキーが衝撃的な意味を持つのである。まだ完全に希望を絶たれたわけではない。テヘランの瓦礫のなかのドストイエフスキーを、言語のもつ自然治癒能力の徴(しる)しと見なすだけの根拠はある。

　パブロフは言語を、一般条件反射よりもう一つ高い次元に属する、人間に固有な条件反射かもしれないという仮説を立てている。たぶん一般条件反射の積分値という意味だろう。その後実験的に検証されたという話は聞かないが、卓越した予見だと思う。ぼくとしては積分値よりも「デジタル転換」という考え方のほうを採りたいが、真相はいずれ大脳生理学が解き明かしてくれるはずだ。そしてこのデジタル転換の仕組が、たぶんチョムスキーが言う遺伝子レベルに組み込まれている「普遍文法」なのだろう。この記号の記号とでも言うべき新しい情報の獲得が、人間の行動プログラムを開かれたものに変えた。だとすれば言語の能力のうち、「群れ化」をうながし「儀式化」でそれを膠着(こうちゃく)する作用よりも、「個別化」や「例外行動」を可能にした機能のほうが重視されてしかるべきではないだろうか。

　たしかにある人物を「変り者」と評するとき、多少の敬意がこめられている場合もなくはない。「変り者」は容認されるべきだという認識が、生活経験のどこかで機能している証拠である。しかし「変り者」はしょせん儀式次第からのはみ出し者だ。歩調をそろえられない兵士と行進を共にするわけにはいかない。ほぼ極限にまで構造を複雑化させ、肥大化させた現代社会にとって、とりあえずは秩序の安全保障である。芋洗いを覚えた「変り者」の仔猿などよりは、泥ごと齧ってもこたえない強靱な胃袋の猿のほうが頼りになるに決っている。何より不都合なのは、国家を「群れ」の最終形態とは考えずに、さらに先の形を夢想したりする「変り者」の存在だろう。国家にとって最大の危機は、兵器による他国からの攻撃以上に、国家儀式の大伽藍を足下から崩されることなのだ。儀式の強化はつねに最優先課題になる。それにしても口裏を合せたように、儀式願望が日々の暮しにまで浸透しはじめたのは何故だろう。「変り者」いびりが義務教育の教室にまで蔓延する。事件を報道するテレビ番組は、なるべく大声を出して泣く犠牲者の遺族を選んでマイクを突き付ける。いちおう世間に背を向けているはずの文芸誌や、前衛の旗をかかげる小劇場までが、古雑巾を煮立てるようなシャーマンの祈禱をこれ見よがしに歌ってみせる。

　たしかに儀式が日常を葛藤から保護するための安定剤であることは否定できない。儀式を欠いた「群れ」は容易にパニックを引き起こす。暴徒を蹴散らす警官隊の威力は、かならずしも催涙ガスや放水車だけでなく、儀式の鎧に負うところが多いはずだ。

過剰儀式の見本が刑務所や軍隊だとしても、たとえば聖職者は儀式による拘束生活をすすんで選ぶし、ヤクザは自らの意志で任侠道に従うのだ。荘厳に演出された儀式は、しばしば涙腺を刺激し、浄化作用を引き起こす。たとえば結婚式は、本来他人が介入する余地のない男女の性的結びつきを、儀式によって社会化する効能をもつ。葬式も、とつぜん死体という手に負えない形而下の存在に変質した人格を、人間として処理するための欠かせない儀式なのである。

　ある職業魔術師が面白いことを言っていた。子供の観客は張り合いがない。せっかく難しい空中浮遊の術を演じてみせても、それが不可能であることを経験的に熟知している大人と違い、子供は驚くべき事実にただ驚いてくれるだけだと言うのである。魔術師が求めているのは信仰ではなく、その場かぎりの疑似的な「群れ化」なのだ。儀式の有効性も似たようなものだろう。「個別化」とセット販売されている限りは、緊張緩和剤としての処方の価値も認められるが、自己目的化した儀式信仰は魔女狩りの衝動をあおるだけのことだろう。

　もちろん作家が儀式信仰に走るとき、上からの儀式に対抗するための、下からの儀式という思いがあることを理解できなくはない。ぼくだってもし南ア連邦の黒人なら、対立儀式の式典を歌いあげずにはいられなかっただろう。そうした衝動をじゅうぶん了解したうえで、なおかつこだわらずにいられないのである。一つの「儀式」を否定するための、別の「儀式」の正当化を、作家の仕事として認めても差し支えないものだろうか。権力を握った革命軍が、脱皮した蟹の甲羅の下からまたそっくりな甲羅をのぞかせるように、いずれ新国家儀式の作成を開始することは目にみえている。やはり作家は異端呼ばわりを恐れず、無条件に儀式そのものに異議申し立てを続けるべきではないだろうか。それが散文精神の原則のようにも思われるのだ。具体的な目標はなくても、瀕死の言語によりそって呼吸困難の苦しみを共にする墓守り候補がいてもおかしくはない。

あらためてドストイエフスキーの永遠性に脱帽しよう。ついでにイスラエル軍のキャンプに、一冊のカフカの本が落ちていることを期待したいものだ。靖国神社の閣僚公式参拝に不快感を感じるのは、単に中国から抗議されたからでも、軍国思想につながるからでもなく、それが国家儀式の露骨な上乗せ強化だからである。しかし絶望するのはまだ早い。ゴキブリか鼠(ねずみ)なみの忍びの術で、儀式の廃虚に奥深く侵入し、巣をつくってしまった言語の墓守りの影がテレビニュースの画面を走ったのだ。どんな片隅にでも儀式嫌悪(けんお)の手触りがあるかぎり、それは希望のたしかな感触なのである。

錨なき方舟の時代

聞き手・栗坪良樹

――今日は安部さんの近況を伺いながら現在取組んでおられる小説などについても、伺いたいと思います。

安部　急に眠くなってきたな。そう言えば今朝は五時から仕事してたんだ。ちょうどいまごろは昼寝の時間でしょう。

――いつも何時ごろ起きられるんですか。

安部　決まってないね。

――全く仕事次第というわけですか。

安部　一般に怠けているときは夜型のような気がする。

――では、ここのところ、夜型にはなれないのですね。怠けられないということですね。

安部　まあ、勤勉です（笑）。やはり夜型でなくなった時点で、本格的に仕事に乗れたと言えるのかもしれない。夜は穴掘り作業には向いているけど、朝のほうが広角レンズで物を見られる。

――仕事が軌道にのらないと夜型になっちゃうわけですか。

安部　そういう企業機密はあまり公開しないほうがいいんじゃないかな。

――ワープロを使っているそうですが、仕事の能率が目に見えるし、きれいだし、気分がいいでしょうね。

安部　気分なんかよくないよ、別に（笑）。ただ複雑な作業をエレガントに出来ることは確かだな。エレガントって、気取って言っているわけじゃないよ。数学や物理の方程式や解答の仕方がすっきりいった場合の形容なんだ。このインタビューなんかでも、出来たらワープロのフロッピイ出してほしい。時間の節約というより、仕上がりがきっとエレガントになるよ。（事実この速記はフロッピイで届けられ、ワープロで手を入れている。エレガントに仕上がるかどうか保証のかぎりでないが、作業に目くばりがきくことは確かである）

――ワープロと手書きの本質的な違いはなんでしょう。

安部　本質的にはべつに違いはないでしょう。ワープロは書く機械ではなく、校正する機械なんだ。つまり二本の手綱をあやつるのは簡単だけど、十本の手綱の操作は混乱しかねない。ワープロはその操作をかなり法則化してくれる。それだけ思考に同時入力できる条件や情報の量が多くなるわけだ。集中してきめの細かい作業ができるんだよ。

――そこまでなじむのに、けっこう時間がかかるんじゃないんですか。

安部 ワープロのショーウインドウみたいなところで、一時間くらい見物させてもらったかな。それ以上は自慢話になるからやめておこう（笑）。

――身につく人と、つかない人がいるようですね。

安部 素質よりも、要求度じゃないかな。自転車みたいなものだと思う。乗ってみるまでは難しそうだけど、いずれは誰にでも乗れる。それと、最初からゲラ刷りで読めるというのもワープロの利点だね。

――手書きの字だと、やっぱり自分の何かがのり移っていたりして対象化しにくいのでしょうか。

安部 活字で読むときのリズムがつかみにくい。けっきょく読者に手渡されるときには活字だからね。字句にこだわらないようにして、少し目から離して、ほかの人が書いた小説を読むような気分になって、パッと勢いをつけて読んでみたり、いろいろ努力するんだけど、やはり手書きの字だとリズムがつかみにくい。というより、逆に手書きのリズムに引っかかっちゃうのかな。そう言ったほうが正確かもしれない。指と手首のリズムみたいなもの、あれはたぶん話し言葉のリズムだね。ぼくは書いた端から消してしまう、言い回しのリズムというか、一種の言葉の手拍子なんだ……小説の言葉は道具でいい。本来、散文は道具に徹すべきだ。手拍子におぼれていると副詞過剰症におちいってしまう。

――そこまで自分の文章を客体化すると、もう作家は自分の文章におぼれずにすむわけですか。

安部　すまないよ（笑）。

――そうですか。

安部　おぼれる人は、ますますおぼれるようになる。

――おぼれる人はワープロ向きじゃないんでしょう。一般にはおぼれにくくなるんじゃないですか。

安部　ワープロを使うと、むしろそれぞれの傾向が誇張されるような気がする。歌うのが好きな作家は、ますます歌うようになるだろうし。

――なるほど。その点ちょっと誤解していました。

ぼくは満洲の奉天で生まれたんです。ちょっと安部さんと同じ空気を吸っていた経験があります。そこで、満洲の話を伺いたいのですが……

安部 満洲にいつごろまでいたの？

――引き揚げてくるまで。

安部 かなり長いわけだ。

――ええ。生まれたのは昭和十五年。

安部 昭和十五年というと……終戦が二十年で……

――紀元二千六百年のお祭りがあった年です。

安部 なんだ、子供じゃないか。

――でもやっぱり、引き揚げてくるときの感じとか、防空壕に入って、隣りに爆弾が落ちたとかいう記憶はあります。

安部 奉天で？

――ええ。

安部 奉天に爆弾が落ちたって？

――落ちましたよ。

安部 そうかな。そう言われてみると、一回落ちたという話を聞いたような気もする。

すると君の家は駅の向こうの鉄西の方だね。

――　いや、生まれた町は橋立町だと聞きました。駅に近いほど立派な名前がついているんだ。

安部　ああ、そんな名前の町あったよ。

――　おやじが満鉄だったんです。

安部　そんな所に爆弾が落ちたっけ。

――　ぼくの記憶では、家に観音開きになるような窓があって、それに目張りというか、張りつけた窓が一遍にパッと開いた記憶があります。

安部　じゃあ、その辺に落ちたんだ。

――　子供の記憶ですけれども、すりばち状に穴があいてて、金庫の取っ手みたいなのだけが一つポツンとあったのを記憶してます。

安部　実感があるじゃないの。

――　私事ですけれども、育ったのは北海道なんです。

安部　ぼくの真似（まね）したみたいな人だね、君は（笑）……北海道はどこ？

――　樺戸（かばと）集治監のあった月形っていう町。

安部　月形っていい名前だ……どこだったっけ。

――　札幌から一時間半ぐらい北に上がった石狩川のある町です。

安部　旭川（あさひかわ）のそばかな。

――旭川まではいきません。札幌と滝川の間ぐらいのところです。札幌から函館（はこだて）本線で迂回（うかい）して岩見沢なんかを通って旭川とこうなりますね。

安部さんはおじいさん、おばあさんの代から北海道の旭川なんですか。

安部　上川郡字近文（ちかぶみ）東鷹栖（たかす）村、昔はオサラッぺって言ったらしいよ。今は旭川に編入されたから旭川だね。

――その前は、どちらから……

安部　そう、北海道にはその前があるんだ。四国らしいね。

――安部さん自身は、そこに行かれたことはないんですか。

安部　ぜんぜん知らない。誰も教えてくれなかった。北海道人の特徴じゃないの、昔のこと話したがらないのは。お互いきっと古傷が多すぎるんだよ。だから、ぼくも聞かなかった。

――するとその辺の事情は謎（なぞ）として残ってしまいますね。

安部　おふくろが徳島で、おやじの方が香川。どのみちたいした謎じゃない。問題にするほどのルーツじゃなかったから、はるばる北海道くんだりまで開拓に出掛けたのさ。

――その土地の思い出はあるんですか、安部さんとしても。

安部　そうだね、戦前と戦後、それぞれ一、二年ずつくらいは暮らしてる。

――暮らしてるわけですか。労働のようなこともされたわけですか。

安部　しないよ。最初のときは、おやじがハンガリーの大学に留学中で、ぼくが小学校の二年生だったっけ。

――北海道が風土的に安部さんの何かを育てたということはありませんか。

安部　うーん、風土はあまり問題じゃないだろう。風土よりはむしろ、親の生活感覚みたいなもの……。とにかく石狩川の奥地の原始林を開拓してきた家系だからな、それなりにたくましかったんだと思うよ。ほとんど脱落した中での成功組だからね、両方の祖父母が。ちょっとした地主だったよ、土地解放までの一代地主だけどね。おやじは長男だったけど、また飛び出して満洲に行っちゃった。おふくろは学生運動してお茶の水中退。おやじが医者になって、これもなんとか成功組だね。いかにも中産階級的な、温厚な性格だったような気がするけど、まあ客観的に見れば、たくましいのかもしれない。あるいはたくましさを強制されたのかもしれない。

――そうですよね。ぼくの祖父母たちもけっきょく北海道から満洲に渡ったのです。

安部　似たような連中がいるんだよ。
――あれはどういう回路でそういうことになるんでしょう。
安部　けっきょくは時代だろうね。こだわるほどのルーツを持てない連中は、いつの時代にも再生産されつづけているわけだけど、あの時代はそういうあぶれ者に行き場を与えることが出来たんだ。よく言えば新天地、現実には植民地というわけ。それにルーツ自慢を聞かされずに育った子供は、自分もこだわらずに出て行けるんじゃないの？
――ぼくの祖父母の話なんかを聞いてますと、大分鳴り物入りで北海道へ行かせようとする政策的な宣伝があったようですね。
安部　つまりそれが新天地だよ。
――そうだと思います。ぼくは満洲医科大学の病院で生まれて……
安部　あそこにいたんだよ、おやじは。
――そうらしいですね。
安部　その後、満鉄に入った。
――安部さんのお書きになった自筆の年譜は、あらゆるものの原点になっているけれども、いろいろ謎めいたところがあるんですよね。

安部　いいんだよ、そのうちもっと出鱈目(でたらめ)な年譜を書いてみたいな。得々としてルーツを語るなんて薄気味悪いよ。

——そうかもしれない。でもたとえば、ごく素朴に考えてみて、北海道も寒いところで、満洲も寒いところだということ、何か関係しませんか。

安部　でも暑いときは暑いよ。

——ええ、そうですけど、とくに寒さは……自分が子供だったから、とくに寒さの印象が残っているのかもしれませんが。

安部　そんなはずはないさ、暖房設備が整っていたからね。

——家の中はそうでしたね、ペチカとか。

安部　ごめんごめん、つまらない挙げ足取りをしてしまった……学校行くときなんか寒かったね。

——そうですね。

安部　零下二十何度かになると学校休みだったな。後ろ向きに歩ける眼鏡を発明しようとしたことがあるよ、本気になって。風に向って歩くとつらいんだ、眼も鼻も凍ってしまう。そう言えば、ぼくの場合むしろ小学校の教科書だろうね、体験の特殊性を言うなら。つまり原形になる風景というのが、地平線までのっぺりして何にもなくて……

――太陽がその地平線から上がってくる……

安部　いや、そんなに早起きじゃないから、見るのは沈む太陽のほうだけ。ところが学校で使っているのは日本の教科書だろ。日本の教科書に出てくる風景というのは、家のすぐ裏に山があったり、川があったりする。

――兎追いしかの山……（笑）。

安部　そう、谷川があって、せせらぎがあって、そこに魚が泳いでいたんじゃ、こっちはコンプレックスにおちいるしかないだろう。まさにファンタジーだ、あこがれだよ、窓からひょっと見たら山が見えるなんて、まるでチョコレートの箱の絵みたいじゃないか。

――逆にそういうことになるわけですね。

安部　君は寒さのことを言ったけど、夏の暑さも苛烈だったな。事実学校のすぐそばまで砂漠化が進行していた。寒暖の差がすごく激しいから、なんと言っても印象に残るのは春の到来さ。春というのは、徐々に来るんじゃなくて、ある日突然来る。そのある日の前触れとして、完全に枯れた――いや実を言うと枯れ草もないんだ、凍った地面の割れ目に、ちらと緑色がのぞく。それが合図なんだよね。いつまでもしゃがみ込んで、じっと眺め入っていたものさ。あれは鮮明な記憶だな。日本人はよく自慢話をするね、四季のうつろいに特別敏感な民族だとか言って。どうかしているよ、季節に情感を感じない民族が何処かにいるだろうか。ぼくのコンプレックスかもしれないけど、あれを聞くとぞっとするな。ひとごとながら恥ずかしくなる。むしろ日本人は季節に鈍感だと思うよ。でも農耕作業をつつがなく運営するためには、あいまいな季節にけじめをつける必要がある。だからやたらに季節を論ずるのさ。日本人が自慢できるのは季節論であって、季節感じゃないよ。

――いまのお話を伺ってますと、ぼくの北海道の体験で言いますと、やっぱり雪が大分融けかかって、その下からスイセンなんかピュッと出てくるとかですね……

安部　そう、まだ北海道の方に四季を感じるね。でも満洲っていうところはその雪もないんだ。

――そのようですね。

安部　だから雪ダルマがうらやましかった。たまに降っても砂みたいにサラサラしていて固まってくれないんだよ。どうやったら雪ダルマができるのか、子供心にも謎だった。まったく無いものづくしで育ったようなものだね。

――すると、パターン化された日本の虚像を通して、想像力を育ててきたようなものですね。

安部　まったくだね。でも満洲にかぎらず、ああいうところに住むと、誰でも似たような体験をするんじゃないか。アメリカでもヨーロッパでも、大陸奥地の平原地帯で育てば、やはり海とか山とかになにか特別な幻想を持ってしまうんじゃないかな。

――満洲の少年時代に、毎日のように旧市街を探険していたというふうに言っておられるんですけど、それはどういうことですか。

安部　探険というほどのものじゃない。でも、いま思い出してみると、あんな所によく行けたなと思う。

――行くと何か危害を加えられる可能性があったわけですか。

安部　いや、経験上はなかった。噂（うわさ）に聞いた記憶もない。でも、いまあらためて考えると、あってもいっこうに不思議はなかったね。単に関東軍の銃剣に支えられた見せかけの平穏にすぎなかったんだ。

――冒険を意識する背景はあったんですね。

安部　それはそうだよ。アカシヤや、真っ赤なカンナの花や、可愛（かわい）い白系ロシア人の少女や、中国人の大道手品師や、そんなロマンチックな顔は、ようするに植民地支配民族に見せた仮面だよ。こっちは子供だし、その仮面の魅力が無かったと言えば嘘（うそ）になるけどね。だいたい満洲国になる前は、鉄道商埠地と言ったっけ、要するに南満洲鉄道に沿った治外法権で、これは日本の準領土だよな。中国の法律が及ばない銃剣の柵の内側だけで日本人が幅をきかせていたわけだ。その外に出たら、殺されても文句言えない。建て前としてはね。

――国境みたいなもんですね。

安部　まだ小学校に上る前のことだったかな、関東軍と共産匪と言われていたゲリラとの戦闘が近所であって、流れ弾が庭に飛んできたことがあったよ。隣の人が後で現場に出掛けて、土産に共産匪の刀を拾ってきてくれたっけ。兵力で制圧していた植民地に本当の安全なんかあるわけがないだろう。

――そうすると、不可思議な、神秘的なものは感じられなかったわけですか。

安部　いや、古い都市には、なにかキノコが生えてくるみたいな、非合理で自然発生的な感じがあってね。

――叢生するっていうか……

安部　うん、古い城壁の外に家が牡蠣のようにはりついて、家の上にまた家が重なって、その間がなんとなく道になって、その迷路の奥にきっと何かがあるはずだという期待感を抱かせてしまうんだ。

――まさに迷路の魅力ですね。

安部　うん、バロック的な奇怪さと言ってもいいかな。

――今でもイメージとしてありありと浮んできますか。

安部　たまに夢のなかに出てくるよ、今でも。でもロマンチックなノスタルジーからはおよそ縁遠くなってしまったな。なつかしそうに満洲の思い出話をする連中の気が知れない。植民地支配された人間の内面にたいする想像力の欠如だよ。ぼくなんか子供のとき、教育の建て前として五族協和の理念を叩き込まれた。もちろん同時に日本人の優越性という矛盾した教義を反復させられるわけさ。自分の性格もあっただろうし、おやじがエスペランチストでコスモポリタンだったせいもあって、けっきょく五族協和のほうを取ったんだな。ところが、実際問題として内地から来る日本人というのは、ひどく横暴なわけだ。たとえば汽車に乗っても、中国人や朝鮮人が腰かけていると、足蹴にし立たせてしまう。許せなかったよ。そういうぼくだって、けっきょくは支配民族の博愛主義から一歩も出てはいなかったのだろう。でもナショナリズムに対する嫌悪感だけは身につけられたように思うね。路上で警察官の中国人を拷問するのを見たこともあるし、ちょうど汽車が奉天市に入るところの河原に、いわゆる匪賊のさらし首が並んでいるのにショックを受けたこともあるし。

教育の矛盾くらい、いい反面教師はないのかもしれない。教科書問題なんか、そう神経立てる必要はないのかもしれないよ。学校の先生は二言目には「おまえらはだらしない、内地の子供は……」とやるわけだ。だから内地の子供っていうのは偉いものだと本気で信じていたよ。同時に五族協和なんだから、軋轢(あつれき)は避けがたい。もちろん植民地というものの実体が理解できたわけではない、ただいずれ理解するための情報とデータだけはたっぷり供給してもらえたわけだ。最近よく南北問題だとか、発展途上国と先進国といった問題の立てられ方がされるけど、けっきょくは植民地支配国と被支配国の対立が解決されないまま尾をひいているんじゃないかという気がしはじめているんだ。

――実感的な話から、国際情勢にまで話が発展してきましたね。そのへんを詳しくお願いします。

安部　本当に話したいのは、国際情勢よりも、むしろ一般的な権力のメカニズムについてなんだ。けっきょく、そうした植民地主義の展開は、どうもヨーロッパのルネッサンスと照応し合っているような気がして仕方がない。ルネッサンスから産業革命へというくプロセスの中で、次第に近代国家に向けて権力による統合が進められた。ヨーロッパの中でも、分割や支配がブルドーザーみたいに駆けぬけた。王権から国家権力への移行だね。同時に生産効率が加速度的に向上する。王権と国権では、馬と機関車くらい効率の差があるからね。海外からの収奪にも拍車がかかる。自分の国の中では民権をすすめながら、国外で奴隷の再生産をこころみる。

この前もテレビで大航海時代なんてロマンチックな特集番組をやっていたけど、要するにあれは略奪農耕なみの乱暴な植民地収奪じゃないか。血も凍るほどの第一期の植民地時代、皆殺し政策だからね、やるほうはテレビゲームはだしの面白さだろうけど、やられる側はロマンチックどころの話じゃないよ。もっとも収奪の成果は、短期的には上がるけど、いずれ枯渇してしまう。昔のスペインなんかのやり方だ。再生産きかないんだよ。その結果、侵入者自身が干潟のヤドカリみたいにひからびて自滅していく。いまの中南米がそのいい例だね。

――あれは自滅ですか。

安部 そう、自滅。だって加害者がマスクをひっくり返して被害者の仲間入りしただけの話だろ。現にほとんどの国の政治家や有力者は白人じゃないか。そのくせわれわれの文化伝統はインカ文明にさかのぼる、なんて劇画なみのスローガンをぬけぬけと掲げている。人種偏見じゃないよ、単なる事実を指摘しているだけだ。こうした土壌を背景に育ったのが中南米文学というわけだが、それはまた後で触れることにして、その次にやってくるイギリス、フランス式の植民地スタイルを考えてみたい。はるかに合理的だし、効率も高い。つまり種をまいて収穫を刈り取るという、永続性のあるシステムだ。人間に関しては、徹底した奴隷の再生産マシーン。だから本格的な第二期の植民地収奪は、それ以前の略奪時代よりもはるかに深く根を下ろしていると言える。やられた国の受けた傷の深さは、たぶん皆殺し政策以上じゃないかな。そうした組織立った植民地政策の犠牲になったのは、やはりアジアに多い。アフリカっていうのは、もっと古くから収奪されつづけているから、これはもう何ていうか、論外だね。中南米どころじゃない。

けっきょく世界は植民地支配国と、被支配国の二つに分けられる。ヨーロッパにも派手な植民地支配はしなかった国もあるけど、しょせんは強大な支配国のおこぼれに与（あずか）った周辺国だ。ところがなぜか日本は植民地化されなかった。地政学的には当然侵略の対象になってしかるべきアジアの一角にありながら、なぜか支配をまぬかれた。偶然か必然かはさておいて、恐らくアジアでは唯一（ゆいいつ）の植民地化されなかった国だろう。

だからもし日本の特殊性を言うなら、文化だとか風土だとか伝統なんかではなく、きわどいところで植民地化をまぬかれたという点……

——要するに偶然の結果だということですか。

安部　必然が意識された偶然だとすれば、やはり偶然と言ってもいいでしょう。要するにどこの国でも、植民地化の運命さえまぬかれていたら、日本と同じようなコースをたどれたかもしれないということが言いたかった。この問題に対する日本人の鈍感さはまさに西洋人なみだ。だから日本のテレビがポルトガルの大航海時代を祝う式典を中継して、ひどくロマンチックな解説をつけて、西と東の文化の交流の記念だとかなんとか一緒になって手をたたいてみせたりする。文化の交流どころか、一つ間違ったら植民地化の尖兵(せんぺい)になりかねない連中だったんだ。あの大航海時代の船っていうのは、本当に恐ろしいものだった。裸の子供のところにライオンが入ってくるようなものさ。

　そして運よく食用にならずにすんだ日本という子供は、遅ればせながらヨーロッパ式の近代化をとげ、遅ればせながら植民地支配国の仲間入りをしてしまう。ところが先輩たちにさんざんうまい汁を吸われてしまった後だったから、戦火による略奪というひどく不器用な手段にたよるしかなかった。

　いわゆる発展途上国に見るべき文学がないのも、けっきょくは植民地収奪の結果だと思う。発展途上国にも文学があり、その民族のためのすぐれた文学が生まれていると主張する人もいるけど、ぼくはそう思わない。すくなくも世界文学、あるいは現代文学という基準では、文学と言うにたる文学はない。

逆説的に言えば、だから現代文学は駄目なんだとも言える。西欧的な方法をよりどころにしているから駄目なのではなく、植民地主義の土台にきずかれたものだから駄目なんだ。反植民地主義的な思想にもとづく作品でさえ、植民地経済を基盤にしていた国からしか生まれえない。メフィストフェレスなしにファウストがありえないようなものさ。

植民地収奪の特徴の一つは、まず教育の極端な閉鎖性にあるんじゃないか。被支配民族を前後左右に分割分断するだけでなく、上下にも分けてしまう。愚民政策を押し進めるいっぽう、愚民支配のための専門管理職の養成もする。そのなかからたしかに作家も生まれるでしょう。でもみんなロンドンで勉強したり、ハーバード出身だったりで、英語やフランス語で書いているんだよ。

――タゴールなんかもそうですね。

安部　いや、何語で書いてもかまわないんだ。ただそういう作家を、はたして出身国に属する作家とみなしていいものかどうか。そのての人種主義はちょっと眉唾（まゆつば）だよ、ぼくは採りたくない。インド系英国作家だったり、マレーシア系アメリカ作家だったりでいいじゃないか。アメリカ人の感覚なら当然そうなるだろうね。日本人にはその感覚がなさすぎる。だから発展途上国にも作家がいるなんて錯覚してしまうんだ。それに正義の味方みたいな顔も出来るし。でも作家は読者なしにはありえない。読者が生まれなかったら、作家なんかいるわけがない。そうでしょう。

ただし韓国からは現代文学の作家が生まれはじめている。日本の植民地支配にかかわらず。なぜだろう。こんなこと言ったら怒られるかな。あくまでも仮説だけど、日本の植民地化の収奪方法が下手で、ただ暴力的に威嚇するだけで、根こそぎ教育の息の根を止めるまでには至らなかったせいじゃないか。

—— 韓国がそうなら、中国についても同じことが言えますか。

安部 中国は日本より前に、イギリス、フランスの植民地的干渉を受けてさんざんな目にあわされた。でもちゃんと作家はいるな。魯迅を一人生んだだけでも大変なものだ。魯迅というのは完全に現代の作家ですよ。彼は日本に留学して、日本で文学を手に入れたのかもしれないけど、まぎれもなく中国の作家と言える。中国には読者がいるんだよ。あれだけイギリス、フランスなどから組織的干渉を受けながら、どうして耐えきれたのだろう。とにかく膨大な国だし、教育基盤にまではやはり手がまわらなかったのかな。

—— さすがのイギリス、フランスも収奪しきれなかったというわけですか。

安部　中南米文学になると、ちょっと事情がちがうね。被支配民族は収奪されつくしてしまい、いま書いているのは支配民族の子孫なんだ。支配する側とされる側が共倒れして、アマルガムになった珍しい例だね。ぼくは有色人種と白人という区分はしたくないけど、要するに白人なんだよ、全部の作家が。そして、スペイン語しか話せない大学教授あたりが、われわれの伝統はマヤ文化だなんて言うのを聞くと、本当にむかっとくる。なんのためにそんな見えすいた偽（にせ）のナショナリズム（大義名分）が必要なのだろう。

もちろん現在の中南米文学には目を見張らされるものがある。しかし繰り返すようだが、あれはいわゆる第三世界の文学なんかじゃない。まさに現代という時代の（つまり地域性を越えた）文学だと思う。内容はかなり地方色豊かなものもあるけど、スタイルの洗練度では群を抜いている。アメリカやヨーロッパの現代文学以上に現代的だ。なぜだろうと思って、ぼくなりにいろいろと考えてみたよ。中南米には、現代が失ってしまった非合理、幻想や物語がまだ生きているので、人間の始源に触れる発想が可能なんだと主張する人もいるようだけど、ぼくは反対だね。現在の中南米作家のルーツはあんがい戦前のパリあたりにあるんじゃないか。戦前のパリは、フランス的である以上に、亡命者文化のたまり場だった。その前のワイマール文化とも通じあう

TAITO

ものがある。あの時代にユダヤ系の作家が輩出して、文化の尺度に国際的な視点を確立したことは実に重要な出来事だったね。スターリンに追われ、ヒットラーに追われ、フランコに追われて新しい価値の探索者たちが集まり、シチュー鍋に火をいれた。

　美術とか映画の領域ではもっと早い時期になかまで火がとおって、食卓を飾ったんじゃないか。シュールリアリズムの運動なんかその代表的な例だろう。しかし文学っていうやつはなかなか火がとおりにくい。煮えるのに時間がかかるんだ。第二次世界大戦が終るのを待って、パリ経由のスペイン系亡命者文化がやっと花を咲かせたということなんじゃないか。

　中南米文学というのは、要するに一九三〇年前後に植えつけられたものの収穫のショーウインドウみたいなものですよ。ユダヤ系の作家と並んでね。だから国境を越えて人々の心をうつことが出来るのだろう。

　まあ、この前ノーベル賞もらったカネッティなんか、そうしたところから出てきた突出した精神だと思う。まったく驚くべき強靱な精神だな。彼はもともとポルトガル系かスペイン系のユダヤ人で、ユーゴスラビアかブルガリアかどっかで生まれて、スイスで育って、それからドイツに留学して、イギリスで暮らして、書くのはドイツ語。条件はそろっているね。でもナショナリズムってやつは思いのほか手強い野獣だからな。

――カネッティについてもう少し詳しく話して下さい。

安部 あのおそるべき沈着な教養、地方文学から世界文学に移行していく転換期のシンボルと言ってもいいような作家じゃないか。世界で最初のカフカ論は、カネッティが書いたらしい。両方とも孤独な作家だ。まだ世間に知られていないカフカのことを、まだ世間に知られていないカネッティがせっせと書きつづっていたんだな。ちょっと孤独すぎるような気もするね。

――安部さん自身も無国籍の作家と言われることがあるようですが。

安部 もっと言ってほしいけど、あんまり言ってくれなくなった（笑）。

――今の中南米文学論も、けっきょくは安部さんがご自身を語っているようにもとれるのですが……

安部 そうね、無国籍と言われて笑っていられる間はまだ平和なんだ。だからぼくは魯迅を尊敬する。たしか彼の「青年に与える何とか」という文章の中で、青年は中国の小説を読むな、翻訳小説を読みなさいとすすめているんだ。当時の中国であれを言うのは、かなり勇気の要ることだと思うよ。下手すると無国籍者あつかいで片付けられる危険があった。なんと言ってもナショナリズムの台頭期だったからね。

異端審問というか、異端洗い出しの方法としては、この無国籍者というレッテルを貼(は)ってまわるのが一番有効なんです。

——そうでしょうね。

安部　中身がはっきりしないから、効き目がある。漢方薬みたいなものだ。誰かを無国籍者だとなじっただけで、なじった者が愛国者になれる。

——村八分の論理ですね。伺ってると、安部さんの考え方のなかには、共同体的な原理に対する強い反発が働いているような気がしますが。

安部　自分でもそう思う。でもぼくだけでなく、ある程度誰にでもある普遍的な傾向なんじゃないかな。共同体原理っていうのは、原理以前にすでにぼくらの遺伝子の中に組み込まれている性向であり、同時にその共同体を拒否する性向も遺伝子の中に組み込まれ済み、といった関係にあるんじゃないか。その相反する二つの性向が、自分のなかでたがいに張り合っている。条件に応じて、どちらかが顔を出す。つまり縄張りの形成が生物学的にプラスに作用する場合と、マイナスに作用する場合があるんだよね。

チンパンジーやゴリラは、人間にくらべると、同じ先祖から出発しながら縄張り破壊の衝動が少ないみたいだね。人間っていうのは、縄張りを壊して、はみ出して、飛び出していく性向が比較的強いんだ、多分ね。チンパンジーよりもネズミに近い。地上の三大異常繁殖生物っていうのは、人間とゴキブリとネズミなんだってね（笑）。これは思想なんかじゃない、単に遺伝子に組み込まれた傾向ですよ。巣を拒絶する因子が組み込まれてしまっているんだ。でも人間の文化もある段階で農耕と遊牧に分れましたね。量的な繁殖から質的な拡大への転機を迎えるわけです。そして文化が遺伝子を制御しなければならなくなる。まさに文化大革命ですよ。

農耕はまず土地に定着しなければならない。そこで縄張りの観念が非常に……もともと遺伝子の中に潜伏していた性向だから、条件しだいで呼び出せるわけだね、集団として保護を与えたり、保証を与えたりしながら、しだいに定着を強めていく。やがて自分の所属している土地が郷土の観念をうみ、強いモラルとして働くようになる。モラルになった帰属の観念から愛国心まではほんのひとっ飛びだからね。

ところが遊牧民というのは、あまり国境概念がないらしい。国家概念を持たないから、税金さえちゃんと納めれば、誰がどこに行こうとあまりとがめなかった。それがシルクロードの由縁だという説もある。ところが農耕民にとっては、よそ者すなわち侵犯者だ。縄張り荒しを許すわけにはいかない。こうした二つの文化が競合したとすると、とうぜん縄張り意識が強く、共同体としての内部のしかけを複雑化できる文化のほうが勝つにきまっている。農耕文化が主流になったのはいちおう歴史的な必然だったのだろう。でもあきらめきれないね。国境が神のようなものだとは、どうしても思えない。

―― 今のお話を伺っていますと、やはり満洲の体験の根深さをついつい感じてしまいますね。『けものたちは故郷をめざす』に代表されるような、「境界線上」の思考といいましょうか……

安部 風土にはこだわりたくないけど、まあぼくの発想の材料はたっぷり提供されているかもしれないね。

―― しかし、とらわれるような体質がそなわっていないというのか。

安部 しょせん失うしかないものを、ノスタルジーとして語るか、もともとなかったものとして語るか、どっちかしかないだろう。

―― なるほど。それはかなりよくわかりました。そういう観点で最近の世界情勢をごらんになるとどうなりますか。

安部 だから、第二次大戦までは、パイを食う専門の国と、食われるパイになる専門の国があったわけ。

―― 分担がはっきりしていたわけですね。

安部　それが戦後徐々に変ってきて、食ってないようなふりをしながら食うようになってきた。ムシャムシャ食っちゃ、やはり失礼だっていう感じだな。でも食っているのはいぜんとして旧植民地支配国だ。

――相変らず、旧支配国がはばをきかしている。

安部　与えた傷が余りにも深すぎた。今度は「パイ全部はいらないよ。おまえたち、四―六でいこうよ」なんて言っているんだけど、向こうはもうひどい病気になっていて、せっかくのパイも喉をとおってくれないんだ。民衆の無知蒙昧を自分の痛みとして感じることの出来ない一握りの支配階級と王族、もしくは独裁者。植民地主義者が植えた病巣がそのまま生きつづけているんだよ。産油国なんか、現金収入はけっこうあるはずだけど、健康状態のほうはさっぱりじゃないか。下手すると百年、二百年かかっても治らない傷かもしれないんだね。

――癌かもしれないというわけですね。

安部　うん。その気になれば、その両方の立場を理解できるのが日本人かもしれないんだ。でも駄目だろう。教科書問題だってあのとおりだし。つきつめていけば、現代が直面している問題を解く鍵がひそんでいるかもしれないのにね。

――なるほど、ほとんど忘れかけている。それどころか調子にのっているんじゃないですか。経済大国で世界に進出しているというようなことで、国民こぞって。

安部　植民地支配で受けた傷よりも、敗戦の傷のほうがずっと軽いという生き証人のようなものだね、日本は。

――つまり収奪されている側の、先ほども出ていましたけれども、民というか、人々の意識化できる能力の問題といいますか、それは教育の問題にも関わってきますね。

安部　そうなんだ。自分で外すしか外しようがない足枷（あしかせ）だからね。でも頑丈すぎて取れなかったら、それをかけたやつの責任が、それが取れるまで問われ続けなければいけない。

――その話を伺っていてふっと思い出したのは、安部さんもお書きになっていたと思いますけれども、映画で『目には目を』*っていう作品がありますね。あれは、とにかくいまさっきの話でいうと、支配された人間が、支配した人間を徹底的に許さないことをはっきり描いた作品でしたね。

安部　そうだったね。

――あれ、文学っていうか、原作がありますね。ぼくは映画で見ました。ああいう作品がもっと出てくるべきだということになりますか。

安部　それも結局、駄目だろう。それを言ったことによって罪が償われたような錯覚を起すからね。

——なるほど。

安部　必要なのは彼らが現代文学の読者になることだよ。現代文学なんて、過大評価する気はないけど、すくなくも民俗芸能だけじゃ駄目なんだ。ああいう国の連中には現代なんかなくてもいい、連中は象と遊んでいればいいんだ、というようなものじゃないとぼくは思うね。

——なるほど。おっしゃる構図はよく飲み込めました。そういう構図の中で、いま日本の演じている役割というか、結果的に演じてしまっている役割というのはどんなふうにごらんになりますか。

安部　かなりグロテスクなんじゃないか。あえて逆説的に、意地悪く言わせてもらうけど、いくら日本人が西側の一員だと言いはってみたところで、西から見ればしょせん有色人種だからね。有色人種は被支配民族であるという概念からはなかなか抜けきれないと思う。だからけっきょくは東は東、西は西。しかしビジネスはできるのだから、お互いに理解し合おうなんていう無駄な努力はもうやめよう。理解できなくていいんだ。ビジネスさえ成り立てば、これは、君、数字の上のことだからビジネスはできるでしょう。それでいいんだ。変に理解し合おうとするから、かえって喧嘩になっちゃったりする。もうお互いに、無視しあって、自分たちは自分たちでやっていようじゃないか。ただ、経済的な取引だけは、これはビジネスでいきましょう。そしたら喧嘩にもならない、と、ぼくが西欧人なら言うだろうね。もちろん好意的意見としてだよ。日本人がまたそれに乗って、東は東なんて言いだしたら、まんまと向こうの思うつぼですよ。東も西もないんだって、なぜ日本人が言えないんだ。それを、「いや、やはり東洋的な何とか……」って。いま東洋という括弧で何かをくった瞬間、何が起きるかといったら、けっきょく植民地主義者と植民地原住民との色分けだけでしょう。

だからアメリカでの禅の流行なんて、東洋の理解どころか、単なる文化的ニヒリズムにすぎないよね。インドの瞑想と同じことさ。向こうはもう腹の中で笑っているよ。金儲けなんだから、あんなもの。インドに瞑想なんかありゃしないよ。

――国際的な話が続いているわけなんですけれども、ちょっと目を身近なところに向けていただきたい。

たとえば安部さんには『都市への回路』っていう本がありますね。ちょっと視点を、こういう町の中といいますか、都市に向けてみた場合、いまどんなことが見えてきますか。

安部　弱ったな、やはり同じ構図が見えてくる。どのみち疎外（そがい）の構造だろう。シンボルとしてのユダヤ的なものだ。いまヨーロッパ人を含めて、われわれの内部に巣食っている病根、被支配民族を傷つけた時の返り血を思い出そうとすれば、われわれの内なるユダヤ人を見詰めるしかないんだよ。この場合のユダヤ的なものは、イスラエル的なものの反対概念だから誤解しないでほしい。そういう意味で、ぼくが都市というものをあえて提案したのは、どうにもならないわれわれの否定的側面を含めて、目をそらしてはいけない場所という意味なんだ。

――ちょっと突拍子もないことかもしれませんが、日本の政治家で田中角栄なんていう人は、つまり新潟なら新潟の非常にへんぴなところに道路を築いてみせるというふうなこと、これもいまのお話と何か関わりがありますか。

安部　田中角栄というのは非常に露骨な、戦略のない戦術家だと思うね。

――ああ、なるほど。それはおもしろい見方だな。

安部　権力の運用についてはベテランなんじゃないか。しかし本当の意味での政治性は完全に欠如しているね。でもあそこまでぬけぬけやられると、「まさか」と思ってだまされてしまう。

——ああ、みんながあれよあれよと思っているうちに……

安部　誰も戦略がゼロだなんて思ってみもしないだろう。だから差し手の読みを間違える。いわゆる田中派というグループには、金と員数だけがあって、政治的傾向は意外と希薄なんだ。

——安部さんは田中現象をどう見ますか。

安部　たしかに政治倫理の問題はある。でも深く考えてみると、意外に難しい問題だよ、平気で収賄をする政治的無能力者と、金銭にはいちおう潔癖なファシストと、はたしてどちらが無害な政治家か（笑）。だいたい日本人には賄賂に対してそう厳しい感覚はないしね。

——ええ、ないと思います。ぼくは学校勤めが長いですが、中学校、高校にいるときは、つけ届けと賄賂は違うかもしれませんが、父兄のつけ届けというのははなはだしいものがありましたから（笑）。

安部　そうでしょう。田中角栄本人も「おれ、それほど悪いことしてないのに、おかしいな」と思っているんじゃないか。

——戦略の欠如はどう考えるべきでしょうね。

安部　あれほど非政治的な政治家に一国を任せた日本人というのも、これまた不思議だと思うけど、ブレヒトの戯曲のなかのガリレオの言葉を借りれば、英雄の不在が不幸なのではなく、英雄を求め必要とする時代が不幸なのだとも言えるからね。すると田中角栄の出現は幸福な時代の象徴かもしれないじゃないか。あえてあの男をとがめるとすれば、民衆に戦略なき政治家に対する不信感をうえつけたことかもしれない。英雄待望という危険な雰囲気の種をまいたことかもしれない。英雄になりたがっている政治家もちらちらしているからね。そんなのよりは、金で満足してくれるくらいの方がまだ無難かもしれないじゃないか。事実日本の有能な官僚は政治家をばかにしているようだ。たしかに半年ぐらい総理大臣なんかいなくても日本はやっていけそうだ。大臣にはせっせと賄賂集めに専念してもらって、あとは全部官僚でやっていけるようなシステムになっているんじゃないの。

——お役人たちがシナリオを書き、政治家はそれに従って演じているというわけですか。

安部　お猿の電車っていうのがあるでしょう。あれ、べつに猿が運転しているわけじゃない（笑）、あんなふうなんじゃないかな。

日本の政治には、見えないところでひどく有能なシステムが機能しているような気がする。芝居の裏方が万事心得ていますという感じなんだ。だからあまり見栄(みば)えのするトップは現れない。そのかわり、ヒットラーのような独裁者も出にくいんじゃないか。お猿の電車の猿にはなれても、ヒットラーやスターリンにはなれない。日本人がそれほど民主主義的だとは思えないけど、一種の歯車感覚みたいなものはあるんじゃないかな。時計のと言っても昔ふうの機械式時計だけど、あの歯車の精妙なからみ合いの感覚ね。戦時中の東条だって、ヒットラーほどには独裁的に機能していなかったような気がするんだ。

――それは石原莞爾(かんじ)にばかにされるくらいの程度でしょう。『東京裁判』という映画を見たら、石原莞爾が証人で出てきて、検事側に「東条にどのように指揮されたか」っていうふうなことを聞かれると、石原莞爾が、敢然として「東条というのは思想のない人間である。思想のあるおれがなぜ思想のない人間の指揮に従う必要があるか」というようなことを言ってましたね。

もし政治家にあえて戦略を求めるとしたら、どんなことでしょう。

安部　当然すぎるけど、平和でしょう。現在の日本は平和と言えば平和だけど、いわば戦争の一形態としての平和だからね。平和を単なる理念としてでなく、はっきりした政治戦略として示してほしい。国益を楯(たて)にして、戦争もまた平和の一形態だなんてすぐに言いだしかねない連中なんだ。これは世界中の政治家にたいする注文でもあるけどね。もっともよその国の平和まで考えていたら、選挙のとき、失業対策で打って出た候補にまず負けるだろうね。難しいよ、この問題は。

――安部さんが戦中、ハイデッガーとかヤスパースとか、そういうものを非常に熱中してお読みになったということと、文学へ進んでいくこととは関わりありますか。

安部　あったと思う。実存は本質に先行するという実存主義の基本概念、本質というのは一つの規定観念であり、その規定作業の前にもっと未分化の実存が先行しているという考え方、それがなぜぼくにとってそれほど重要な思想だったかというと、やはり戦争中だったからだと思う。

いくら憲兵統制の時代だからって、「八紘一宇（はっこういちう）」や「万世一系」を信じられるわけがないじゃないか。無理な話だよ。ぼくだけが例外だったとは思いたくないよ。「それを信じていたのに終戦で裏切られた」っていう人がいるようだけど、不可解だな。あんなこと言うのは、単に格好をつけているのだろうか、アリバイを主張しているのだろうか、すごんで見せているのだろうか、それとも何かに遠慮しているのだろうか。だって少なくとも初歩の物理学くらいは勉強しているはずだろう。理科の時間があって、進化論くらいは習ったはずなんだ。矛盾に気づかないわけがないよ。ただ先生にわざわざ質問をすることはしなかった。すごく怒られることも知っていたし、先生が答えられないことも知っていた。まあ統制の効果はそれなりにあったわけだ。

しかしそんな矛盾のあいだで、嬉戯として宙ぶらりんの状態とたわむれていられるのは、せいぜい十五、六歳までじゃないかな。いずれ何処かで整合性を求めるようになる。その頃だよ、一種の非合理精神が哲学の衣装をまとって登場してくるんだ。「絶対矛盾の自己同一」だったっけ。はっきり覚えていないけど、哲学というより、まじないみたいなものだったな。とにかく非合理を論証しようとするわけだ。論証の拒絶よりはまだ良心的かもしれないけど、論証という作業自体がもともと合理性を前提にしたものだからね、成り立つわけがない。まさに催眠術的レトリックさ。

ああいう状態はかえって哲学的飢餓感を生むんじゃないかな。合理性の欠落をなんとか埋めようとする衝動だ。その穴埋めのために探し当てたのが実存主義だったというわけだ。本当に理解出来たとは思わないけど、ぼくには必要な考え方だった。

いまになってみると、ヘーゲルでもよかったのかもしれないという気がする。事実ヘーゲルにむかった連中もいたよ。そっちのほうが秀才タイプだった。どっちにしても今はもうあまり興味がない。デジタル的な整合性だけでものは創れないからね。

——当時翻訳は出ていましたか、実存主義関係の。

安部　出ていた。盟邦ドイツ製の哲学だったし、ひどく難解なせいもあって、さいわい危険思想あつかいは受けていなかったんだ。

――そうすると、いちおう自由に読むことは出来たわけですね。

安部 でも翻訳はひどいものだったね。わざと分りにくくしたのだろうか、と好意的に勘ぐりたくなるくらいさ。

どちらかというとハイデッガーの方が自分の役に立ちそうな気もしたけど、感覚的にはヤスパースの方がつき合いやすかった。戦後になってサルトルが紹介され、似たような体験をしていたことを知ってびっくりしたよ。これからの世界観の形成は、やはり実存主義を媒介にしてすべきだという気持は戦争中から準備されていたからね。でもまだ作家になろうとは思っていなかった。

――そうすると、それが文学の方法として実存主義が意識されていたわけではないんですね。

安部 じつは最初に書いた『終りし道の標べに』なんか、小説を書いているつもりはまったくなかったんだよ。

――あれはいまになって考えてみますと、安部さんの生活的な体験もかなり溶け込んでいるわけでしょう。

安部 いや、そんなことはないよ。体験とは無関係だ。ただ、実存主義を観念から体験のレベルに投影したらどうなるかという一つの実験なんだよな。

――その逆ではないということですね。

安部　そう。

――それが、いまや稀覯本と言われている『無名詩集』あたりに転化していくわけですか。詩の方が先かと思っていましたが。

安部　もちろん詩はもっと前。

――しかし、詩ではあらわせないわけですね、実存主義は……

安部　そうだね、哲学で詩を論ずることはできても、詩で実存主義は表現できないだろうね。

――安部さんが、戦後登場されるあたり、ちょっと話して下さい。

安部　阿部六郎という人がいて、ぼくの高等学校のときのドイツ語の先生なんだけど、戦後これといった当てもなくて、ためしに、いやかなり自信もあったかな、とにかく阿部六郎さんのところに持っていってみたら……

――『終りし道の標べに』ですね。

安部　そう。そしたら、阿部六郎さんはニーチェなんかもやっていたけど、やはりドイツ教養主義から出た人だからさ、「これは何のことかさっぱりわからん。しかし、待てよ。たしか他にも何のことだかさっぱりわからんことを書いている奴がいたっけ。ためしにそいつの所にまわしてみてやろう」ということで、埴谷さんのところに送ってくれたんだよ。

ぼくは、そんなふうにして、横のほうから変則的なスタートを切ったために、なんだか疎外されっぱなしだったね、長い間。

―― 卑俗なことばで言うと、文壇からということですか。

安部　いや、文壇なんてぼくはあることも知らなかったよ。それどころか、すでに文壇から疎外されていた、たとえば「近代文学」のようなグループからさえ疎外されてしまった。まあ無理もないさ。ちょっと世代が違うし、年中腹をすかせている理屈っぽい青二才だったからね。それに「近代文学」の連中は、戦時中からある意味ではすでに作家だったし、転向だとか戦争責任だとか、ぼくとはなかなか共通の話題が持てなかった。世代的には三島君なんかと一緒なんだけど、彼はまたこれはひどく早熟なやつで、口をきくようになったのはずっと後になってからのことだよ。

―― そうすると、その間の安部さんには孤独な闘いがつづいたのですか。

安部　外から見れば、孤独な闘いということになるんだろうね（笑）、自分でそんなこと思うやつはいないだろう。

――異端であると同時に、強力だったということでしょうか。
安部　単に目障(めざわ)りで、嫌なやつだったらしいよ(笑)。
――それは、芥川(あくたがわ)賞を取られたあたりのことですか。
安部　もっと前だろうね。
――芥川賞は二十六年。
安部　忘れたよ。あのころの芥川賞はいまと違ってそんなにパッとしたものじゃなかったからね。賞の時計だって、文字盤に最初から傷が入っていたし(笑)。
――けれども、たとえば『壁』の最初の本なんか、石川淳(じゅん)さんの文章が載ってますね。
安部　石川さんは例外さ。あの人自身がかなり疎外されていただろう、文壇からは。それとも文壇を疎外していたと言うべきかな。それにしても、ずうずうしいものだよね、若いということは。理解するのがあたりまえだというような顔をして、電車賃をもらったりご馳走(ちそう)になったりだからな(笑)。
――結果的に芝居をお書きになるのは、小説だけでは自己表現が出来なくなったということですか。
安部　そういうわけじゃないんだ。最初に芝居を書いたのは、『制服』。どこか雑誌から短編小説の原稿を頼まれたんだよ。なかなか注文なんかなかった時代だし、安い原稿料でも有り難かったからね、気負い込んで書きはじめたんだが、なぜか全然書けないんだ。「弱ったな。書けないな。どうしたらいいだろう」悩んだよ、締め切り待ってなんかくれないからね。そしていよいよ締め切りの前の晩、「ひょっとしたらこれ、会話だけならいけるんじゃないか」そのままはずみで書いてしまった。そしたら結果的に芝居の形をとっていたわけだ。当時も戯曲は雑誌から敬遠されていたんだよ。

――自分の、それこそ実存がかけられたような小説へのアプローチと、それから小説の書かれ方というふうなものが転換されたのは、どういう時期に当たりますか。相変らずずっと『終りし道の標べに』に書かれた問題を引き摺っていたのですか。

安部　そうじゃないだろうね。『終りし道の標べに』のときには、小説の意識はほとんどなかったから。

――『けものたちは故郷をめざす』は、はっきり小説ですね。舞台は似ていますけど……

安部　ぼくにも小説への志向はあったんだよ、ずうっと子供の頃から……。実存主義にひかれるようになる以前、中学生の頃からだな、ポーが好きで、ああいう面白いでたらめを創ってみたいとかねがね思っていたことは事実なんだよ。それが地下水みたいに、いまもどこかを流れているような気がする。

——初期の作品で言いますと、特にぼくが満洲にこだわっているせいか、『けものたちは故郷をめざす』が圧倒的におもしろいというか、理解できますね。

安部　ぼくも好きだよ、あれは。

——次に大きくそびえ立っているのが、やはり『砂の女』です。『砂の女』の成り立ちというのは埋蔵された何かがあるんですか。

安部　自分じゃよく分らないものなんだよ。分ってもあまり喋(しゃべ)りたくないしね。たぶんその前の一連の短編の集約ということは言えるだろう。

——安部公房論というものは、たくさんありますけれど、やはり『砂の女』を境にして作家・作品論が一般化してきたように思います。安部さんご自身はどうですか。それまではスポークスマンが決まっていたように見えるんですが。

安部　スポークスマンなんかいたっけ。信じられないな。今だっているような気はしないけど（笑）。

——最後に、今度の作品のお話を伺いたいんですけれども、『志願囚人』という題名なんですか。

安部　最初はそういう題で考えていたんだ。『志願囚人』という発想をした理由は、いまわれわれが置かれている状況が、要するに外から拘束された囚人ではなくても、みずから志願した囚人にすぎないんじゃないかという問題提起をしたかった。でも、ずっと書き進めているうちに、それだけではまだ不十分であることに気づいたんだ。気がついて、『方舟(はこぶね)さくら丸』という題に変えることにした。宗教的な言葉を一切使いたくないけど、これはある意味で人間の原罪を問う小説になるだろうな。方舟はむろんノアの方舟のもじりだよ。選ばれた者が生き延びて、その子孫を残すための、遺伝子プール保存作戦のための大シェルターさ。だから『方舟さくら丸』。

もちろん生き延びること自体は罪でも何でもない。対自然のサバイバルは健康なゲームとみなせるし、ロビンソン・クルーソーの物語に犯罪の臭(にお)いをかぎつけるのは、ちょっと行き過ぎだろう。

でも最近のサバイバル・ブームははたしてそんなに無邪気で罪のないものなのだろうか。たしかに単なる流行であって、思想ではない。労働に適した飾らない服装なんかはぼくだって好きさ。でもそれだけでは済まされないものを感じるんだよ。文学、デザイン、コマーシャル、それから服装に至るまでそれが蔓延(まんえん)してくると、ちょっとキナ臭い。もしかすると、実はある大きな流れに対する予感であり、表現なのに、まだ誰もそれに気がついていないだけじゃないのか。

――なるほど、よく分かります。その誰も気付いていないことを少し具体的に。

安部　一つ条件を加えてみると、平和で健康なゲームにすぎなかったサバイバルが、たちまち狂暴で血生臭いものに変ってしまうんだ。誰かが生き延びることによって、誰かが死ななければならないという条件。多少被害妄想的だけど、ロビンソン・クルーソーだってそんなふうに読もうとすれば読めなくはない。

もしあの島に、見えない原住民がいたとして、ロビンソン・クルーソーのすることなすこと、その原住民たちの命にかかわる事だったとしたら、これはもう明白な犯罪小説じゃないか。ところで君はどっちの立場に立ってこの物語を読むことになるかな、ロビンソンの側か、原住民の側か。当然ロビンソンの側だろう、ぼくだって同じだよ、われわれは植民地支配民族である日本人だし、作者も同じく支配民族だから最初からそんなふうに読めるように書かれている。

ほら、これでうまいこと最初のテーマにつながってくれたじゃないか。つまり、そういうことだったんだ。誰かが生き延びるために、誰かが死ぬ、この条件があるかぎり、サバイバルは犯罪になってしまうんだ。意図した殺人でなくても、人間が人間を所有し支配できるかぎり、生き延びようとすることで誰かを殺してしまうんだ。そういう小説なんだよ。ロビンソン・クルーソーの物語を、殺された見えない原住民の側から書いてみようと言うわけだ。

ところで君も、第三次世界大戦はかなりの確率で起りうると思っているでしょう。ぼくも思っている。偶発核戦争の可能性は、いまこの瞬間に起きても不思議はないと言っている学者もいるくらいだ。でも、こういう賭を受ける気はしないだろう。それじゃ、五分以内に核戦争が起きるかどうか、起きなかったらぼくに十万円はらう。まず断るだろうね。むしろ起きない方に賭けるだろう。では何分だったらいいのか。五分以内に賭けられないのなら、たぶん一時間でも同じことだろう。十時間でも同じだろう。一年でもけっきょく同じじゃないかな。しかし、百年と言ったら、これはもう賭にはならない。死んでしまっているからね、両方ともが。

ぼくらの日常性の保証なんて、せいぜいがこの程度のものなんだよ。自分がその賭を受けられる範囲内においては、賭は成立しないだろうという、ささやかな楽観主義さ。

しかし何かのはずみで、君が一千万円かけて、核シェルターを買ったとしよう。可能性は十分あるんだ、買ったつもりになってみてごらんよ。とたんに考え方が変ってくるんじゃないかな。つまり君は生き延びるチャンスを手にしたわけだ。他人が死体に見えてくるだろう、と言うより死体でなけりゃ困るんだ。すでにチャンスの争奪戦が始まってしまったわけだからね。別の意味で君はもう賭に応じない。支払い能力のない死体を相手にしたってはじまらないじゃないか。君は他人の死を待ちつづけることになる。同情することはないさ、被爆だろうと、交通事故であろうと、死ぬ個人にしてみたら同じ死なんだよ。自己体験としてはさして変らないよね。癌で死ぬのも、被爆して死ぬのも、死ぬ当人の苦しみとしては似たようなものだろう。

たしかに似たところはあるんだよね。核被爆して死ぬのも、息子に金属バットでなぐられて死ぬのも。個人レベルでの生き延び作戦を開始した以上、他人の死になんかかまってはいられないんだ。問題は自分が生きるか死ぬかだけだろう。ただシェルターの収容能力に余裕がある場合は、仲間のことは考えてやるだろうね。

ぼくの小説はちょうどそういう状況からはじまるんだ。大きな核シェルターになり得るような、採石場の跡があって、その場所を知ってる男がいて、これをノアの方舟として役立てようとするんだよ。

―― その採石場をですか。

安部　そう、生き延びるに価(あた)いする人間を集めようとするわけだ。ここで二つの大きな問題が発生する。一つは人間の選別、いま一つは防衛さ。

アメリカなんかの場合、シェルターをライフルや機関銃つきで売っていたりするらしいね。ニヒリズムもここまで徹底するとすがすがしいよ。シェルターで自分を守るということは、要するに他人を排除することなんだから、仕方がないじゃないか。日本だとライフルつきでないかわり、秘密厳守のスタイルらしいな。自分の家の地下室をシェルターにしていても、みんなひた隠しにするらしいよ。それにライフルはなくても、いざという場合にそなえて鉄棒くらいは用意しているはずだ。そういう人には忠告しておきたいな、鉄棒じゃ無理だから、せめて猟銃くらいは準備しておいたほうがいい。猟銃なら許可制で合法的に買えるんだから。

次は選別。シェルターの収容能力がある程度以上あれば、どうしても収容するに足る人間を選別、審査しなければならなくなる。未来のための遺伝子バンクだからね。ところでその場合、いったい何を選別の基準にすればいいかの問題。誰に許可を与え、誰を拒絶するのか。ヒットラーはあっさり選別の基準をアーリア族に置いてしまったね。けっこうでしょう、選別を始めてしまった以上、どこに基準を置こうと同じことなんだ。ファシズムが始まる。ファシズムとはすなわち選別の思想なんだ。

――シェルターそのものがファシズムのシンボルということですね。

安部　そう、何処かにファシストという特別な人種がいるわけじゃないんだ。シェルター、もしくはシェルターへの入場券さえ手に入れれば、君でも、ぼくでも、あなたでも、その瞬間から立派なファシストさ。シェルターの広告を見て欲しいと思っただけでも内部のファシズムがうずきだすんじゃないかな。昔からある話だけど、筏(いかだ)が一つあって、溺(おぼ)れかけた人間が二人いる。しかしその筏には一人しか乗れない。二人乗ったら沈んでしまう筏だ。どうすればいいだろう。いっぽうが自己犠牲を発揮して、どうか君が生きてくれ、おれは死んでもかまわない、ということになるのか、それとも殺し合いになってしまうのか、どちらかしかないわけだろ。

――可能性としてはそうでしょうね。

安部 でも、あるんだよ、第三の選択が。二人とも死んでしまうのさ。非現実的だととられるかな。でもそれしかないだろう、殺すことも、殺されることも拒否しようと思えば、二人とも死ぬしかないんだ。いまわれわれが置かれた状況は、まさにその選択を迫っているとぼくは思う。どっちかが生き延びることを許されるのなら、核戦争も許されてしまうじゃないか。

そこで、「二度と過(あやま)ちを繰り返しません、誓います」ということになるのだろうけど、ぼくにはいま一つぴんと来ない。あれは誓うべき問題じゃないだろう、自分が核爆弾を持っていて、使用の意志決定権を与えられているのならともかく。それに、「二度と繰り返しません、この過ちを」という言い方も妙だ。仮にあれが過ちだったとしても、落したのはアメリカですよ。「二度と繰り返しません」とアメリカ人が言うのならわかるけど。

なぜ核戦争が起きるのか。国家が意志決定をする可能性があるからでしょう。考えてみると国家自身が一つのシェルターなんだよね、国家そのものが。それで、国家というものは……。マルクスの思想の根本である国家の廃絶ということは、はたして実現可能なアイディアかどうか、ぼくはかなり懐疑的なんだけど、でもそれ以外にはないじゃないかという気もするね。しかし、現実には国家はないと困るんだ。国家の機能が弱いとレバノンみたいになっちゃう。あれは国家というものが必要悪として、日常を維持するために不可避なものであるということの証明でもあるね。五分後の核戦争に賭けないですませられる、あのささやかな日常さ。えらく高くついているんだよね、この日常が。でもその日常がなかったら、国家を否定する根拠さえ失われかねない。

しかし国家はその内部でシェルター・システムをますます巨大な形に育てつづけ、繰り返しファシズムを再生産していくメカニズムを持っている。ちょうど生物が細胞の中に癌のメカニズムを内在しているのと同じようなものだ。日常を与えるのも、奪うのも、おなじく国家の役割らしいんだな。

この最近の非政治的、あるいは反政治的ムードのなかでのサバイバルの流行、やはりちょっとキナ臭いんじゃないか。
　そこでぼくは『方舟さくら丸』を書きはじめたわけだ。つまり生き延びることの意味をもう一度問いなおしてみる必要に迫られたんだな。どうもうかつに生き延びようとしたりしちゃ、まずい事になりそうだと。

——伺っていると、ちょっととっぴかもしれませんけれども、中曽根首相が不沈空母なんてことを言ったのも方舟的な発想ということになりますね。

安部　だから、あの空母には乗ってもいいけど、わざわざ乗る必要もない。本当に空母なら、乗っても乗らなくても、結果は同じだからな。

——どういうことです。もう死ぬっきゃないわけですか（笑）。

安部　覚悟はしておくべきじゃないかな。死ぬ覚悟じゃないよ。ちょっと違うんだ。希望を一切持たない覚悟と言ったらいいかな、いちど徹底的に絶望してみたほうがいいように思うんだ。絶望も認識である以上、希望の一形式なんだからね。

——いま伺っていて、これは間違っているかもしれませんが、方舟から連想したんですけれども、初期のころに『洪水』という小説がありますね。あれは結局全部死ぬ話になっていますね。

安部 そう。

——その辺からすでにもう始まっていたんじゃないですか、安部さんの中で。

安部 うん、あれもたしかに希望の一形式としての絶望だね。

——『洪水』もそういうことになっていますね。

安部 なっているね。

——ところが、最後にチカチカと細胞のようなものがかすかに生きているように書かれている。つまり希望の芽があるようになっている。

安部 それは『第四間氷期』という作品にもつながっていく。妙に水にこだわっているね、水気のない満洲育ちのくせに。やはり風土とはあまり関係がないんだよ。それとも憧れ(あこが)が出てしまうのかな。

つまり水棲(すいせい)人間になって生き延びたやつ、あれもやはり生き延びたわけか、けっきょく同じテーマを追い掛けているんだね。ところが中に生き延びきれなかったのがいて……。つまり水棲人間の身障者だな、ふつうの水棲人間はもう泣かなくなっているのに、そいつだけは変に涙もろい。水の中で暮していれば、涙が要らないわけだから、やはり身障者だ。そいつがどうしても、空気が恋しくて——風の音を聞きに陸地に上って、空気に溺れて死んでしまうわけだけど、ぼくにとって否定的存在なのか、肯定的存在なのか、最後まで決めかねて非常に困らされた。実は今になっても心が揺れ動いているんだ。小説ってそんなものなんだよ。なんでもが作者の勝手になるわけじゃない。一つの小説の中で、対立する両方の登場人物に同時に共感してしまうことだってあるわけだ。そこが評論の世界とは根本的に違うところだろうね。

だから、小説でそんな表現はとらないけど、もしかすると、人間の政治的コントロールの能力には一定の限界があるのに、現実がそれを超えてしまったんじゃないかという気さえする。そうすると、もう全滅しかないじゃないか。ブリューゲルだったたっけ、あの盲人がつながって歩いているやつ、もう笑えないね、自分があの中の一人のような気がしてくるんだ。

── 全滅とか、だれにも生き残る権利がないと言うときに、必然的に宗教とか信仰の問題が出てきますでしょう。

安部 それはいけないと思う。そこで救いとして宗教を持ち出したら、途端に死ぬやつは生き延びるやつを許さなきゃいけなくなってくる。

── そういうことになってきますね。

安部 宗教は異端審問で選別し、異端を再生産しつづける。

── つまり分派行動への牽制(けんせい)ですね。

安部　そういうこと。神を試すなかれですよ。おまえが選ばれなかったからといって、嘆いてはいけない、これも神の試練なのだと言われれば、もうどうしようもないじゃないか（笑）。

――安部さんのお話を伺っていて、その構想とモチーフを全体として理解しますと、筋道が通りますけれども、読みようによってはある種のニヒリズム小説というふうにも読まれますね。

安部　可能性はあるな。ぼく自身いまニヒリズムを恐れずに、一度徹底的にニヒリズムを追求してみたいと思っているんだ。それを避けていたら、むしろ危機をみずから呼んでしまいかねない。もちろん作品の中では絶望的なことなんか一切書きませんよ。もう作品が動き出してしまっているから、ぼくの手に負えないところもある。どの登場人物も、これまでになく活力があって、ぼくは好きだ。

――危機を直視するということですか。

安部　そうね。だって餓死した子供を抱いているアフリカの母親に、核戦争反対の署名を頼んだり出来るだろうか。ひどすぎるんじゃないか。生き延びるってのは、そういうことなのかな。同時に……。だから、希望は絶望の形式だし、絶望は希望の形式だし、だから、希望と絶望を対立させることは、いまのような社会では安易過ぎるんだよ。

――『燃えつきた地図』『砂の女』『箱男』『密会』というふうに、刊行されていく本はほぼ五年置きですが、これは意識的にそうされてるんですか。

安部　結果的にそうなっているね。べつに計算しているわけじゃないんだ。

――それもかならず書き下しという形式ですが、他人に読まれてしまうと、先を書く気がしなくなるわけですか、雑誌連載じゃだめなんですか。

安部　連載だと締め切りが嫌だし、書き直しがきかないのが困る。ぼくは不器用なのかもしれないね。

――『他人の顔』という作品が雑誌で読んだのと、本になったのとではかなり違っていた印象がありましたが。

安部　そうだ、あれがきっかけだったかもしれない。喧嘩(けんか)しちゃってね、とても雑誌はだめだと思った。

――安部さんの場合は、雑誌にいつも登場しているわけではないけれど、世代交代しながら、なおかつ相当数の人間に必ず読みつがれるわけですよね、五年ごとに。

安部　自分ではそれほど楽観的に考えているわけじゃない。

たとえばカネッティのことを考えると、読者の数なんて問題じゃないと思うな。もちろんカネッティの読者は少なすぎる、もっと読まれるべき作家だよ。でも読者の数とは無関係に、カネッティは厳然と存在する。絶対に存在してもらわないと困る作家なんだよ。そういう作家が本当の作家だよね。ぼく自身、カネッティを知らずにすごしてしまった場合のことを考えると、ぞっとするからな。ごく少数の読者によってでも確実に読みつづけられればそれでいい。じわじわ燃えつづける泥炭（でいたん）の火みたいに、それはそれですごいエネルギーなんだよ。出た途端に何十万部ボンと売れるような物しか読まない読者だけを相手にしていたんではだめなんだ。

＊アンドレ・カイヤット『眼には眼を』（１９５７年／ＵＧＣ）

子午線上の綱渡り

聞き手・コリーヌ・ブレ

――こんどの新作『方舟さくら丸』は非常に刺激的な小説でした。安部さんの仕事のなかで、代表作の一つになるものだと思います。脱稿までに七年かかったと聞きましたが、そのあいだ他の仕事はまったくしなかったのですか？　小説だけにかかりっ切りだったのですか？

安部　最初の二年間は舞台の仕事と平行していたように思います。そのころ「安部スタジオ」という劇団を主宰していたのです。しかしいろいろ考えるところがあって、劇団は当分休むことにしました。だから小説にかけた時間は正味五年とすこしでしょう。ぼくにとって一本の小説に五、六年は普通です。プランを決定して書くタイプではなく、書きながら試行錯誤するので、十倍以上の枚数を書きくずすことになります。

――ワープロを利用したそうですが、何か利点がありましたか。

安部 予想していた以上に便利な機械です。とくに書きながら考えるタイプの作家には今後不可欠な道具になるでしょう。試行錯誤のプロセスを視覚化できるのだから、そのぶん考えが精密になる。電子化されたタイプライターと混同している人もいるようだけど、まったく次元のちがう機械です。

――作品についての質問に戻りますが、『方舟さくら丸』の主人公はかなり変った人物ですね。変な昆虫に夢中になったり、おかしな発明に熱中したり、核シェルターの入場券を持ち歩きながら誰にも売る勇気がなかったり、立体の航空写真を覗(のぞ)いて旅行している気分にひたったり、女性に対しては永遠の好奇心に似た感情で見つめつづけるばかりだし、それに最後には便器の穴に落ちて片足を捕られてしまう。何度も噴き出し、笑ってしまいましたが、同時に悲しいようなつらい気分にさせられる。いつの間にか感情の同化がおきるのです。父親との関係も不気味ですね。後半袋詰めになった父親の死体が、いつも廃棄物のように部屋のなかに放置されているのは滑稽(こっけい)なくらいグロテスクでした。どんな事情であのような人物が誕生したのでしょう。

安部 そう、たしかに一見したところでは特異な人物です。第一体形がみにくい。《豚》もしくは《もぐら》と呼ばれている、異常に肥満した青年だ。性格も極度に内向的だし、孤独癖がある。だからこの小説を解く一つの鍵(かぎ)である「ユープケッチャ」

という昆虫に特別な興味をいだいたり、部屋の監視装置やさまざまな生活日用品の発明に熱中したり、便器に異常な執着をしめしたりするわけです。しかしこの人物はけっして例外的な存在ではないと思う。現代にあっては（とくに都市生活者にとっては）むしろ普遍的な存在でしょう。現代の主役はヒロインやヒーローではなく、道化なのです。ちなみに「ユープケッチャ」の説明をしておきますと、これは甲虫の一種で肢（あし）が退化し、自由に移動することが出来ない。かわりに自分の排便を餌（えさ）にして、ぐるぐる小さな円を描いて生きているわけです。一日に一周するので「時計虫」とも呼ばれている。むろん作者の空想の産物ですが、この虫にある種のリアリティを感じ、親近感をおぼえない者はいないのではないでしょうか。他者との過剰な関係に悩まされている現代人にとっては、逆説であるにせよ一つの理想でしょう。さらにもう一つ、「無名性」が彼の特徴です。彼だけでなく、考えてみると僕の小説の主人公はほとんど全員名前を持っていない。個性はあっても無名であり、世間から認知を拒まれている。こういう人物が僕にとっては現代という世界を透視するための窓になるのです。

――するとテーマよりも、そういうディテールのほうが、作品の動機になるわけですか。

安部　そのとおりです。「ユープケッチャ」という空想の昆虫の発見……便器を踏み台にし足を踏みすべらし、足を便器の穴に吸い込まれたショック……夜半、竹箒で街を掃除してまわる制服の老人奉仕隊の不気味で悲しいイメージ……そういった一見ばらばらの種子が脳のひだに植え込まれ、やがて根をひろげ、枝をはびこらせてたがいにからみ合っていくわけです。

――でもぜんぶがオートマティックに展開するわけではありませんね。『方舟さくら丸』にははっきりテーマが暗示されているし、シンボルの暗示もあります。平凡な人たちの平凡で滑稽な打算と駆け引きの向こうに、ぽっかり終末が口を開けているのが見えます。

安部　作品が一つの世界として自立するためには、当然、世界として自立するために必要な幾つかの条件がみたされなければなりません。テーマも象徴性もそれらの条件の一つでしょう。しかし作家は日常的なディテールを発見するために、そうした作品の背骨になる真のテーマとは別に、しばしば既成のテーマを利用することがあります。それは現実に強力な照明を当てて、隠れている「物」を引き出すための手段です。その場合テーマは「物」を位置づけ存在させるための仮説と言ってもいいかもしれない。あるいは太陽の黒点を直視するためのススを塗ったガラス板のようなものです。しかしそのテーマがそのまま小説のテーマになることはまずありえない。最初のテーマはいわば肥料にすぎず、それによってディテールの種子が成長し、次に結果として実を結ぶでしょう。そこに新しいテーマが暗示され、シンボルが焦点を結べば成功した作品になる。しかしそのテーマは作者が作品以前に用意していたものとは限らない。作品の真のテーマは作家の肉声によってではなく、作品自身によって語られるもので、それはしばしば作者の意図を超えるものです。

たとえばこの『方舟さくら丸』の主人公は、とくべつ肥満体であるため、スポーツは苦手です。それである日、夢を見る。オリンピック反対同盟のデモ隊がオリンピック会場に乱入して、大会を大混乱におとしいれてしまう夢です。この夢は小さなエピソードにすぎませんが、しかし小説の基本テーマに深くかかわりあってきます。つまりオリンピックの実体が、けっして純粋な競技ではなく、筋肉の力を介してナショナリズムを誇示し展示するための醜悪な会場にすぎないという認識……いったん力で象徴されるナショナリズムの不可侵性を認めてしまえば、いずれは核時代という悪夢に辿(たど)りつかざるを得ないでしょう。核兵器は偶然の産物ではありません。国家主権に超越的自衛権を認めた瞬間、兵器は自動的に究極化への道を辿らざるを得ないのです。核戦争の可能性が予見されたとき、すでに核戦争が起きてしまっていることを、この小説の日常的ディテールが語っているわけです。現代は破局から逆に時間を歩んでいる裏返しの時代なのかもしれません。生き延びることを拒まれて、なおかつ生きる希望があるのでしょうか。僕はなぜ書くのか何度も自問自答しました。たぶん絶望もまた希望の一形式だからでしょう。

――安部さんはよくカフカとの比較を論じられますね。実際に影響があったのでしょうか。あったとすればどんな形ですか。

安部　僕のなかでカフカの占める比重は、年々大きくなっていきます。信じられないほど現実を透視した作家です。しかし影響はさほど直接的ではありません。カフカを知ったのは書きはじめてからかなり経ってからのことです。僕の初期の比較的ファンタスティックな作品は、カフカよりも実はアラン・ポォとルイス・キャロルの影響と言ったほうがより正確でしょう。しかしカフカはつねに僕をつまずきから救ってくれる水先案内人です。

――安部さんは医学の勉強をしたわけでしょう。数学も好きだったそうですが、キャロルは数学者でしたね。安部さんはなぜ自然科学への道を選ばなかったのですか?

安部　自分にもよく分らない。その答えは誰か後世の研究家にまかせましょう。

――安部さんは処女作『終りし道の標べに』から、すでに日本の伝統を拒絶しているように見えます。日本、もしくは世界文学の流れのなかで、自作をどのように位置づけているのですか？

安部　その返事も誰か他人にまかせましょう。僕も解答をぜひ聞かせてほしい。ただ言えることは、僕は日本語でしか考えることが出来ないということ。日本のなかで、日本語で考え、日本語で書いている。しかし日本以外にも読者がいるということは、現代が地域性を超えて、同時代化しているせいではないか。その点、言語の特殊性と普遍性についてのチョムスキーの考え方に同意せざるを得ません。すべての個別文法の底に、遺伝子レベルの深さで地下水のように普遍文法の法則が流れているという考え方です。僕が拒絶したのは日本の伝統ではなく、あらゆる地域主義的な思想の現象に対してなのです。

――すると安部さんの作中人物たちが、かなり精神病理学的なのも、とくに日本人に固有の現象と考えてはいけないわけですね。

安部　微妙でしかも重要な問題です。まず第一に、フランス的であるとか、日本的であるとか、アメリカ的であるとか、一見もっともらしい区別が、はたして客観的な根拠を持つものであるかどうか。生活現象の上では類型として、あるいは戯画化された行動様式として、相違点を指摘することは可能です。しかしよく考えてみて下さい。どんな特殊も対応する普遍があってはじめて特殊なのです。特殊をあげつらうことより（それは茶飲み話としては愉快なことであっても）普遍の由来に思いを馳せることのほうがはるかに（困難ではあるが）重要なことでしょう。

　あるヨーロッパ人は僕の作品のディテールをずばぬけて日本的だと評し、また別のヨーロッパ人は地方色が漂白されてしまった抽象だと評した。どちらも正しい見方でしょう。しばしば異文化に対するカルチャー・ショックなどという言葉が、はじらいもなく使われますが、あれは支配民族もしくは支配階級に顕著な硬直した思いあがりにすぎません。ユングの集団的無意識などというカテゴリーの設定など（特定の文化圏にそういうメカニズムが機能する事実は認めるとしても）、それを外科医の解剖刀のようにふりまわすことはまさに分離主義者の思う壺でしょう。

　フラン・オブライエンの作中人物は、あまりにもアイルランド気質まるだしのせいで人を笑わせます。バーナード・マラマッドの登場人物たちは、その独特のユダヤ人気質のせいで読者にいたわりの感情を喚起します。ボリス・ヴィアンの主人公たちはその逆説的フランス人気質で読者に飛翔力を与えます。ガルシア・マルケスの登場人物たちは、そのラテン・アメリカ的な激情で、人をゴチック的催眠状態におとしいれます。こうした理解と共感が、読者の国籍や人種や言語の相違を越えて――翻訳を通じてさえ――起りうるという事実に注目していただきたい。それは特殊性が作者の普遍を見る目によって特殊として造形されているせいなのです。普遍は単なる特殊の平均値などではなく、特殊に先行する人間性の根源なのです。

――するといわゆる「日本的な思想」というものについて、安部さんはどう考えますか。それも普遍のなかの相対的な特殊にすぎないと考えるわけですか。安部さんの作品とは無関係なものですか。

安部　繰り返すようだが、僕はあくまでも日本的日常を日本語で書いている。比較文学論を参考にして書いているわけではありません。それに胸に（オリンピック選手のように）国旗を飾るのが悪趣味であるという点ではまったく『方舟さくら丸』の主人公と同意見です。だいたい比較文化論というものには、なんとなく胡散臭いものを感じてしまう。たとえばアジア的混沌という言いまわしがありますね。ぼくの見解ではあの混沌はヨーロッパの略奪的植民地化の傷跡にすぎません。植民地支配の特徴の一つに民族の分割支配（地域的分割にとどまらず、上下に階層分割を徹底させる）と文化や教育面の徹底的破壊があげられるでしょう。その結果、根拠のない差別が再構築され強化される。恐ろしいことだ。しかし今は空間の時代ではなく、時間の時代なのです。世界は同時代ということでたがいにかかわり合っている。エキゾチックな風景などもはや何処にもないのです。

──その問題はよく分ります。しかし日本はアジアのなかでも異端児なのではないでしょうか。たとえば日本のなかの民主主義について、外国人はいまだに統一した意見を持てずにいると思います。いま日本人は何処に向かって進もうとしているのでしょう？

安部　たしかに日本はアジアのなかで特異な位置を占めている。その理由の一つは、なぜか日本がヨーロッパの植民地政策の目標から外されたことにあると思う。その原因を考えることは、また別の機会にゆずりましょう。とにかく植民地化をまぬかれた日本は、ヨーロッパからそう遅れずに近代化の道をすすむことが出来た。プロイセンからわずか六十年おくれですでに国民軍を創設しているのです。自慢話をしているのではありません。植民地化のネガ・フィルムが日本だと言っているのです。生活習慣の差など、この恐ろしい暴力の普遍法則のまえでは微々たるものではないでしょうか。日本人にかぎらず、伝統ばかり鼻にかける人間は卑小で醜い。

日本という船の舵（かじ）の方向については、世界の心情がいっせいにナショナリズムをめざして狂奔している現在、例外ではありえないというしかありません。

──前に安部さんは、「死の舞踏でも、下手に踊るよりは上手に踊ったほうがせめてもの慰めである」と書きましたね。それほど事態をペシミスティックに考えているのですか？

安部　すでに第二次世界大戦という計算不能にちかい代償を支払っているのですよ。繰り返すようだが、絶望する能力に希望をいだくしかない。

――それが安部さんにとって書くことなのですね。今後の創作活動はどんな方向に向かうのでしょう。関心が持たれます。次の作品のプランはどんなものですか？

安部　「スプーン曲げの少年」について計画を練りはじめました。いわゆる超能力のテーマですね。もちろん僕は超能力の存在をまったく認めません。あれはたんなるトリックですよ。しかし少年の周囲には当然その能力を信じる者が出てくる。あるいは利害関係から信じたふりをする者が現れる。やがてトリックは職業化される。もはや告白は許されない。告白の機会を逸した少年は、超能力を演じつづけるしかないのです。ある日、少年に本当の超能力が出現する。でも少年にはもはやトリックとの区別がつかない……この話、面白いでしょう。いま細部のイメージが出てくるのを待っているところです。雪が融けたら、スプーンの生産地である北陸地方を旅行してまわりたい。実際には役に立たなくても、とりあえずスプーンの生産工程の調査から始めてみる、これが僕のやりかたなのです。

破滅と再生 1

聞き手・栗坪良樹

――しばらく前、『方舟さくら丸』がまだ問題のワープロで進行中に長時間お話をうかがい、新作の構想をかなり具体的に聞いたわけですが、その構想と今回完成された作品とでは、主題もプロットもかなり違ったものになっていますね。進行中ということはなく、つねに出発の繰り返しだという安部さんの説をあらためて納得させられました。

ところで今度の作品、帯の宣伝文句などから、どうしても核時代が主題らしいと強く印象づけられてしまう。でも繰り返し読んでみると、そうしたテーマはぐっと背景に退いてしまいました。

そこで今日は、いちど安部さんの初期の作品に戻って考えなおしてみたい。ずっとさかのぼって『けものたちは故郷をめざす』とか『終りし道の標べに』など、あの当時からすでに一種の迷宮小説だったと言えますね。迷宮への逃走と、迷宮からの脱出が、尻尾(しっぽ)をくわえた蛇のようにずっとつながりあっている。すぐ前の『密会』はいわばその集大成でした。しかしこんどの『方舟さくら丸』にはちょっと違った印象があります。これまでの総体を対極に置いて見て、大きく何かが終り、何かが始まったという印象が強いのです。運動体としてその総体を眺めてみたい。固定して評価を決めると、決めたとたんに見当がはずれてしまいそうだ。個々の作品評も大事でしょうが、安部さんの全作品をつらぬく運動の軌跡をつかまえてみたいのです。そしてどの座標系なら今安部さんがいる場所を表示可能なのか。今度の作品を手懸りにして、そのへんのところをうかがってみたいわけです。

安部 昆虫採集家の捕虫網をふりかざされた感じだな(笑)。でも自分の作品に関しては、作家なんて、一生鏡をのぞいた経験のない野生児みたいなものだからね。おまえは何を書いたんだ、どういうメッセージを託したつもりなんだと聞かれても、正直言って嫌な気がするだけだ。ぼくはあの作品の中を生き抜いたとしか答えようがないんだよ。

このまえ君と会ったときは、まだ書き上げる前だったから、かえって勝手なことをいろいろと喋(しゃべ)ることも出来たんだ。でも考えてみると、べつに作品そのものについて喋ったわけじゃない。書いているときは、いろいろと補助手段を使っているだろ、救命具だとか、潜水具だとか……そういう補助手段を確認するために、つい雑誌でおしゃべりしたりもするんだな。「書く」ことと、それについて「語る」こととは、まったく別のことだろう。仕事が終った時点でそういう補助手段はいちおう使用済みの廃品になる。

――つまり補助手段は全部捨ててゆき、作品だけが残るということですね。

安部　そう、探検旅行の途中で持参の弁当は食べつくし、空の容器は捨ててしまう。目標地点というのは、ちょっと言葉では言いあらわしにくい一種の状況の自己運動みたいなものなんだ。長旅のあとの疲労の中にへたり込み、仕事の全体が視界ゼロの濃霧に沈んでしまったみたいでただ息苦しい。自作を語るなんていう余裕はないな。こんなところでいまさら身体検査なんて、願い下げにしてほしいよ。

もちろん批評家には批評家の仕事があるだろう。作家とは別の次元の専門職だからね。死体解剖だとか、病理解剖だとか……作者の意志とは無関係に、各自の立場からメスをふるわなければならない。例えば神経なら神経の構造としてのアトラスをつくる。あるいは血管系の、もしくは骨格の構造としてのアトラスをつくる。そしてそのどれもがそれぞれ正しいし、それなりに意味を持っているのだろう。作者は被験体として自分を提供した以上、その苦痛に耐える義務があるんだろうね。でもどこか違うという気持がいつもつきまとって離れない。もっと違った批評の方法があるんじゃないか。べつに印象批評をすすめているわけじゃない。批評家ももっと離肉遊魂の術を身につけて、作品を体験的に生きてみてもいいんじゃないか。

　作者もまだ言葉になったことのない世界に言葉で辿り着こうと努力しているんだ。その努力の裏にあるのは、ちょっぴり例外的存在ではあるが、作者もしょせんは読者の一員であるという自覚だと思う。批評家も、やはり読者の例外的一員であるという自覚を専門家意識に優先させるべきじゃないだろうか。

　読者としての感性を前提にしない、枡席からの批評は、もしかすると疑似アカデミックな西洋ないしは国文学者に牛耳られた日本独特のスタイルなのかもしれないな。

　もちろん外国にだって教壇風批評は珍しくない。でもヨーロッパやアメリカなんかの場合、本質的にまず何を感じたかからスタートする姿勢を批評の方法にしている場合が多いように思う。しぜん自己分析をともなうわけだ。日本ではその作品に誘発されたオリジナルな感性より、既に登録済みの尺度を持ち出して来がちだね。自分はまったく無傷のままなんだよ。こういう批評傾向は、日本文学にとってまさに枯葉剤的壊滅作戦だよ。

――小説が現実に働きかける力だとして、今度の小説の《豚》もしくは《もぐら》という主人公は、父と母の問題を最初から背負って現代状況の中に投げこまれた平凡な問題児というようにも読めます。読み返しているうちに次第に愛すべき主人公とすら思えてくる。そのへん、狙(ねら)いだったととっていいのでしょうか。

安部　もちろんだよ。だってあの《もぐら》は、ぼくの分身でもあるからね。どうもぼくの小説の主人公は、世間からはみ出してしまった救いようのない無能力者であることが多い。強者よりも弱者、勝者よりも敗者に時代を感じてしまうんだ。今度の小説ばかりじゃないな、考えてみるとほとんどの作品の登場人物が、おそろしく凡庸な連中ばかりだろう。プランの段階ではけっこう「やり手」だったはずの人物も、書きすすむにつれて凡庸化してしまう。けっきょく凡庸のなかに時代を解く鍵(かぎ)を見てしまうせいだろうな。でも単に凡庸に対する共感や愛情だけではない。『仔象(こぞう)は死んだ』というぼくの舞台のなかで、標語的に繰り返し出てくる「弱者への愛にはつねに殺意がこめられている」という文句……それから今度の小説では、中学の運動会のサバイバル・ゲームのエピソードなんかだね……凡庸のアンテナではじめて感知される時代の怒りじゃないだろうか。

だからぼくは凡庸と無能を同じものだとは考えていない。凡庸はむしろ道化がつける仮面じゃないかな。たしかに道化は「フール」だから、馬鹿の一種だろうけど、馬鹿かならずしも無能とはかぎらないだろう。《もぐら》だけでなく『方舟さくら丸』の乗組員は全員がある意味での道化で、道化の集団みたいな小説になっているけど、そのための書く苦労やつまずきは全然なかった。いったん姿勢を決めたら、あとはごく自然に登場人物が動いてくれた。自分で言うのも変だけど、ぼくは『さくら丸』の乗組員全員に好意的だし、まったく憎めないな。

――たしかにこれまでの安部さんの小説の血脈を引いている主人公の血筋にも読めるんですけど、今度の場合は、非常に暴力的な父親があちら側に厳然といて、その対極に位置した主人公になっていますね。これには、やはり現実的な意味をこめられているわけですか。

安部　一見そう読めなくもないけど、あの《猪突》という親父と《もぐら》、そう単純に対立しているだけじゃないんだよ。わずかに視点を変えただけで、あの二人、瓜二つと言っていいくらい似ているだろ。《猪突》のほうは暴力でどんな壁でも突破できると信じこんでいるけど、けっきょくは世間の壁にぶち当ってはね返されてばかりいる。息子の《もぐら》は採石場跡の石の壁を盾にして世間から身を守ろうとするけど、世間のほうはおかまいなしに侵入をつづける。ついには《猪突》までが、《もぐら》のところに辿り着く。でもそのときには哀れな死体になっているというわけだ。まったくの似たもの同士の道化ぶりだろ。

そして似たもの同士は、なにもあの二人だけじゃない。登場人物たちはそれぞれ背負っている背景や利害の違いから、牙をむいたり、対立したり、争ったりするけど、けっきょくはブリューゲルに出てくる盲人たちの行列に仲間入りしてしまう。誰もが道化組合に登録済みの道化仲間どうしとして……

無理に違いを探せば、《サクラ》の男女……あの二人だけは、ちょっと違った基準の生き方をしていると考えるべきかもしれないね……実際にはなに一つ突破してはいないんだけど、《サクラ》という職業柄、すべて嘘を承知でその嘘の中を生き抜いてみせなければならない。少なくも異質であることはたしかだ。でもそれで何かが解決されるわけではない。同じところをグルグル回りつづけるという点では、変りないんだけどね。

この《サクラ》、たしかに同志の忠誠を期待はできないけど、裏切りの懸念もないだろ。とくにこの男女を憎む気にはなれないな。現代の中産階級をもって任じている大多数は、しょせん嘘を承知で生きる《サクラ》の群れみたいなものだろう。うっかり足を踏みすべらせると、すぐに《もぐら》の側か《猪突》の側にすべり落ちるしかないんだ。《サクラ》はその境界線で綱渡りしているだけなんだ。

――名前も《猪》と《豚》だから、対極というより、むしろ親戚(しんせき)みたいなものと考えるべきなんですね。

安部　そう、親類そのもの。遺伝学的にも立派な親子なんだからね。違いと言えば、一方が改良種で、もう一方は自然種というくらいのものかな。もちろんあの親父は不愉快きわまりない男だよ。実際に会ったら、とてもつき合いきれないと思うな。でもよく考えてみると、メダルの裏表というだけで、犠牲者である息子の《もぐら》との間にそう本質的な差があるわけではない。実際書きながら、嫌悪感(けんおかん)と同時に、ペーソスというのか、悲しみというのか、妙に共感するものを感じていたな。否定いっぽうだけじゃなかったわけだ。でもあの親父にだけ寛容だったわけではない。たとえば《ほうき隊》……夜中に街を竹箒(たけぼうき)で掃除してまわる老人のグループね……最初はすごくグロテスクで、不気味で、自己喪失のシンボルみたいな存在だったけど、そのうち、それなりに理解出来るようになった。実は最初、もっとこまかく書き込んでいたんだ。でも描写することで、かえってイメージが希薄になるような気がして、背景に押し込んでしまうことにした。でもなかなか鮮烈なイメージで、描写をカットするのが惜しかったね。行き場をなくした孤独な老人たちが、それでも生きていて、食欲と性欲だけが残っていて、互いにいたわり合いながらチームを組んで、深夜、軍歌のリズムに合わせて竹箒で街を掃いてまわる……その内面に思いを馳せると、やはり胸が痛くなるんだよ。もちろん不気味であることに変りはない。一見みじめだけど、ある意味ではナチの突撃隊の精神構造とも通ずるものがあるだろ。隊長の《猪突》も言っているとおり、清掃の最終目標は人間の屑らしいからね。だけど、その内面を覗くとすごく痛々しい。どうにもならないものがあるでしょう。ただあまりにも薄汚いのでつい笑いたくなってしまう。でも笑いながら、何処かでひやっとさせられるはずだ。かろうじて寒さに耐えている、一人一人の内面の暗さにはやりきれないものがあるからね。

書いているあいだ、作者はある程度、無節操にならざるを得ないような気もする。肯定的人物か、否定的人物かで色分けするよりは、むしろ無節操に登場人物をまんべんなく愛したほうがいい。例えばオーケストラをつくるときでも、この流れはヴァイオリンでつくる、この部分はピアノ、この部分は管楽器というふうに、それぞれにふさわしい音色があるでしょう。どの音色もそれなりの存在理由を持っているわけだ。このやりかたは集中力がいるし、時間もかかる。読者だって一々それを分析するわけじゃないけど、でもその分、音色の構造から音色以上のものを読み取ることが可能になるんじゃないか。

――今度の小説の主人公《もぐら》は採石場跡に閉じこもって、着々と世界破滅へ向っての下準備をしているわけですね。何のイディオロギーもなければ、何のスローガンもない男が、最初から世界の破滅を予知している、これはどういうふうに理解すべきなんでしょうか。

安部　予知というより、願望と解釈すべきかもしれない。破滅願望には、べつに思想も世界観もいらないからね。誰の心の隅にもひそんでいる芯食い虫の卵だよ。宿命論や終末観は老朽化した社会構造からの脱走本能だとも考えられるんだ。この小説の中でも、息子の《もぐら》と和解しようとして《猪突》がしきりに繰り返すね、いまや「御破算の世界」だと。べつに核シェルターだけが破滅願望のシンボルと言うわけじゃないんだ。すべてを御破算にして、もういっぺん先行グループと同じスタート地点に立つチャンスをもらいたいという落伍者、脱落者に共通した衝動にすぎない。だから、破滅願望というのは同時に再生願望でもあるわけだ。

むかし上海とか香港の阿片窟に行くと、壁に「世界の終末は近い」というような文句がいたるところに貼ってあったらしい。いくら阿片を吸って陶酔していても、心の何処かで破滅に向って猛スピードで走っていることに気付いてはいるんだな。だから「世界の破滅は近い」と言われると、破滅に向って走っているのは自分だけじゃない、世界も一緒に走っているんだと自分をなぐさめることができる。

しかし破滅願望、必ずしも阿片窟での逃避の歌だけにはとどまらない。脱走のエネルギーが組織化されれば革命に向うこともありうる。破滅の情熱と再生の情熱とは、まさにメダルの裏表なんだね。極右や極左のロマンチシズムは、けっきょく革命の情熱と破滅の情熱の間の微妙な揺れ動きなんだ。

あえて誤解を恐れずに言えば、「核の脅威」を論ずる語調のなかにもしばしば破滅願望の響きを感じてしまうことがあるんだ。とくに「核の冬」の論じられかた。「核の冬」の認識が重要であることはぼくだって同感だよ。でもあの認識は「核廃絶」のために必要な条件ではあっても、十分な条件ではないと思う。たしかに核シェルターなんかによる生き残りが物理的に不可能であることの説得にはなるだろう。でもあの論法では核シェルターそのものの否定、核シェルターという発想そのものの中にひそんでいる危険思想にまでは辿り着けない。核シェルターを無効にするほどひどいものだから核戦争が困るのではなく、核という最終破壊手段にまで行き着かざるを得なかった人間の政治的無能力さこそ、まっ先に問われるべきなんじゃないか。そこを抜きにして核戦争の惨劇だけを情熱的に語るのは、戦争のシミュレーション・ゲームに熱中している子供のようで薄気味悪い。

ぼくはこの世でもっとも不条理な死は兵士の死だと思う。兵士というのは、不当に確率の高い「死」の宝籤（たからくじ）を否応（いやおう）なしに買わされてしまっているんだ。しかし今はこの問題に触れないでおこう。核戦争のレベルではもはや兵士など存在しえないからね。だから、逆説的だけど、核爆発による死と一般の事故死とは、死ぬ当人にとってはあまり変りないものになってしまうんじゃないか。海難事故、自動車事故、ガス爆発事故、強盗殺人、ずいぶんいろいろとひどい死にかたがある。もちろんそれだけじゃ説明不足だな。つまり言いたかったのは、個人の死と、人類の死をはかりに掛けることの無意味さなんだ。普遍体験と個人体験とは、そう簡単には交ってくれるはずがないと思うんだよ。

『さくら丸』のなかでも何度か書いたけど、いくら核戦争の危機が近いと感じていても、五分以内に核戦争が起きるほうに賭（か）ける気にはなれない。それが人間の日常感覚というものなんだ。近未来として十年後を抽象的に想像することと、現在の延長として（明日をふくむ）十年後を予測することとはまったく別のことなんだ。ぼく自身そうだからね。国際政治が現状のまま続いたら、全面核戦争に突入するのは時間の問題だという認識を持ちながら、しかも平然と来週の予定をカレンダーに書き込んでいる。現在という感覚のなかで時間が凍結してしまっているんだな。でもそれだけじゃない、終末を座して待ちつづけるこの鈍感さのなかには何かもっと別のものがある。死にたいするおびえが、破滅に続く再生願望と釣り合っているんじゃないか。「核の冬」を警告するテレビ番組に熱心に見入っているとき、行動の支えとして認識を強化しようというより、単におびえに酔っているようなところがあるね。まさに破滅願望の兆候だろう。たぶん権力から疎外（そがい）された人間の中に必ず内在している原理的な感覚じゃないかな。

―― 今のお話は、今度の作品で言うと、〈ユープケッチャ〉という奇虫にシンボライズされてもいるわけですね。要するに、主人公の自意識のかなめには、いつもこの奇怪な虫が巣をつくっていて、その虫の羽化と再生の気配に耳をそばだてている。それが、今、安部さんの言われた死と再生の原理の反映になりますね。

安部 ただ困ったことにこの《もぐら》氏は、再生の予兆をほとんど望んでいないみたいだな。ぜんぜん羽化しないまま、同じところをグルグル回り続けるのが夢らしい。しかしその望みはかなえられなかった。いずれは死と再生の選択をせまられることになる。でも《もぐら》としては、〈ユープケッチャ〉みたいに何時（いつ）までもただグルグルと回り続けていたかったんだ。

―― そうすると、今伺ったことをもう一歩おし進めると、根源的に潜在している破滅願望の磁力が、互いにひきあい、似た者といいますか、仲間を求めざるを得なくなってきた……それが現代の状況ということになるんでしょうか。

安部　とくに現代にかぎらず、その磁力がつねに歴史を動かしてきたんじゃないか。カネッティが『群衆と権力』で取り上げたテーマでもあるね。あれだけ克明な分析は珍しいと思う。彼はイディオロギーで組織された民衆とはまったく逆の視点から、群衆の中の一員と化したときの一種の脱皮作用について書いている。誰もが一番触れたがらない部分だよね。カフカとは違うけど、一種の変身のメカニズムだからね。その権力に拮抗(きっこう)し得る力としての群衆のメカニズムを、極端に疎外された視点から、なおかつ理解できたと書いている。すごく大事な問題提起だと思うな。

つまり破滅願望（あるいは再生願望）で集まった群集は、もはや単なる加算的集積ではなく、一次元高い積算的集積だと解釈してもいいんじゃないかな。

そしてぼくの場合、書くという行為はその積算の中心点に向って際限なく吸い込まれていく作業のような気もする。ブラックホールの迷宮に落ち込んで行く感じだね。『けものたちは故郷をめざす』『砂の女』『方舟さくら丸』……ざっと思い浮べてみても、だいたい墜落のパターンだな。

―― さっきも話題になりましたが、《ほうき隊》という老人集団。これも、安部さんの現実認識の一つのシンボルだろうと思えます。とりわけぼけ老人の問題が社会化している昨今、たぶんに現実化して見えるわけですが……

安部　そうね、再生願望を放棄した死の行進かな……だから必ずしも本物の老人である必要はない。青年であってもいっこうに構わないんだ。でも妙な話だね、そんなふうに意識したつもりはないのに、なぜか全員が廃棄物処理にかかわってしまう。老人は清掃作業だし、あの方舟の作業船倉のトイレも、廃棄物処理のための道具になる。何か意味があるのかな。廃棄物っていうのはつまり人間の生活の痕跡(こんせき)、もしくは足跡だ。その足跡をどう消すか……そう考えてみると、権力は末端に必ず掃除組織を持っているね。警察というのは、いわば巨大な掃除組織でもあるわけだ。つまり、はみ出しものを掃除するシステムだね。公安というのは、政治的はみ出しを掃除する所でしょう。権力にとって欠かすことのできない末端組織だよね。掃除というのはじつに大変なことなんだな。

――今の発想、安部さんの都市論と関わりがあるような気がしますね。安部さんの都市論は、最近はやりの都市論とは違って、一種の文明透視の方法論ですから。せんだって何処かで国際廃棄物学会が開催されたんじゃありませんか。

安部　そうかもしれない。廃棄物が質的な意味を持つためには、ある量的な蓄積が要るからな。廃棄物が量的な蓄積をするのは都市だからね。だから、ゴミの研究で都市論を展開できるかもしれない。

考えてみると、古代から中世にかけて、いろいろな都市が崩壊しているけど、その原因については様々な見解がある。外敵の侵入だとか、略奪農耕による土地の荒廃だとか、伝染病だとか……伝染病がいちばん考えやすいかな……もし伝染病だとすると、都市が全滅するほどの大流行は、やはり廃棄物が原因だったと考えられるんじゃないか。処理能力が追い付かなかったんだよ。よくヨーロッパ人が日本の肥かつぎ（今はバキュームカー、それも最近では珍しくなってしまったが）のことを馬鹿にして、鼻をつまんだりしてみせるけど、あれは必ずしも文化の後進性とばかりは言いきれない。堆肥として再生産の手段に利用していたんだからね。その辺にただぶっちらかしていたヨーロッパなんかと比べると、廃棄物処理については古くから、かなり合理的な方法をとっていたんだ。もっとも今となってはそんな比較をしてみても始まらない。廃棄物の量が質に転化して、世界中がその処理問題ではスタート地点に立たされてしまった。環境問題だよね。とにかく放射性廃棄物まで含まれてしまったのだから。とくに再生産に結びつかない浄化装置に公共投資しないと、日常の維持さえ難しいほどの時代になってしまったんだ。たしかに都市問題はなかば廃棄物問題なんだよね。

――小説の主人公が大都市をひかえた採石場跡のゴミの山、一見すると、ポップアートの山みたいな、そういうところに自閉するということは、やはり都市との関連における再生につながるんですね。

安部　うん、ぼくはなぜかゴミが好きなんだよ。写真を撮っていても、ゴミに出っくわすと興奮して気持がはずんでくる。自動車のスクラップ置場、観光地の物陰、工場の裏通り、埋立て地、古い地下道……

――いい時代、悪い時代はだれが決めるかにもよるわけですが……破滅と再生ということについて言えば、現代はその破滅の方向に向っているとお考えなんでしょうか。

安部　核の均衡による平和が続きすぎて、東海地方に地震の危険が蓄積されているというような意味でなら、危機の時代であることは確かだろうね。でも日本の場合、どちらかと言うと保守勢力が軟体動物的で、革新勢力が甲殻動物的だろう。危機の予感はあっても、相対的な経済の安定で、国民の九割が中産階級意識を持つという異常事態なのだから無理もない。今の日本は冬枯れというか、栄養失調気味のユートピアなんだよ。だから破滅衝動は顕在化しにくい。でも安定はそれ自身、内部に御破算の願望を蓄積していく。自分の未来にたいする限定と管理に反発せざるをえないわけだ。文化のなかでの超常現象やシャーマニズムの再評価（とくに演劇や劇画などにおける）なんかにその傾向が見受けられる。再生願望をともなわない破滅願望と言ってもいいのかな。もしここに有能なアジテーターが現れて、うまく経済破綻（はたん）のチャンスをとらえれば、たぶん突撃隊の編成も容易なんじゃないか。

もちろん破滅衝動から突撃隊だけを連想するのは片手落ちだ。ヒットラーを生んだ時代は、同時にワイマール文化の成熟期でもあったんだからね。カネッティの群衆観もあの時代の観察から出発しているんだ。一種の御破算文化だという点では、ルネッサンスに匹敵する文化的雰囲気を持っている。日本なら大正文化だね。あれは枯れすすき文化であると同時に、アインシュタインに熱狂した時代でもあったんだ。破滅への衝動をただ横目でにらんで、否定するばかりじゃ何も始まらない。歴史の教訓は、再生はつねに次の破滅の準備にすぎないと教えてくれているけど、だからと言って、そのサイクルを中断するわけにもいかないじゃないか。ただサイクルがあまりにも短かすぎる。もちろん科学技術の進歩に未来の希望を託する考え方もある。ぼく自身どちらかというと科学技術派だよ。われながら子供っぽくて恥ずかしくなるほど新製品のカタログマニアだからな。オートフォーカスのカメラが出た時なんか、一日中カタログ読んでたのしんでしまう。でも破滅と再生のサイクルがしだいに早まって、いずれ同時進行になりそうな予感もふっきれない。そしてある日、戦争になる。いや戦争はもう始まっているじゃないか。イラン・イラク戦争だって対岸の火事じゃない。日本も片棒かついでいる間接的代理戦争だと考えるべきなんだ。次は当然核戦争だろう。そしてサイクルが断ち切られ、再生のない究極の破滅がくる。

にもかかわらず、破滅に歌の余韻を感じつづけている理由は、もしかすると破滅衝動が（愛国心をふくめた）国家主権そのものを、その射程内におさめる時が来るかもしれないという、かすかな期待を残しているせいかもしれない。そうなれば再生の予兆が恢復（かいふく）する可能性もあるわけだからね。

——例えば、反核に対して、反反核という態度があるわけです。この反核と反反核の関係は、先ほどの論理でいきますと、結果的には同じ次元で物を言っていることになりますね。一方で、政治的なレベルでは、いわゆる核の脅威に備えて核武装するということが必至だという議論がある。そういう時代に安部さんとしては、どういうメッセージが可能だと思いますか。

安部　反反核は主義でも主張でもない、単なる現実の説明でしょう。もし力の均衡が本当に有効なら、それに決着をつけるのは先手必勝の論理しかないじゃないか。それを認めたとたん、国民には兵士としての道しか残されていないことになる。

『方舟さくら丸』の《さくら》には、説明するまでもなく、国家主権のシンボルであ

る桜と露店の客寄せのサクラの二重の意味をもたせてある。サクラは嘘を承知でその嘘を生きなければならない。そしてその嘘というのは日本の国の花なんだ。国家の外に立つことが誰にとっても不可能なら、抑止力としての核という論理を生きるしかないことになる。だから現代の破滅願望は、反体制として機能するよりも、はるかに国家主義、もしくは民族主義的方向に組織されやすい性格を持っているんだ。けっきょく真の核廃絶は国家の廃絶以外にありえないような気がする。あまり希望は持てないね。兵士への道のほうが、国家の廃絶よりはずっと理解しやすいプログラムだからな。

——その感覚、小説の中では、オリンピック廃止運動の話として出て来ますね。

安部 そう、豚のマークの旗を立てたオリンピック反対同盟の夢ね。きれいごとは言いたくない。ぼく自身、国旗掲揚だとか、ああいった儀式めいたことは嫌いだけど、国家単位の競技をそれなりにたのしんでしまう心理が皆無というわけじゃないんだ。でも最近はそういう自分を批判し、反省するようになってきた。きびしく言えば、オリンピックというのはいわば国際的に容認された兵士礼讃(らいさん)の大合唱でしょう。要するに、国家による筋肉の誇示だ。オリンピック憲章はその点どうなっているんだろう?

今の日本人はこういう問題にちょっと鈍感すぎるんじゃないか。きっと国家反逆罪がないせいだよ。詳しくは知らないけど、他にも反逆罪が無い国があるのかな。ふつう国家反逆罪は、あらゆる犯罪の中で一番の重罪で、だいたい死刑、もしくはそれに準ずる最高刑らしいね。外に向っては防衛軍、内に向っては〝公安〟という大掃除機。まあ日本でも、いずれ形をととのえる気はあるようだけどね。そうなるとこういう発言も、ますます通りが悪くなるんだろうな。

昔のマルクス主義は国家の廃絶が大きな主題だったけど、最近はすっかり変ってしまったようだ。今度のゴルバチョフはサッチャーと会ったとき、「同盟などというものはあり得ない。国家の利益があるだけだ」と言ってサッチャーを大いに感動させた、と新聞のコラムに出ていたけど、本当だろうか。右翼が反共をとなえる根拠もなくなってしまう。

――安部さんの初期の『けものたちは故郷をめざす』の中では、主人公は逃げても、逃げても国境が追いかけてくる。あの辺からずっとつながっているわけですね。

安部　国境が逃げるんじゃなかったっけ。あの当時、心情的にはむしろ国境との和解を願っていたような気もするんだけどね。終戦直後というのは国境がひどく希薄に見えた時代なんだ。

――すると現代は、国境がますます鮮明になってきた時代ですか、安部さんの意識の中で。

安部　破滅と再生が一点に収斂して、いよいよ袋の鼠っていう感じはあるね。

――なるほど、その最終段階という意識を持ちながら、これから安部さんは、何を、なぜ書きつづけるんでしょうか。

安部　まるで口頭試問だね（笑）。そんなふうに問い詰められると、かえって答えにくくなる。小説は理念の表明じゃないからね。考えるために生きているわけじゃなく、生きているから考えるわけだろ。明日死ぬことが分っていても、それまでは生きるしかないじゃないか。たとえばこんどの『さくら丸』にしても、《もぐら》がぼくの分身であるのとおなじくらいの比重で、《サクラ》もぼくの分身なんだ。だから題名に掲げるだけでなく、終始一貫サクラを主人公にして、サクラの目で書くことも出来たはずだ。でもあのサクラというのは、最後までよく見えなかった。というより、内側に入りこむのがなんとなくはばかられた。ある意味では小説の「かなめ」になる重要な存在なのに、なぜか正面から照明を当てる気がしなかったんだ。本格推理小説の場合、ルールとして犯人を早い時期に登場させるけど、たくみに迷彩をほどこして、なるべく目立たないようにしてしまう。いや、それとはちょっと違うかな。もしかするとサクラの立場が《作者》の立場と似すぎていたせいかもしれない。作者というのは本来サクラ的な存在だろ。サクラはやはりああいう出しかたでよかったんだと思うな。

――聞くところでは、次の作品として、スプーン曲げの少年を予定しているということですが……

安部　うん、《スプーン曲げ》ね。なぜか心をひかれるんだな。『さくら丸』の後半にかかった頃から、地下水のように意識の底に流れをつくりはじめてね……現に書いている主題とどうかかわりあうのか、よくは分らないまま、上手くふくらんでくれそうな予感はあった。『さくら丸』のときだって、きっかけになったイメージは、トイレの穴に片足がおっこちる場面と、ユープケッチャだけだったし……もともと主題よりもイメージから出発するほうだからね。どんな小説になるか、本当のところはまだよく分らない。

何年か前にこのテーマをノンフィクションで書いてみようとしたことはあるんだ。超能力なんて、ぼくはまったく信じていないから、少年のグループはぼくにとって当然インチキな詐欺グループになる。匿名でそのグループに潜入して、トリックをあばく潜入ルポ風のプランだったんだ。でも考えているうちに、しだいに違う側面が見えて来はじめた。《スプーン曲げの少年》の内面をいろいろ想像していくうちに……そうだな、やはり破滅待望の線で結びついているのかな……すくなくも少年の存在理由を支えている連中は、トリックの裏方やサクラでないかぎり、スプーン曲げを信じるか、信じたがっている連中だ。つまり奇跡待望でむすびついた自然発生的な結社とみなすことが出来る。そうなると少年自身は、トリックを承知の上で、もはや他人に告げることは許されない。やむなく演技をつづけ、ついには自分でも信じてしまうしかないんじゃないか。

そう気が付いたとき、ノンフィクションがフィクションに変ってしまったようだ。奇跡というのは自然の因果関係を御破算にしてしまうことだろう。スプーン曲げの能力の真偽より、その周辺におきる奇跡待望の波紋を書いてみたくなったわけだ。カタツムリがせっせと殻を分泌（ぶんぴつ）していく。遺伝子の指令どおりなら、きれいな巻貝の形になるはずだったのに、体の周囲にバベルの塔みたいな迷宮が構築されてしまう……

どんな展開になるか、今のところはまったく見当がつかないけど、近いうちに新潟の燕（つばめ）市に行ってみるつもりだよ。燕市というのは全国のスプーンの八割以上を生産しているらしいね。なぜスプーン曲げがスプーンでなければならないのかを突き止めるために、まず製造工程を調べてみたいんだ。それから流通過程の調査もしたい。そのまま小説には使わないかもしれないけど、もしぼくがスプーン曲げの少年、もしくはそのマネージャーだったら、まずその辺から始めるんじゃないか。トリックだってそれを職業にして金をかせぐつもりなら、露見防止は徹底的でなければいけないよ。たとえばテレビに出演するとするね。なるべくなら自分が持参したものよりは、テレビ局側で用意したものを使ったほうが効果的だ。いちばん疑惑の焦点になりやすいところで勝負しておけば、あとはすんなり騙されてくれるものだ。そこでテレビのプロデューサーなり小道具係なりが、自宅から出社する途中スプーンを購入するとしたら、どういう場所がありうるだろう。たぶんスーパーかデパートだろうね。あらかじめ下見をしておく。テレビで使うのなら、なるべく平均的な形で大型のやつだろう。せいぜい二、三種類用意しておけばじゅうぶんなんじゃないか。もちろん事前に燕市で全種類（七、八種類らしい）を購入しておき、あらかじめ加工しておけばもっと万全だ。首のところを何度も屈伸させ、金属疲労を起こさせて、あとはわずかな力ですぐ折れるようにしておく。意地悪く観察されれば傷が発見される可能性もあるから、鍍金屋に仕上げを頼んだほうが賢明だろう。現場でのすりかえは、手品の基本さえマスターしておけばそう困難なことではない……と、まあその辺から手をつけはじめているんだけどね。

――かい人21面相を追いかけているみたいですね（笑）。

安部　そうだね。もっともぼくの小説では、途中でその少年に本当に超能力が発現してしまうかもしれないんだ。でもこの超能力という言葉、考えてみるとなかなか含蓄があるね。べつに自然科学的方法を身につけていなくても、世間の常識は「超」がつかない能力の限界をちゃんと心得ている証拠でもある。手品師がいくら種も仕掛けもありませんと強調したところで、観客は意外に日常現象の唯物論的な因果関係を会得しているみたいだろ。種があることを承知のうえで、その不思議をたのしんでいる。でも超能力はマジックであってはならない。種があってはいけないんだ。手品は安全無害で万人のたのしみに供されるけど、超能力は危険で有害で、これは信者の存在を前提とする。観客と手品師の関係は、公演の終了と同時におわるけど、信者と超能力者の関係は、ずっといつまでも持続しつづける。

――カリスマにさせられちゃうわけですね。

安部　そう。その場合の超能力者の内面、奇妙なものだろうね。不安と優越感で、成功すればするほど、一種の狂気におちいるんじゃないか。服が皮膚に同化してしまったみたいに、寝ても醒めても裸にはなりきれない。ついには嘘と本当の区別もつけられなくなってしまう。

　そしてそのうち実際に奇跡が起きたら……トリックを使わずにスプーンが曲りはじめたら……でももうなんの驚きも感じない。嘘になじみすぎたんだ。少年だけが永久に不信の迷宮のなかに取り残される……

――安部さんの『方舟さくら丸』は、主人公をよく見ていきますと、聖書でいうとノアの再来みたいな、ノアの再来を自己演出しているみたいな感じですが、そのスプーン曲げの奇跡を起こす少年は、今度はキリストみたいに見えてきますね。

安部　もっと世俗的で功利的な話だよ。そのうち少年は空を飛びはじめるかもしれないけど、これは奇跡なんかじゃなくて童話なんだ。少年だけが童話の世界にまぎれ込んでしまうんだ。だからこんな主張をする学生が登場するかもしれない。もしスプーン曲げが本当に成立するとしたら、アインシュタインのE＝MC²という基本法則が壊れてしまうじゃないか。Eはエネルギー、Mは質量、Cは光の速度。核分裂もこの仮説から導き出されるわけだから、もしこの法則に従わない物質の変化（念力）が存在したりしたら、物質の質量は計測不能におちいり、光の速度もまちまちなものになる。核爆弾は爆発せずに、とつぜん犬の糞が大爆発を起こすような事態になりかねない。ノアの洪水どころじゃないだろう。因果律が消滅し、宇宙秩序が崩壊してしまう。

――そうすると、そういう核戦争を超える主題として、安部さんの内部に黙示録的メッセージがひそんでいるということになりますか。

安部　まさか、いま言ったのは次の小説に登場するかもしれないモノマニアックなただの学生の意見だよ（笑）。もちろん多少ぼくに似たところがあることは認めるけどね。そしてその学生は多分リンチを受けて殺されてしまいそうな予感がしている(笑)。

でも、『方舟さくら丸』のときと同じように、いま喋っているのとはまるで違ったものになるんだろうね。概念的に考えていることは、いずれ補助手段で、実際に書くときにはけっきょく削ってしまう。夢のなかに出てくるようになるまでは、とにかく補助手段で脳味噌にピン止めしておくしかないからね。確信はないけど、もしかすると『さくら丸』のなかのオリンピック阻止同盟の夢、あれなんかも実際に見た夢かもしれない。そっくりではなくても、似たような夢を見た記憶がある。とにかく、小説の発想には原則として、スーパーに買い物に行って帰ってくるまでの間に使わない言葉は使わないように心掛けているんだ。夢の言葉ってそんな感じだろ。

―― それは非常にわかりやすいし、納得のいく原則ですね。

安部 無理に創り出すより、見えてくるまで根気よく待ったほうがよさそうだ。いくら待っても何も出てこなくて、脳が腐ったような気がして、自信喪失におちいることもあるけどね。

破滅と再生　2

聞き手・小林恭二

――この前の雑誌のインタビュー、破滅論が中心でしたね。今回はもうちょっと破滅そのものにスポットをあてておうかがいしたいのです。

そこでとりあえず、『方舟(はこぶね)さくら丸』の場合、破滅するのがかなり困難になってきているような状況というものをぼくは強く感じたのですが。

安部　困難か容易かって、そんなふうに考えたことはなかったよ。破滅と破滅願望とは、いちおう区別して考えるべきじゃないかな。破滅願望というのは、必ずしもそのとおりの形で意識されるとは限らない。たとえば『方舟さくら丸』の場合、登場人物たちの行動を律しているのは、けっきょく御破算の精神だよね。彼らには破滅願望が、人生の道理としての御破算の願望として自覚される。よく体育嫌いの子供が学校の体育館に火をつけたり、勉強に自信のない子が教室に放火したりするじゃないか。誰にでもありうる、かなり日常的な感覚だと思う。

——カトリックみたいに、観念的に再生と等価であるような破滅じゃなくて、何か生得の形での破滅願望みたいなものでしょうか……

安部　単純に言えば採点やりなおしの請求じゃないの。たとえば平等の観念だって、一種の破滅願望でしょう。既成の秩序の破壊を必ずしもネガティブにだけとらえる必要はない。最近話題になっている中学生の「いじめ」なんか、まさにその逆の精神構造だし。

——破滅願望の逆なんですか。

安部　だってヒエラルキーを確立していく過程だろ。強者と弱者の……

——なるほど。では、必ずしも再生願望を伴わないような破滅願望というようなものを意味しているのですか。

安部　そんなことはない。破滅と再生の願望はいつだってメダルの裏表だよ。秩序の破壊は平等の再生だろう。でも、困ったことに再生が再生で安定してくれることはない。再生が秩序を持ったとたん、破滅願望がふたたび頭をもたげてくる。終りのない永久革命だ。この循環するイメージの中で、奇妙なのは、何処(どこ)かに誰かかならず主人公らしき人物がいて、そいつだけが無事生き延びることなんだな。この御都合主義が、どうやら小説家誕生の秘密じゃないかな（笑）。

——間違いなくそうですね。

安部 人ごとじゃないんだよ。

——いや、本当に人ごとじゃないと思ってやってきたわけで、きょうは（笑）。まず、こんどの安部さんの小説、スプーン曲げの少年がテーマだということなので、最初は超能力を信じられるかどうかというふうな質問から始めるつもりだったんです。しかし「すばる」のインタビューを読みますと、安部さんはあんなもんあるはずがないとおっしゃっている。その上、あるはずがないという点でアプローチするからいろいろなところが出てくるとも言われています。あらためて確認させていただきますが、その可能性は全く信じていないわけですか。

安部 あるわけないさ、超能力なんて。

——本当にありませんかね。

安部 ありえないことを経験的に知っているからこそ、超能力を願望する気持も生れるんじゃないかな。やはり破滅願望の変形だよ。腕のいい手品師は子供の客を歓迎しないって言うけど、子供は信じてしまうから張合いがないんだろ。

——その辺から始めるのがよさそうですね。

安部　もともと超能力は実験的に検証すべき問題じゃない。仮に実証されたら、その時点で科学的な枠内に組み込まれてしまうわけだから、超能力でなくなってしまう。科学的検証に耐えうる超科学というのは、論理的に意味をなさない。

――そうですね。

安部　「超」の世界を論ずる前に、超のつかない「普通」の世界のほうを、もっと問題にしてほしいと思う。方法の自覚もなしに、科学では説明しきれない何か、と言うようなことを簡単に言ってのける自然科学者が実在するんだから呆れるね。ああいうのは科学者ではなく、ただの技術者なんだろうね。科学者ならこう言うべきだよ。「従来の科学的方法では説明しきれないある自然現象」でもスプーン曲げは超自然現象で、絶対に自然現象であっては困るわけだろ。

いまぼくに興味があるのは、むしろ超能力にあこがれる気持の裏にある心理の謎なんだ。一種の「認識限界論」だね。人間の認識にはしょせん限界があり、当然それを超えたものがあるはずだという……

――つまり認識の限界の可能性を超能力に託しているわけですね。

安部　そうなんだ。でも認識に限界があるという認識は何によって認識されるかというと、言語以外にはありえない。だいたい認識は言語の構造そのものなんだよ。だから、認識に限界があるという認識は、鏡のなかの自分を拳銃で射殺するような矛盾におちいらざるを得ないわけだ。つまり限界の認識は言語の自己認識で……いや、やめておこう、ここで認識論をやってみても始まらないからね。ただはっきりさせておきたいことは、だからといって「超」の願望までいちがいに否定はしたくないということなんだ。スプーン曲げはありえない。ありえないがその願望までは否定出来ない。スプーン曲げを信じたがる心理は、しょせんある種の御破算願望だし、逸脱の願望だろう。それは人間にとって欠かすことの出来ない行動原理の一つなんじゃないかな。ローレンツは……ローレンツって、思想的には極端な人種主義者で僕は嫌いだけど、動物行動学者としてはやはり認めざるを得ないと思うな。とくに刺激情報と、それによって解発される行動様式の関係は、基本的に遺伝子に組み込まれているという一種の生得説。じつに重要な考え方だと思う。ある意味では進化論に匹敵するというか、すくなくも進化論の強力な補強材ではあるね。さらにこの考え方をもう一歩すすめて、その遺伝子情報に「言語」を組み込んだらどうなるか。人間になるわけだ。そうなんだよ、「言語」というのはデジタル信号だろう。他の動物の場合、行動を解発する刺激情報はアナログなものに限られるけど、人間だけはデジタル信号を行動解発のサインにすることが出来た。生理学的にはありうる進化の一段階にすぎなかったけど、その結果はとんでもない飛躍だった。具体的で直接的なアナログ信号と、それに一対一で対応する行動という「閉ざされたプログラム」の世界から、一気に判断や選択が自由な「開かれたプログラム」の世界に飛び出してしまったんだからね。まったく妙な動物さ、人間ってやつは、遺伝子から這い出して、とうとう遺伝子を見てしまったんだ。「言語」によって遺伝子が遺伝子自身を認識してしまったんだよ。

だから「言語」とは何かを考えるにしても、言語で考えるしかない。言語の限界という表現でさえ言語表現の枠を出られない。井戸の中を見おろすように、言語で言語のなかを覗き込んでいるのが人間なんだな。

――つまり認識の限界、すなわち言語の限界だということですね。

安部　限界というより、構造と考えるべきだろうな。ローレンツが言っているのは、だから、比喩としてはこれはなかなかおもしろいと思うけど、チンパンジーの模倣能力について……チンパンジーが、仲間が手を使って何かをしているとき、その手が自分の手と同一の手であると認知する、その認知の瞬間が模倣形成のきっかけだと言うわけだ。事実チンパンジー以下の動物ではほとんど模倣が認められないらしいね。要するに手が手だという認知、それが行動の学習につながり、やがて言葉の発生をうながす原因だったはずだというローレンツの指摘……なかなかの卓見だとは思うけど、ただそれだけでは言語にはならないよね。それまでのアナログ的プログラムをどうやってデジタル転換できたのか、その辺のメカニズムが解明されないかぎり言語の謎が解けたことにはならない。次元を超えた跳躍だからな。

もうすこし言語についてこだわってみようか。大事な問題だからね。遺伝子と言語のかかわり合いについて、チョムスキーが面白い問題提起をしているんだ。「普遍文法」という概念なんだけど、われわれがこうやって通常使っている日本語やなんかは、個別言語、しかしどの個別言語も言語としての何等(なんら)かの共通項を持っている。つまり個別言語を可能にしている土台が何処かにあるはずだ。そしてその土台を「普遍文法」と命名した。傾聴に価(あた)いする仮説だと思うな。その遺伝子レベルの普遍文法のおかげで、外の刺激に応じて、例えば日本人の中で育てられれば日本語がインプットされる……しかもチョムスキーはこのインプットの過程を単なる学習過程とはかなり厳密に区別している。その過程自体がある意味で生得的なものだという考え方なんだな。だから彼は、言葉を学習するとは言わずに、言葉が育つとか成熟するとかいう使い方をしている。

ついでにパブロフについても触れておくべきだろうな。あの条件反射のパブロフ……パブロフは一般条件反射のほかに、第二系っていうのか、正確な用語の規定はないんだけど、要するに一般の条件反射の上にもう一つ次元の高い条件反射がありうることに気付いたんだ。そしてそれがたぶん言語だろうと予測した。ただし残念なことにパブロフが死ぬ直前の発見でね、だからその問題についての詳しい研究はないし、ちゃんとした後継者もいなかったようだ。でもあえて憶測すれば、要するに言語は一般条件反射の積分値だと言いたかったんじゃないかな。

――積分値、ですか？

安部 積分値というのは、要するに平面上に描かれたあるカーブを、平面ごと移動させて出来る三次元像を考えてもらえばいい。はじめが円なら、こう、チューブになる……

これはパブロフの暗示にもとづく類推だけど、僕としては積分値よりもやはりアナログ信号のデジタル転換のほうを採りたいな。大脳半球の片方（言語脳）が、どんなやりかたでアナログ信号をデジタル処理しているのかは、今後の研究に待つしかないけど、言語がデジタル信号であることは疑いようのない事実だからね。ただしコンピューターのやりかたとは質的な違いがあるようだ。コンピューターのような線的な経路による解析ではなく、どうも面的な拡散と集中のプロセスが使われているらしい。たぶん脳の左右の分業と関係があるんだろう。チンパンジーにも右利き（みぎき）、左利きの傾向があるらしいけど、あくまでも傾向で、人間みたいに有意の利き手の分化はないらしい。そこでこの左右の分業によって、左脳のデジタル処理と右脳のアナログ処理を、脳梁(のうりょう)を通じて相互転換することが可能になった。デジタル化というのは信号の信号化だからね、本当にこれは画期的なことだったんだよ。

でもプラグマティズムの連中なんかは、そんなふうには考えていないようだね、旧態依然として、言語を思考の運搬道具としか考えていない。だから言語よりも精密な運搬道具があれば、もっと正確で豊かなコミュニケーションが可能なはずだと……そこからテレパシーみたいな超能力まではほんの紙一重だろう。実用主義というのは、あんがい疑似科学にすぎないんだね。

——すると超能力の願望は言語に対する、ある種の言語以上のものを探すようなところからはじまったと考えるわけですか。

安部　そう、精神と言語の二元論だね。しかし考えてみると、その二元論だってじつは言語機能の一側面にすぎない。言語が言語で言語の限界を論じているんだ。まあこのパラドックスが言語の魅力なのかもしれないな。小説だって、言語では語りえないものの存在を言語で表現しようとする悪足掻(わるあが)きなんだし……言葉から抜け出すことの不可能を知りながら、それでも右往左往しつづける……

この言語のパラドックスは、そのままいろいろな観念の局面にも見られるだろう。たとえば相対性原理で宇宙は有限だと言われても、ではその有限の果ての向こう側は何かと問い返さずにはいられない。またビッグバンの理論で時間を含めた宇宙の最初を説明されても、ではその最初の時の前は何かと問い返さずにはいられない。

――それは言語の壁ですか、それとも想像力の壁……いや、待てよ。これは似たようなものですね。言語の壁と想像力の壁っていうのは。

安部　相対性理論がいくら難解であっても、言語構造の枠からはみ出すものじゃないからね。

――やっぱりそうなんですかね。

安部　それはそうだよ。普遍原理への衝動は、けっきょく言語体系の整合化衝動じゃないかな。こちらは言語を信じようとする衝動、スプーン曲げの場合とは逆に……

――じゃあ、われわれが使用している言語体系が変れば、ある程度考えつくことはできる。

安部　言語体系ってどういう意味かな。その定義によりけりじゃないの。英語だとかフランス語だとかポリネシア語だとか、個別言語間の体系の差なら、なんの変化もありえないだろう。しかし仮に数学の方程式や、コンピューターのプログラミングを、別な体系の言語というような意味でなら、認識が経験主義的三次元から跳躍する可能性は当然あるはずだ。

でももう一つの跳躍……言語体系はそのままで、時の始まりや宇宙の果てを論ずる神秘主義があるだろ。神秘主義の特徴の一つは言葉の氾濫（はんらん）だね。因果律に対する御破算の衝動と言ってもいい。

——すると今度の小説では、そういう因果律が壊れるような事態を願っている集団、人々が主人公になるわけですね。

安部　実はね、それがどうも、かなり違うようなんだ。

——でも、いままでの話では、そんな印象を強く得たわけですが……

安部　うん、君がスプーン曲げを信じるかって、いきなり聞くから、つい言語論まで発展しちゃったけど……困ったな、もちろん僕はスプーン曲げなんか毛頭信じないし、それに登場人物たちも、全員が信じているわけじゃないけど……と言うより、これはもともと奇跡小説ではなく、最初からトリック小説の視点なんだ。主人公の少年のスプーン曲げは、要するに手品なんだよ。でも例えば僕が超能力ショウをやって、君がマネージャーに雇われたとしてごらん。もちろん君はすべての種や仕掛けを先刻ご承知だ。なにしろマネージャーだからね。種を知っているばかりでなく、いろいろと演技指導もするだろう。それが商売だからね。でも同時に、心の底のどこかでは、それがトリックであることを忘れてしまいたい気持もあるはずだ。第一そのほうが売り込みに際しての口上に迫力がつく。協力者としても気が楽だろう。とにかくトリックであることをなるべく人に知られたくないし、君も他人の前では極力信じているふりで通さなければならない。そのうち演技が嵩じて、なかば信じているような気分になってくるんじゃない?

——ありえますね。

安部 いずれは少年自身もその葛藤に耐えられなくなる可能性がある。そして嘘を演じながら、半ば信じこむ。一種の自己催眠だね。それに他人にトリックを見破られるのが恐ろしい。誰にも告白なんて論外だ。君にも、二人きりの時に、スプーン曲げを真実として語りあうようになる。死に際しても口をつぐんだままでいようと心に誓う……

——宗教家の誓いを思わせますね。それとも政治家も似たようなものかもしれませんけど。

安部 そうね、そしてそのトリックをだんだんと洗練させていくと、しまいには自分でも嘘と真実の区別がつかなくなってしまう。あるときふと思ったりする、今は能力が鈍ってトリックを使わざるを得ないけど、昔はたしかに念力だけで曲げられた時があったはずだと。

――分るような気がしますね。

安部　そして、ある日、少年に突如空中浮遊の能力が目覚める。そのまま空へ飛び立ってしまうんだ。

――そんなふうに展開するわけですか。もちろんその空中浮遊もトリックなんでしょう?

安部　いや、本当に飛んでしまうんだよ。もちろん自分でも半信半疑だ。あまり長いあいだトリックに馴染(なじ)みすぎたからね。そしてさんざん悩みぬく、はたしてこの秘密をマネージャーに告白すべきかどうか……もうスプーンだけで、さんざん悩まされつづけてきたからね……

――少年がそういう可能性に気づくわけですか。

安部　だって、空中遊泳を実際に体験しちゃうんだから仕方がないだろう。もっとも最初はまごつくだろうな、信じていいかどうか分らなくて。だから確認のために、深夜誰にも気付かれないように気をつけて、町はずれや河川敷きなんかの低空飛行をこころみてみたりする。もちろんマネージャーには内証のまま。

——信者を前にした神様の心境、というわけじゃないわけですね。

安部　それは違うだろう。誰にも見せないし、教えないんだから。それにさめざめと泣きながら飛ぶような気がするな。でも君、いつか過去のどこかで、空中遊泳を体験したことがあるような気がしない？　いまはしなくても、そんな錯覚におちいった経験ないかな？　ぼくはあるんだよ。空中に、坐ったままふわっと浮んだ記憶があるし、水の上を水中翼船みたいにすいすい泳いだ記憶もある。信じてはいないけど、ひどく鮮明な記憶なんだ。だいいち僕は金槌なんだよ。泳げるわけがない。見事にブクブク沈んでしまうんだ。

——すると、これまで僕は安部さんの作品の基本的な特徴として、非日常から日常へという逆転のベクトルがあったというふうに考えてきたわけです。しかしそうなると今度はもう一回逃亡し直すわけですね。日常から非日常の方へ。日常を支配している体系から、今度は因果律を突き崩すような形で逃亡していくわけですね。

安部　どうなんだろうね。逃亡かな。たしかに逃亡願望はあるよ。でも、そう言い切ってしまうと、ちょっと違うような気もする。僕としては逃亡より、例外原則の選択というふうに考えたいな。

——具体的な、物理的な障壁の突破でしょう。それとも因果律の破壊ですか。

安部　いまは小説の話をしているんで、べつに信仰告白をしているわけじゃないよ。

——でもなんとなく病人の論理に近づいてきませんか。つまり今までの作品に通底しているのは、囚人の論理じゃないかと僕は思うわけです。つまり閉じ込められた人間が、より広やかである筈の外部へ脱出する、もしくはしようとするという力学です。この場合、具体的に与えられた障壁から脱出するというベクトルが一番メインになると思うんですけれども。病人の脱出っていうのは、物理的に言えば別段どこに脱出してもしようがないわけで、いってみれば絶対的な科学、いや真理と言った方がいいかな、例えば脳だの心臓だのがダメになったら死んじゃうとか、癌にある程度以上蝕まれたら死んじゃうとかいう、絶対的な真理の障害から逃走するような人が主人公になるようなふうに、今思ったのですけど。

安部　どうも変だな。自然主義的発想にこだわりすぎているんじゃないの？　君、空中遊泳の話、面白いと思わないの？　逃走だとか、脱出だとか、いちいちそう理屈っぽく考えなくたって……もともと僕の作品には大きく二つの系列があるんだよ。だいたい長編の場合には、最近やや日常の断片を集積するタイプのものが多かったけど、短編の場合は、むしろ非現実的な変形物が多いんだ。ファンタジーというより、自分じゃ仮説的リアリズムのつもりだけどね。スプーン曲げを信じないことと、作品の中で登場人物に空中遊泳させることとは、僕のなかでなんら矛盾するものではないんだ。小説の場合、言語の構造として確かな手触りが成り立てば、それは現実と等価な世界なんじゃないか。言葉でしか創れない世界……なぜ飛んだか、なぜ飛べたかの説明を、小説の外の世界から借りてくる必要なんかぜんぜんないと思う。
それに癌患者の話、なんだか腑に落ちないな。人間は誰だって何等かの意味で死を抱え込んでいるわけだろ。因人と癌患者がなぜそんなふうに対立概念になるのかよく分らない。だからそんなふうに社会時評風に考えないで、ただ空中浮遊をイメージしてほしいんだよ。つまり空中浮遊は脱出じゃない。因果関係で言えば、「果」じゃなくてむしろ「因」のほうなんだ。

—— プロットとしては、どのあたりで飛びはじめるんですか?

安部　なるべく早めに飛ばしたいと思っているけど……

—— じゃ、最後でいきなり飛んで、あとは読者に投げ出すという形ではないんですね。主人公は悩むわけですね。

安部　悩みもするだろうし、楽しみもあるんじゃないか。まだそこまでは見えていないけど……しかし最後に飛ばせる案も捨てがたい。なにか悲哀を感じさせるよね。

—— 一般的に、現代人が破滅願望にとりつかれていることは事実だと思います。でもその願望はなかなか満たされない。そこで当然この欲求不満の代償を強く求めることになります。その代償としての破滅劇を供給するのが、マスコミの役割の一つじゃないでしょうか。それには破滅願望による自家中毒の予防という役割もあります。でも従来の供給方法ではとうてい需要に追いつけない。そこで視聴者自身がスケープゴートをみずから創り出さざるを得なくなる。たとえば「三浦事件」だとか、「グリコ事件」だとか……けっきょくこれからは、いわゆる「やらせ」がマスコミ編成の主流になっていくような気さえするんです。

安部　たしかに君の言うとおり、テレビの番組編成の裏には、破滅願望のスケープゴートを自己目的にしているところがあるね。それはそうだ。事実どこかの局の「スプーン曲げ」にも計画的な「やらせ」があったらしい。僕の「スプーン曲げの少年」も、いまの予定では何度かテレビ出演するはずだ。君がマネージャーでも、やはり「やらせ」に賛成したいだろ？　視聴者はべつに真実を求めているわけじゃないからね。ただある一定の時間、「時間」の受動的消費に身をまかせていたいだけなんだよ。

君の言っていることとは多少ズレがあるけど、僕も最近、つくづくテレビの脅威を感じはじめていることは事実なんだ。ただしかならずしも、放映されている内容に関してではない。不気味なのはとにかくその瞬間に、無数の人間が小さなテレビ画面の前で、各人の意識とは無関係に巨大な疑似集団を形成しているっていうことね……

――テレビ自体が疑似集団の場と化すわけですね。

安部 そうなんだ。テレビが出現する以前には、これほど簡単に疑似集団が形成されることはなかったんじゃないか。しかもとんでもない人数だろ。だいたい集団化は人間の能力のなかでも、とくに重要なものの一つだけど、それだけに本来非日常的じゃないと困るんだ。いざという時の伝家の宝刀なんだよね。例外は軍隊と学校かな。軍隊は非常事態が日常だからね。でも学校の集団化傾向はなんだろう。あれにも何か必然性があるんだろうか。とくに日本の学校には疑似軍隊的な風潮が顕著だね。学校本来の機能以上のものが期待されているような気がする。教育のひずみ、とかいろいろ言われているけど、そもそも学校を集団訓練の場にしようとすること自体に問題があるんじゃないか。

とにかく人間って、そういつも集団でいる必要はないんだ。むしろ個別化と分業が社会形成の原動力だったんじゃないかな。いちいち集団を組まなくてもすむように、人間は社会を組織化し、社会に構造を与えてきたわけでしょう。ただ社会の構造が破れて、パニックに襲われたような場合、本能的に集団化の衝動が働いて個人を越えた集団的自衛能力を発揮する。

このエピソードはすでに他のところで書いてしまったから、二番煎じになるけど、なかなか面白いのでもう一度繰り返させてもらおうかな……君、おぼえている、しばらく前にニュースになった東北の何処かのホテル火災……ずいぶん焼け死んで、問題になったよね。あの火災について、なぜあんなに被害が大きかったのか、いろいろ分析したテレビの報道特集があったんだ。ちょっとびっくりしたな。なんでも二階から避難してきた一群の連中が、その階段の下でそのまま避難をやめ、重なり合うようにして焼け死んだらしい。割に近くに非常口があるんだよ。なぜそんなことになったのか、生き延びた人の証言や何かをもとに分析してみると、二階から駆けおりて「群れ」を形成したとたん、全員ほっとしてしまったらしい。つまり集団化による緊張解除というか……

――即席の共同体ができちゃったわけですね。

安部　そうなんだ。でもまだ先があるんだよ。これも奇妙な話なんだけど、その集団の中から一人、とっぴな行動に出たやつがいた。「忘れ物をした」と言って、いきなり二階に駆け戻ってしまったんだ。するとなぜか、残された連中は、駆け戻った男をその場で待たざるを得ないような気分にさせられてしまったらしいんだな。もしかすると動転したその「忘れ物」男が、集団のボスに選ばれてしまったのかもしれない。

ボスというのは、ふつう考えられているように、腕っ節の強いやつが他を制圧して獲得するものとは限らないらしいんだ。集団のなかにボスを求める内圧のようなものがあって、本人の意志とはかかわりなしに選び出してしまうことがあるらしい。もちろん集団自体に緊張緩和の作用がある。でも組織化されていない集団は不安定だよね。バラバラでいる時よりはましだけど、その安定感を持続させようと思えば、どうしても集団の行動を決定する指導者が欲しくなる。つまりボス願望の内圧だね。

ところでその内圧が、具体的にどんな経路をたどってボス選定に辿(たど)り着くかというと、どうも集団の中で他人とは違った目立つ行動をとる者、例外的というか、なんとなく毛色の違う印象の人間をボスと認めてしまう傾向があるらしい。というのは、集団化して多少ほっとしながら誰もがひたすらサインを待ちうける心境にあるわけだろう。まさに「ゴドーを待ちながら」の心境だね。そこに例外行動をとる者がいれば、いやでもサインに見えてしまう。

――その場合どうだったんですか。

安部　だから、忘れ物して二階へ駆け戻った慌(あわ)て者が、ボスにされちゃったんじゃないかな。当人はただ泡食ってただけだのに……それでボスが降りてくるまで、じっと待ちつづけて、みんなでそろって焼け死んだ。

――すごい話ですね（笑）。

安部　でも、なんとなく思い当る節もあるだろう。もちろん例外者のボス就任というのは、集団ルールの原則ではないだろう。たぶん混沌とした無秩序な状態でのみ起きる一回限りの現象じゃないかな。二人目の例外者は、つまりいったんボスが選ばれてしまった後は、忌むべき異端者としていびり出されてしまう。一人目の例外者は誉むべきシャーマン、二人目の例外者はただの気違い。これがたぶん秩序の原則なんじゃないかな。

もちろん集団化は、かならずしも否定面ばかりではない。それどころか種としての目的遂行には欠かすべからざる本能だ。人間以外にも、この本能の力をかりて種の維持をはかっている動物は珍しくない。集団行動の利点は例外行動が許されないことだろう。例外者であるボスの後をついて、そのとおりに右往左往するのだから、ボスもすでに例外者ではないわけだ。パニックに際して、個体の個別的な選択よりも集団行動のほうが有利なのは、たぶん自然現象の法則だろう。とにかくそれが自然淘汰の結果にも合致するからね。

当然うまく行かないときもあるさ。イワシの大群がそっくり網に追い込まれるとか……まあ、東北のホテルの大火災の被害も、集団化が裏目に出た例だろう。たしかに人間は言語の獲得で閉じた行動のプログラムの鎖を切った。だからいくら集団化しても、動物の群れとは質的に違うはずなんだ。常識的に、人間はイワシの群れよりは理性的だし、分別もあるはずだと考えがちだけど、考えてみると……いまのところは、いちおうの仮説にすぎないけど……どうも言語には、矛盾する二つの機能があるような気がするんだよ。一つは個体間を密着させて集団を強化する接着剤的な機能、いま一つはそれを分解して分散個別化する溶剤的な機能。動物の場合は最初から「群れ派」と「縄張り派」の二つのタイプがあって（時期によって相互移行するタイプもあるけど）、外からの刺激に対して反応するかしないかの区別しかない。これはどうあがいてみても絶対に逆らえない強力な本能なんだ。人間は言語と引き換えに多少の本能を犠牲にした。でも、かわりに言語には接着剤と溶剤の両方の機能がそなわっているから、「群れ」も「縄張り」もいぜんとして動物なみの強さを維持できるんだね。

なんの話をしていたんだっけ？（笑）

——テレビがつくり出す疑似集団の問題じゃないですか。

安部　そうそう……「群れ」と「縄張り」の関係は、求心力と遠心力と言い換えてもいい。

——縄張りが遠心力ですか？

安部　うん、縄張りというのは、他の個体を排除しようとする衝動だろう。場所に関しては求心的でも、個体間の力学としては遠心力なんだ。人間社会ではこの両方の作用を複雑にからませながら、なんとかバランスをとって同時に機能させつづけている。そのどちらか一方に、極端に偏(かたよ)ってしまうと……まあ世界的にここまで権力の中央集権化が進んでしまうと、すくなくも国境の内側では遠心力の過剰はありえないけど……けっきょく求心力が優勢になりすぎて、文化は停滞せざるをえない。その点がひどく気掛りなわけさ、このテレビによる疑似集団の過剰生産……ただでさえ集団化の機能を持っているテレビが、視聴率をかせぐためにさらに集団化のテクニックを練り上げる。ひどいものだよ、どのチャンネルをひねってみても、涙、涙、涙、涙の氾濫だ。今や茶の間は愁嘆場の洪水だな。

――泣いている者をボスに選ばせて、疑似集団をつくるわけですか。

安部　まさか、もうボスはいらないだろう。いちおう出来上った集団の強化作業だよ。涙というのは考えれば考えるほど奇妙なものだね。泣く当人にとっては、涙腺(るいせん)の代償性機能による判断停止と浄化作用、それから見ている相手に対しては、もらい泣きという同化作用による衝動の緩和と行動の抑制。そのほか敗北を示す白旗だったり、感動の共有を示すプラカードだったり……とにかく涙は集団化の衝動を刺激する強力な

サインなんだ。

　だから、例えば日航機の墜落事故のときだって、アナウンサーはマイクを構えて、ひたすら泣いてる人を探してまわる。なるべく泣き顔のいい人を狙(ねら)ってね。

――涙って、そういうものなんですか。

安部　そりゃそうだよ。たとえばいま君が、ここで突然オンオン泣きだしたら、みんなただ狼狽(ろうばい)して、判断停止して、まあもらい泣きはしないだろうけど、とにかくお手上げになってしまうだろうな。そのお手上げになるということは……

――お手上げにさせることで、ボスになる(笑)。

安部　まさか、もうボスはお呼びじゃない。僕ら、パニックに襲われて集合した烏合(うごう)の衆ってわけじゃないからね。でも、この涙の効用、芝居や映画で見るかぎり、とくに日本人に顕著な感じもするけど、考えてみるとけっこう国際的な現象なんだよね。中国や朝鮮には葬式のときに職業としての「泣き女」がいるし、ハムレットの中のオフェリアの歌にビウィープという文句が出てきて、あれは野辺送りの意味らしいけど、ちゃんとウィープ（泣く）がついている。集団形成の大事な要素として、涙の儀式化が行われたんだな。

――するとテレビは涙による疑似集団の組織化ですか。

安部　うん、低俗お笑い番組は別として、テレビには喜劇がほとんど欠如しているだろ。たまにはカタルシスもいいだろうけど、休みなしの連続カタルシスじゃたまらない……カタルシスのカタルは、大腸カタルのカタルなんだよ。健康に悪い。

――涙の洪水でどんな症状が起こるのか、二、三、具体的な例をあげていただけませんか。

安部　個人レベルでの問題なら、大したことはないんじゃないかな。べつに死にいたる病というわけじゃなし、趣味の問題で片付けても差し支えはないだろ。でも、集団形成の進化というか、量的な拡張が質的な変化を引き起こす、そのプロセスとのかかわりあいで考えると、けっこう深刻なんだよ。現代が抱え込んでいる基本問題かもしれない。かなり荒っぽい図式化だけど、まず小さな部落があるとしよう。成長して村になる。さらに拡張して町になる。連合しあって都市になる……こうした変化のプロセスには、単に集団をまとめる求心力が機能しているだけでなく、同時に個別化を保証する遠心力も働いているはずなんだ。事実、農村よりも都市でのほうが匿名性が強いし行動様式の選択の幅もひろい。近所付き合いの約束事も希薄だし、隣が泣いている時にこちらが大笑いしていたっていっこうに差し支えない。集会の自由が保証されているかぎり、普段はむしろばらばらの状態のほうが望ましいんだ。でも、次の段階……あくまでも仮定としての話だけど、集団の拡張が都市レベルを越えて次の段階にすすむと、そこで国家という終点に行きついてしまう。いくら膨張拡大しても、もうその先の発展段階はないわけだ。それまでは集団の内圧が限界に達しかけると、遠心力とフィードバックしあって、構造を複合化し、段階的成長でバランスをとってきたわけだ。しかしその先はもう存在しない。国家で行き止りなんだ。本来ならここで必要な処方箋(しょほうせん)は、あらゆる集団化の衝動にブレーキをかけ、すべての国家が国家としての枠をゆるめて、個別化を奨励すること以外にはありえないはずだ。でも現実は逆だろう。国家はその内部矛盾を、むしろ集団強化の方向で処理しようとしている。

——それにテレビが協力しているわけですか。

安部 していると思う。涙の洪水で疑似集団を日常化し、慢性中毒状態をつくり出しているわけだ。オリンピック中継なんか、その国家的規模での総仕上げだと思うな。

——オリンピックも涙ですか。

安部 涙だよ。国歌が鳴りひびき、国旗が掲揚され、金メダルをとった日本選手が壇上で涙ぐむ……それを見ている無数の視聴者が、同時にほろりともらい泣きしてしまう……ひとり〇・一グラムの涙として、五千万人が見ていたら五百万グラム、約五トンの涙だよ。五トン級といったら船にしてもかなりの大きさだろう。

――たしかに笑いでは、そこまでの効果はとうてい期待できませんね。
安部　笑いよりは涙のほうが組織力がある。
――笑った風景というのはむしろ疑似虚構、むろんそんな言葉はありませんけど、そんな感じですね。泣くという行為が現実を物語化するのなら、笑うという行為は非現実を現実化させる、そんな働きがあるように思えますね。
安部　笑いにも多少は疑似集団形成の力があるんじゃないかな。最近はあまり使われないけど、「どうぞお笑いください」っていう言い回しがあるでしょう、挨拶（あいさつ）として。あれ、昔は刑罰を意味していたらしいね。
――刑罰ですか。
安部　何かで読んだことがあるよ。悪いことしたやつを、村の広場に連れ出して、みんなして取り囲んで笑いのめすんだってさ。
――ああ、笑い者にするというやつ。
安部　涙も笑いも、なんらかの連帯を形成するけど、たしかに微妙な違いがあるよね。どこが違うかというと、涙は儀式化しやすいけど、笑いは儀式化しにくい。だから涙のほうが利用頻度が高いんじゃないか。衝動を固定するには反復が有効だ。反復を容易にするためには儀式化が好都合だ。いったん儀式化してしまうと、集団の安定度は半永久化される。結婚式、葬式、入学式、出産祝い、七五三、進水式、起工式、修学旅行、成人式……儀式を並べて人生の地図が描けるくらいだ。儀式は俗事を聖化する。たとえば結婚なんて単なる男女の個人的な結合にすぎないけど、式を挙げることによって性的なものが覆い隠され、集団として共有できる無難な類型に変質してしまうんだ。

人間の場合、集団と儀式は分離不可能に見えるほど癒着しあっているけど、本来そういうものじゃないんだ。例えば狼なんかが狩りをするとき、むろん映画で見ただけの話だけど、一頭一頭の動きはだらだらしたもので、これと言ったルールはなさそうに見える。でも狼は狩の名人だ。だけど、君、人間の集団行動のお手本である軍隊の行進、まったくすごいじゃないか。まさに儀式の鑑だよ。言語による教育と学習……求心力の強化だけでなく、遠心力の抑制……つまり忠誠の美徳と不服従の悪徳を徹底して教え込まなければ、とてもあそこまでの儀式化は出来っこないからね。いくら団結心が強いからって、猿山の猿が歩調とって行進するところなど見たことがないだろ。歩調と制服なんだよ、儀式の究極は……

——さきほどの非常口の話、大変面白かったのですけど、火事のなかで集団化した状態って、テレビの前にいる状態とかなり近いでしょうね。火はそこまで来ているけどみんないっしょにいるという安心感でボーッとしているというのと、みんなで同じテレビを見ているという安心感でボーッとしているというのは。

安部　それに対応する、言語の個別化の力場、つまり儀式を拒否するほうの言語の解(げ)毒(どく)作用がじゅうぶんに機能している状態でなら、テレビにそれほどめくじら立てる必要はないのかもしれない。火事と違って、差し当り焼け死ぬ心配はないわけだから。

――でも麻薬的ですね。

安部　たしかに麻薬そのものだね。靖国神社の閣僚公式参拝なんて、麻薬の効果を見はからっての計算じゃないかな。大胆すぎるものね。反対派は、憲法に定められている信仰の自由の侵害だとか、あそこには戦犯も一緒に祀(まつ)られているとか言っているけど、そんなことは実はどうでもいいのであって、理由のいかんを問わず、国家儀式の整備強化そのものを拒否すべきだと思う。

――マスコミもいずれは儀式化を売りはじめるでしょうね。

安部　とうに始めているよ。スターの結婚式の生中継、離婚の記者会見、さまざまな作法の指導、ヤクザの出入り……とくにひどいのはスポーツ番組かな。ほら、国体なんかのとき、まず選手入場、それからなんとも薄気味悪い選手代表の宣誓……あれ、寒気がするね……まるでナチスみたいに右手を斜め上に挙げて、喉(のど)が張り裂けんばかりに絶叫するだろ。何を言っているんだか分らない。まさに狂気の表現だ。脱糞の最中を見せられているようで、寒気がしてくるよ。でも儀式だから成り立つんだね。儀式を許容するというのは、結局そういうことなんだ。

――非常口の前に集まった集団から抜けて、忘れ物をとりに行くような行為ですか。

安部　異常が正当化されて、正常が異端視されるという点ではね。でもボスをじっと待ちうける心境のほうに近いんじゃないかな。儀式というのは、違反者摘発の手段でもあるんだ。

――今のお話を聞いていると、だいたい日本の社会の傾向として集団化へのベクトルのようなものがずっとあって、それに対する現在の復元力としてあるべき個別化の論理が薄くなってきているというふうに……

安部　日本人が儀式に弱い、というか、妙に素直だってことは事実だろうけど……でも最近ナショナリズムは世界の趨勢じゃないかな。ナショナリズムというのは、要するに国旗と国歌の儀礼集だからね。サッカーの国際試合なんてすごいものだろ。

――この傾向、ずっと続くというふうに思われますか。

安部　そんな気もするけど、落胆するのはもう止めにした。その分、文学の果すべき役割もはっきりしたと言えるんじゃないか。言葉の個別化の側面を強調しようとすれば、しぜん散文の本質にたどりつくしかないんだよ。

必ずしもテーマとしての反儀式小説をすすめているわけじゃない、まず文体に儀式化を持ち込まない覚悟かな。よくあるだろう、扇動的で様式化された文体、あれが困るんだ。例えば俳句とか短歌とか、もちろん散文詩も含めて、何らかの意味での詩的な表現……いや、散文小説の中にもけっこうあるね、スタイルはたしかに散文なんだけど、本能的に集団や儀式に身をすり寄せたり、媚びたりしている神輿かつぎが……やはりテーマとしても反儀式主義を標榜すべきなのかな。ま、いいだろう、僕の小説が神輿かつぎになる懸念はまずありえないからね。どういうものか、僕は生れつき、自分でも不自然に感じるくらい徹底した祭り嫌いなんだよ。

――僕は俳句をずっとやってたんでよく分るんですけど、もともと俳句っていうのは非常に革新的な最前衛と、非常に伝統的な最後衛しか存在しえないようなところがありまして、それはそれで構わないわけですけれども、最前衛がここ五年ぐらいで全滅してしまったというような状況があるんです。あとは完全に伝統派が根を下しちゃって、前衛はもちろんのこと、ちょっとしたモダニズムでさえ排除されてしまう。これは、恐らくほとんどすべてのジャンルで進んでいる事態のように思えるのですが、安部さんは小説においてはどうお考えですか。

安部　可能性を信じるしかないだろうね。儀式化の要素を完全に排除して、なおかつ成り立つとしたら、やはり散文の世界じゃないかな。音楽とか演劇になると、やはり何処かで儀式との馴(な)れ合いなしには成り立たないし……

——散文が儀式化に対抗できる理由はなんでしょうか。

安部　儀式化そのものが強力な言語機能なんだよ。言語に対する有効な解毒剤はやはり言語以外にありえない。そういう言語を散文精神と命名したまでのことさ。でもこの規定は、今後批評の基準として利用できそうだね。けっきょくテレビ攻撃より、散文精神の確立のほうが、僕らにとっては急務だろう。

——かつてテレビほど人間を効率的に集団化させたメディアというものがあったでしょうか。

安部　やはり画期的な出現だろうね。映画館や劇場だって、たしかに疑似集団形成の場所だけど、とにかく動員力が桁外(けたはず)れに違うだろう。それだけに劇場や演奏会場の客は、意地でも疑似集団に酔おうとして、やたらとアンコールの拍手をしたりする。害はないけど、なんとなくおぞましいね。だから僕は原則として音楽会には行かないことにしているんだ。音楽は家にいて一人で聴くにかぎる。とくにヘッドホーンで聴きながら寝るのが最高だね。好きな音楽ほど寝付きがいいみたいだ。それに音楽会の雰囲気って変に俗っぽく儀式ばっているだろ。

——そう言えば、アンコールというのは日本古来の習慣じゃありませんね。

安部　どこの国でも古来からの習慣ってことはないんじゃないか。それはともかく、儀式の伝播定着化は早いんだ。とくに日本人は儀式好きなんだろうか。よく外国人から、日本人は集団化しやすい民族だと言われるね。そういう批評を聞くとあまりいい気持はしないけど、でも日本人自身が、日本人は団結心の強い民族だと胸を張って自慢する。なぜそんなことが自慢の種になるのか……まあ、ある種の思い込みなんだろうね。しかし団結の誇示は集団に内在している普遍的な性向で、洋の東西を問わず一種のお国自慢だろ。忠誠と愛国心の制服は、デザインこそ違え万国共通の舞台衣装じゃないかな。

じつは日本人の団結心について、ぼくはまったく逆の経験をしているんだよ。終戦直後のことだけど、当時ぼくは満洲にいた。ある期間、文字どおりの完全な無政府状態がつづいたんだ。その時のことだけど、あれは奇妙というか不思議なものだね。無政府状態というのはつまり無警察状態でもあるわけだ。僕らは当然、ひどい混乱と暴動を予期していた。ところが違うんだな。すくなくも日常は日本が軍事占領していた時期とすこしも変らない。あいかわらず商店では品物を売っているし、食べ物屋には料理の湯気が立ちこめている。もちろん日本人の立場は悪くなったよ。軍事力と警察力を背景にして、さんざん旨い汁を吸ってきたんだから、植民地支配の崩壊と同時に立場が逆転するのが当然だろう。でもその逆転は、はっきり目に見えるものではなかった。金さえ払えば、何でも自由に買えたし、品物を売りに出せば、相応の代金を支払ってもらえる。つまり市民生活の基本ルールは、そっくりそのまま維持されたわけ。首をひねったものだよ、たしかにインフレはひどかったけど、すくなくも通貨が……通貨と言っても、はっきりは覚えていないけど、旧満洲国紙幣や、ソ連の軍票や、なんだかよく分らない紙幣なんかが、ごちゃごちゃに使われていたような気がするな……いったい何がその貨幣価値を保証していたのだろう？　そもそも貨幣価値とは何なのか？　まあ、なんであろうと、流通している限りはそれでいいわけだ。手に入れた金で物が買えれば、その金の素性なんか二の次で構わない。あの時くらい国家権力の存在理由を疑わしく思ったことはないな。

それはそうとして、そういう状況下での日本人の行動様式の特殊性……たしかに基本的な日常は維持されていたけど、民族間の力関係は完全に逆転したわけだから、もう昔のように虎の威を借りてばかりはいられない。街や商店でたとえば中国人と金銭上のトラブルがおきたりすれば、こんどは平等の立場で渡り合わなければならないわけだ。そういう場合、中国人や朝鮮人だと、周囲に降って湧いたように仲間が現れてたちまち人垣が出来あがる。べつに仲間に一方的に味方して、異民族に集団リンチを加えようってわけじゃないんだ。裁判にたとえれば、臨時の陪審団が結成されるんだね。だから当事者同士の喧嘩も派手なものさ。手足を振りまわすんだけど、本気で殴りあうわけじゃない、相手に届かないだけの距離を保って口角泡を飛ばすんだ。つまり被告と原告の大弁論大会だね。そして陪審団が判決を下す。当然陪審団に同国人が多いほど有利になる。その点中国人と朝鮮人は、集まるのが早いね。あっという間に陪審団が結成されてしまう。ところがそういった場合の日本人、信じられないだろうけど、誰一人集まってはくれないんだ。それまでかなりの人数が、その辺をうろうろ歩きまわっていたはずなのに、映画の特撮みたいに一瞬にして姿を消してしまうんだ。

──逃げるんですか。

安部　逃げるんだよ。ここまで集団化が不得手な民族も珍しいんじゃないか。まさにニューヨーク人なみだろう。

──儀式好きの国民性と矛盾しませんか。

安部　いや、集団化が苦手だから、儀式に依存するのかもしれない。だから儀式のもつ魔力に、必要以上に敏感だし、すべての儀式を必要以上に儀式ばらせてしまう。

――そういう体質のなかにテレビの疑似集団化が持ち込まれると、何が起きるんでしょう。

安部　何か嫌な影響が出てきそうな気がするね。儀式の密度が濃くなるいっぽうだ。散文精神にとってはまさに厳冬の季節の到来だな。

――なんとなく暗いイメージになってしまいましたけど、始めのほうで話題にした破滅、もしくは破滅願望と、この儀式の問題、どんなふうに結びつくんでしょう。たがいに補強しあうとか、あるいは拮抗(きっこう)しあうとか……

安部　どうだろう……そんなふうに直結はしないんじゃないか。道具と素材のような関係かもしれないね。破滅願望はある意味でたしかに儀式の破壊願望につながるものがあるから、その点では拮抗する概念だと言えなくもない。しかし既成の儀式の破壊をめざして、具体的な行動に移ろうと思えば、まず同志をつのって戦略戦術を立てなければならない。破壊工作班の編成だよ。宗教を例にとるともっと分りやすいかな。たいていの宗教がなんらかの終末観をその教義の根底においているね。これには二つの効用がある。一つは信者獲得のための御破算願望の利用。いま一つは既成の儀式を破壊することの正当化。まあ同じことなんだけどね。さて問題はこの先だ。神の戦士に不屈の闘志をあたえ、破壊工作の使命を確信させるためには、彼らを集団化させた動機、つまり御破算願望に不動の安定性を与えなければならない。そのためにはなんと言っても、教義の儀式化だろう。そこで破壊対象である儀式を上回る儀式が再生産されることになるわけだ。最初は拮抗概念だった儀式と破滅願望が、この時点では補強しあうものに変質する。『方舟さくら丸』でもそうだろう、地下洞窟に集まる人数が増えるにつれて、儀式化が芽をふき儀式間の抗争が目立ちはじめる。猪突に指揮された「ほうき隊」の老人たちは、消えた非行女子中学生たちを追い回す情熱によって、集団に対する忠誠を強化する。主人公にとっては、そこから逃げだすための方舟だったはずなのに、船の内部からウジが湧き出してしまったわけだな。

――安部さんが考えられている破滅の具体像、どういうものなんでしょう。とりあえずは核の問題がありますよね。一番ストレートに思い浮んでくるのは核による破滅です。たしかに核が落ちれば、すべて御破算でしょうけど、何かもっと別の、そういう物理的なレベルでの破滅ではなく……例えば、どうかな、ファシズムの台頭だとか……もっともファシズムの概念、あまり実感がないから使いたくないんですけど、社会的に因果律を否定する方向を辿っていけば……

安部　たぶん愛国心ってやつだろうな。過剰儀式の中に溺れて息が止りかけている状態だ。核戦争は肉体の御破算だけど、その前にもっと誘惑的な精神の御破算願望があるだろう。いま自分を弱者におとしめている条件を叩きつぶすために、徒党を組んで、その徒党に忠誠をつくす快感。強烈な排外主義と裏腹になっているけれど、これも一種の疑似平等観だよね。ナチスだって国家という帽子こそかぶっていたけど、いちおう社会主義を名乗っていたんだ。なんとも御愛敬じゃないか。やはり民衆の夢としての平等観を餌にせざるをえなかったんだな。

――『方舟さくら丸』では、核爆弾が実際に落ちる前にすでに落ちてしまっている感じですよね。

安部　そのとおりなんだ。とつぜん核爆弾が落ちてくるわけじゃない。あれはけっきょく戦争の手段だろ。そして戦争は国家間の対立の結果だ。一時的休戦を平和と名付けるほど、国家間が対立するというのは、国家が肥大化しすぎて自己目的になってしまったせいだと思う。儀式化が過剰になりすぎて、引き返しがきかなくなったんだよ。これが僕の端的な破滅像だね。世間の儀式にたいする寛容と協調ぶりを見ていると、本当に身の毛がよだつ思いだよ。

――その反儀式主義と次の「スプーン曲げの少年」はどんな結びつきかたをするんですか。

安部　どうだろう……まだよく分らない……結びつくかもしれないし、つかないかもしれない。すくなくもテーマとして反儀式が表に出ることはないんじゃないかな。小説の散文精神というのは、ちょうど汗みたいに、儀式に対する嫌悪感を行間から分泌すればそれでいいんだ。僕は子供の頃から……体質的なものかもしれない……規律、調和、美、荘重さ、そういったものになぜか本能的な憎悪感を抱きつづけてきてね、一種の劣等感かな、とにかく即物的な乾いた感じのほうがずっと好きだな。だから白鳥殺しの発想なんか嫌いじゃない。でも「白鳥の歌」を封殺するために、「白鳥殺しの歌」を歌うんじゃ元の木阿弥だろう。カナリヤは歌を忘れたほうが賢明なのさ。とにかく裏のお山に逃がしてもらえる機会が残されるわけだからね。

――こんどのニューヨークの国際ペン大会、「国家としての想像力」というのがテーマらしいですね。まだ国家に想像力が残されているんでしょうか。

安部　いや、僕は逆の解釈をしてしまったんだ。むしろ想像力に対する枯れ葉剤的役割としての国家、と解釈したんだ。それで、ペンクラブ自体にはなんの関心もないけど、あえて招待に応じてみたわけさ。すごく今日的なテーマだろ。アメリカの作家もなかなかやるな、という感じだった。

――儀式で飽和されたような国家に、想像力なんかあり得ないということですね。

安部　うん、「国家としての想像力」なんて、不思議の国のアリスに出てくる《笑い猫》みたいなものじゃないかな。表側だけがあって、裏側のないメダル。表現があるだけで実体は不在なんだよ。

それにしても最近、日本でも珍しいタイプの作家や演劇関係者が出はじめたね。《笑い猫》型文化人というのか、ちょっと前までは絶対に見られなかったタイプ、政府の要職についたり、首相に演技指導をしてやったり……あれであんがい、国家のために想像力の不足分を補ってやるくらいのつもりでいるのかな。国家のための公認栄養士……無神経すぎるよ、国家はもう個別化のエネルギーなんて一切必要としてはいないんだ。

――ということは、国家はある意味で想像力の終点だということになりますね。そこに肩入れしたりしちゃ、もう自殺じゃないですか。

安部　むしろそれ以前からすでに自殺済みだったと考えるべきじゃないかな。怪奇小説に出てくる、ゾンビーだったっけ……

――そうかもしれません。

安部　このところ僕は、ますますカフカが好きになりだした。あれほどきれいさっぱり儀式的混濁を濾過(ろか)してしまった作家も珍しいんじゃないか。その辺を批評の基準に採用すると、フォークナーなんて、ひどく微妙な位置づけになってくるな。儀式の渦の中に一緒になって巻き込まれながら、しかもその向こうにある個別化の原理をつかんで離さない。その点へミングウェイとは違うね。へミングウェイにはいつも、最後は儀式のカードで勝負をつけようとする怪しげな手さばきが感じられるだろ。

——そうですね、そういうふうな見方をすれば。

安部　儀式の排除って、頭で考えているよりもずっと大変なことなんだ。ただ受け身になっていると、向こうからじわじわ滲(し)み込んでくる。たぶん生命進化の淘汰圧(あつ)自体のなかに、儀式化への進行をうながす方向指示標識が立っていたんじゃないかな。よほど意識的に言語による刈り込みを重ねないと、たちまち儀式の藪(やぶ)に飲み込まれてしまう。儀式ってのは、一見ひどく複雑に見えるけど、基本構造はあんがい単純なものなんだ。でもアメーバーと同じで、単純なものほど強靭(きょうじん)な生命力を持っているわけだからね。ローレンツが鳥の行動で面白い観察をしているけど、たとえば求愛行動、首をピッピッピとやって、グルッと回して、またピッピッピとやって……なぜそんな複雑な儀式が必要なのか分らないほど込み入って見える。でもよく観察してみると、餌を採ったり、水飲み場に出掛ける合図を交したり、威嚇(いかく)したり、普段しているごく単純で習慣化されたいくつかの行動の組み合わせにすぎないんだね。もちろん求愛行動というのは種族を維持する上で非常に重要なものだ。それだからこそ、間違いなく目的が遂行されるために、合鍵（あいかぎ）の番号合わせのような儀式段取りが設定されたんだろう。

　まず最初の数字が打ち込まれる……すると自動的に次の番号に誘導される……三番目のキーが帯電する……と言ったふうにして、偶然の余地のない経過をたどって逃れがたく性行動にたどりつく。人間の儀式だって似たようなものだと思うよ。結婚式にしても、葬式にしても、靖国神社の公式参拝にしても、段取りを分解してみたらその一つ一つはまったくなんの変哲もない日常的動作の累積（るいせき）にすぎないはずだ。実際儀式には意味なんかなくてもいいんだよ。互いにそれを儀式だと認め合ったら、それが儀式になる。そしていったん儀式になってしまうと、不思議な魔力を発揮しはじめるんだ。だから、その儀式に対してもし言語が笑いの精神を忘れたら、その時はもうおしまいだろう。一般に、儀式の追加はありえても、削除のケースはまずありえないからね。

――産業廃棄物なみですね。

安部　革命でも起きてくれない限りはね。

――僕は中国史をやったことがあるんですけど、中国における王朝の交替、これは革命ですが、儀式と官僚を一度ゼロにするのがしきたりです。逆に言うと、儀式や官僚というのは、血を流さないと清算できないわけですね。その意味では散文にも革命が必要な時期が来ていると思えます。約束事や儀式がふえすぎている。むしろ儀式に圧倒されつつある。なのに僕たちは危機感を感じるどころか、すすんでそれを待ち受けているふしさえあるようです。

安部　うん、それが現実だろうね。儀式への傾斜には引力なみに逆らいがたいものがある。それに文学の力なんて、いくら気張ったところでたかが知れているだろう。じっさい現実的効用だけを考えるなら、ある儀式を排除するためには別の儀式を対抗馬に立てるのが一番さ。「白鳥の歌」を引きずり下ろすには、「白鳥殺しの歌」でいけばいいんだ。君、死んだときやはり葬式をしてもらいたいと思う?

——さあ、まだ本気で考えたことありませんが……

安部　僕は嫌だな。

——よく分りました。儀式の脅迫的な浸透ぶりはまさに怪物なみですね。どうやらそろそろ時間切れのようですが、最後にワープロの件を伺って……

安部　それはやめようよ。せっかく大事な話をした後で、ワープロなんて論議の対象にもなりはしない。

——じつは僕、手で原稿書いた時期がないんです。最初から小説書くのにワープロでスタートしてしまって……

安部　それはまた珍しいね。もうそんな時代になったのかな。でもよかったじゃないの、手で書くのはうっとうしいからな。

――でも手書きの意味もあるんでしょう。

安部　ないね。本質的な区別はほとんどない。あるのはけっきょく才能の問題じゃないの。

――意識のフィルターに何度でも繰り返して通せるワープロの利点、やはり評価すべきでしょうね。

安部　手で書くときもそれをやっていたんだ。一つの作品に万年筆三本くらいつぶして、書きくずしの原稿用紙の山に膝(ひざ)まで埋まって……無駄な労力が多少はぶけただけのことじゃないかな。ワープロのことはもう気にしないほうがいいよ。でも手書きの経験のない人に会ったのは初めてだ。こんど君の小説、そのつもりでじっくり読んでみるよ。

Ⅳ

地球儀に住むガルシア・マルケス

マルケスについて、すでにノーベル賞を受けてしまった今となっては、あらためて僕がなにか言う必要もないような気もするけど。これまでたまっていた言いたいことを一応棚ざらいするくらいのつもりで……。ところで、どういうふうに話をもっていったらいいのかな。皆さんがマルケスについてどの程度知っているかによって話し方も変ってくるわけで。まあ適当に、ほどほどに知らないということで話しましょうか。ほどほどに知らないと言っても、さほど厭味（いやみ）にならないでしょう。

マルケスがノーベル賞もらった前の年、カネッティがもらっているんだけど、実はカネッティという人、僕はノーベル賞もらうまで知らなかった。また変った人がノーベル賞をもらったのか、という程度。ところが法政大学出版局からちゃんと全集が出ているんだ。僕はかなり読書家をもって任じているほうで、それも人が読まない変った本を発見して読むほうです。その僕でさえ知らなかった。あわてて読んでみたわけです。今日はカネッティの話をする予定じゃないから簡単にすませますが、これが大変な作家なんだ。ノーベル賞委員会というのもけっこう見識があるなあと感心したくらいです。同時に法政大学出版局の見識にも頭を下げました。そして知らなかった自分を恥じた。おそらく皆さんの九割九分も知らないんじゃないか。ノーベル賞もらったあとでもね。その証拠にいぜんとして売れないらしい。それで、なんとかしたいと思ってNHKのテレビに出て宣伝してみたわけです。これほどの作家を知らないというのは恥ずかしいことだし、不幸なことだというようなことを話してみた。多少は効果があるかなと思ったのだけど、あとで聞いてみたら、一〇〇〇部ぐらいしか伸びなかったらしい。けっきょく日本の読者は事大主義なのかな、たぶん週刊誌レベルで話題にならないとだめなんだね。

この事大主義がマルケスの場合についてもある程度言えるように思う。マルケスの『百年の孤独』が翻訳されたのはもうかなり以前のことなんです。実は僕が『百年の孤独』を知ったいきさつ、これもちょっと恥ずかしい話なんだ。ドナルド・キーンさんから「『百年の孤独』を読んだか」と聞かれ「知らない」と答えると、「とんでもないことだ。これはあなたが読むために書かれたような小説だからぜひ読みなさい」と教えられた。「僕は英語読めない」と言うと、「冗談じゃないよ、翻訳があるじゃない」。あわてて新潮社に電話して手に入れました。読んで仰天してしまった。これほどの作品を、なぜ知らずにすませてしまったのだろう。もしかするとこれは一世紀に一人、二人というレベルの作家じゃないか。そこで新潮社に、「これほどの作家を出しておいて全然広告しないというのはなにごとだ」と言うと、「いや、広告しました」「見たことないよ」「いや、たしかにしている」というようなわけです。これはまあずいぶん前の話で、その後「海」という雑誌なんかが、ラテン・アメリカ文学に注目しはじめて、いろいろ短編の翻訳なんかも出るようになってきた。しかし、あくまでも一部の人の関心をひいただけで、カネッティよりはましという程度ですね。しかも知られた分だけ、誤解もひろまってきたような心配をぬぐいきれない。マルケスについて新聞などに書かれるのを見ると、もっぱらラテン・アメリカ作家、というふうに紹介されている。たしかにラテン・アメリカ作家にはちがいない。コロンビア出身の作家だからね。それにこのところ、ラテン・アメリカ文学を論ずるのは一種の流行です。ボルヘス、カルペンティエール、ジョサと読むのか、リョサと読むのか、リョサが正しいという説もありますが、まあどっちでもいいでしょう。こうした作家たちはこのところ毎年ノーベル賞の有力候補に名をつらねていたらしい。だからと言って、ひっくるめてラテン・アメリカ文学と言って済ませてしまえるものかどうか、僕は反対なんです。そういう見かたでマルケスをとらえると間違えるような気がする。マルケスとジョサでは全然レベルが違うような気がする。

もうかなり昔のことですが、アメリカの出版社クノップあたりが中心になって、黒人文学を大きくクローズアップした時期がある。それと並行してユダヤ系作家にも力を入れた。そのあと、次は中南米、とクノップの編集長が言っていたのが今から十何年か前。その頃からアメリカは中南米作家に注目しはじめていた。ところで、それに先行する黒人文学とユダヤ系文学のブーム、この両者のあいだには似ているようでいて本質的な違いがあった。黒人文学のほうはブームが終ったとたんにひどく影が薄くなってしまった。ところが逆にユダヤ系の文学のほうは、いまさらユダヤ系と括弧をつけるまでもない、アメリカ文学の主流の一つになってしまったわけです。すると、アメリカでの中南米文学ブームはどっちのタイプだと考えるべきだろうか。いずれにしても動機はコマーシャリズムかもしれない、アメリカの出版社は大資本ですからね。中南米文学は黒人文学のような広がりかたをするのか、ユダヤ系文学のような広がりかたをするのか、という問題ね。僕の意見を言ってしまうと、中南米のある種の作家は、ちょうど黒人作家が評価されたような評価のされかたで終ってしまうだろう、しかし別のグループの作家はユダヤ系作家に似た立場を確保するだろう。一時のブームでは終らないということですね。とくにガルシア・マルケスは、一部のユダヤ系作家がユダヤ系という括弧をとっぱらってしまったのと同じように、中南米という括弧をとっぱらってしまえる作家じゃないかと思う。はっきり言ってジョサという人はそれほどじゃない。この違いは重要です。ちょっと極端な言い方かもしれないけど、多少極端に言わないとピンとこないだろうから。

マルケスの魅力は、まずどこどこの作家というような所属の括弧からはずれたところにあると思う。あえて所属を言うならむしろ時代でしょう。空間よりも時間、地域よりも時代に属する作家なんだ。マルケス自身は、現実のコミュニズムにはかなり批判的らしいけど、明らかに左翼的ですね。現にアメリカには入国できない状態なんです。しかしアメリカのコロンビア大学から文学関係では最初の外国人の名誉博士号を受けているマルケスの、最初の理解者はアメリカだったかもしれない。もちろんソ連や東ヨーロッパでも、マルケスのことを話題にすると、学生なんか目をかがやかせて反応する。うまく言えないけど、とにかくマルケスの文学は世界に辿(たど)り着いている。地域に対応するのが国家だとすれば、時代に対応するのは世界だ、という意味でね。こういうタイプの作家が目立ってくるのは、たとえば一九三〇年代のワイマール文化あたりからじゃないか。あの傾向はドイツ的というより、むしろ国際的というべきでしょう。亡命ユダヤ人を抜きにしては語れない。よく知られているところでは、ブレヒトであるとか……それからエリアス・カネッティも、やはりその周辺に位置づけられる。もっと輪を広げればフランツ・カフカなんかも含まれる。三人ともユダヤ人なんですね。戦後アメリカでユダヤ系作家が脚光をあびる以前から、亡命者の文化として芽をふきはじめていたのです。むろんその時代は同時にナチスの形成が進められていた時代でもあった。文化が世界性を獲得しつつあった時代に、政治はナショナリズムの形成に余念がなかったわけです。たしかに文化というものは弱いものです。いくらきばってみても、ヒットラーには手も足も出ない。だから僕も希望的観測を述べようとは思いません。しかしその亡命者の文化が第二次大戦後の文化に大きな影響を与えていることも否定できない。ワイマールだけでなくパリもそうだった。第二次大戦前、パリも亡命者の天国だった。前衛的な芸術というのはほとんどワイマールからパリへという形で受け継がれている。スペイン系の亡命者のなかには、パリ経由で中南米に向った者もかなりいる。そして中南米で、あの嵐の時代にまかれた種が受け継がれて、芽をふいたという考えかたもできるんじゃないか。たとえば映画のルイス・ブニュエルなんかその見本でしょう。スペインから亡命してアメリカへ行ったけれども、アメリカで本名を使えずペンネームでハリウッドの仕事をしていて、戦後になって突如メキシコに現れ作ったのが、あの『忘れられた人びと』*という不朽の名作です。ブニュエルをメキシコの映画監督と言っていいかどうか非常に疑問ですね。スペインの監督でもない、ピカソと同じく、まさに世界の芸術家なんです。

一般に中南米作家の精神の底を流れているものは、第二次大戦直前の革命と反革命という大きな揺らぎのなかをくぐり抜け、第二次大戦後になってそれを芽吹かせた歴史感覚ではないかと思う。マルケスの場合も同じです。こういう時代背景を抜きにして、単に中南米という一つの地域の文化として考えたのでは分らない。マルケスをとらえるときには、国際的な視点というものが重要なんです。それはマルケスの作品が世界中に翻訳されているとか、コロンビア大学で名誉博士になったとかいうことで国際的なんじゃない。ひとえにローカルな視点を越えたという意味で国際的なんです。『百年の孤独』という作品はとにかく驚くべき作品です。背景とか登場人物の風習、習慣、そういうものはたしかに中南米的かもしれない。日本人なんかとは違ってあくが強いし、食ってるものだって、恐らくそれ食ったら三日ぐらいは体臭が抜けないだろうというようなものばかりだ。しかしそれに目をくらまされると、とんでもない誤解に落ち込んでしまうことになる。そんなこと実はどうでもいいことであって、結局は現代というこの特殊な時代の人間の関係を照射する強烈な光なんです。中南米の作家がとくに時代をとらえやすい立場にいたと言えるかもしれない。こわれかけた共同体の残骸が、とくに意識しなくても楽に見える。以前は日本でも、かなりはっきりした共同体の残像があって、それへのノスタルジアは今でも生きていますね。たとえば演歌。あれは共同体からの外れ者の歌です。共同体は消えても、ノスタルジアは残る。そういう共同体の崩壊過程でおこる人間関係の変質と反作用……それがマルケスの中心の主題です。だから一見したところ舞台は田舎、あるいは小さな町や村ですが、それをとらえる方法ははっきり都市の文学という以外にはない。なぜ都市かというと、その村なら村がすでに地域ではなく時代としての課題になってしまっているからです。しかしいくらこんなふうに解説してみたってマルケスの本当のおもしろさは分らない。まるで魔術師みたいにギュッと魂をとらえてしまうあの力は解説でつくせるものではありません。とにかくマルケスを読む前と読んでからで自分が変ってしまう。一番肝腎なことは、ああ読んでよかった、という思いじゃないか。もし知らずに過したらひどい損をするところだった、見落さないでよかった、という、これこそ世界を広げることだし、そういう力を持っている作家との出会いというのはやはり大変なことです。文学ならではの力というべきかもしれない。

たしかに言葉というのは不自由なものですよ。イマジネーションをつくるにしても、映像とくらべたらまったくの間接操作だからね。生のイメージをぽんと出すほうがずっと楽だ。ただ間接操作であるだけに言葉のほうが受け手の側でのイマジネーションの自由度が広いんです。デジタルとアナログで説明したほうが分りやすいかもしれない。イマジネーションそのものはアナログな情報ですよね。それをアナログのまま伝達するか、いっぺんデジタル化して伝達するか。デジタル化されたものは、もういちどアナログに転換しなおさなければイメージにはならないから、ちょっと複雑な操作を要求されます。しかし、その転換を自分でしなければならないから言葉のほうが自由度が広いとも言える。手数はかかるけど、自分の手づくりのイマジネーションの展開ができる。この違いはやはり大きい。だからいくら映像時代が来ても文学が消えることはありえない。高級だからとか、伝統だからというようなことではない。むしろ表現と認識のメカニズムの問題でしょう。もっとも今のような劇画時代だとどういうことになるのだろう。劇画はアナログによるアナログの伝達だから効率がいいという説もある。たしかにポンと来るところはあるかもしれない。でもよく考えると、何がポンと来ているのか。あれは案外アナログ化されたデジタルにすぎないんじゃないか……その証拠が劇画の擬音過多現象です。アナログ情報を無理にデジタル化すると起きてくるのは擬音とか擬声音なんです。言語学の時間じゃないから、このへんにしておきましょう。もともと日本人にはデジタル信号にたよりすぎる傾向がある。角田忠信さんの『日本人の脳』によると、これは日本語の構造に関係があるらしい。つまり母音だけで意味の形成ができるため、母音も左の言語脳で受けてしまう。現在分っているところでは、日本人とポリネシア人だけで、それ以外は全部母音は右脳で受けている。子音の分節だけを左脳で受けている。なぜ日本人とポリネシア人だけが、母音も子音もひっくるめて左の言語脳で受けてしまうのだろうか。たしかに日本語には母音だけの言葉がある。たとえば角田さんの本に出てくる有名な例だけど、O（オー）という字を四つ並べてみて下さい。日本人とポリネシア人以外には、言葉というよりうなり声にしか聞こえないかもしれない。でも日本人にはちゃんと意味を持ってくる。「王を追おう」となるでしょう。子音の分節なしに母音だけで意味を持つ。たしかに特異現象です。どうしてこういうことになったのかはよく分らない。そう言えば日本語をしゃべるとき、子音を省略してしゃべってもだいたい分りますね。試してごらんなさい。たとえば「学校に行こうか」から子音を消してみる。だいたい意味が通じるでしょう。ところがヨーロッパ語でも中国語でも朝鮮語でも、逆に母音を省略してもだいたい分る。母音をあいまいに発音しても、子音の分節がはっきりしていれば意味は通じる。

ポーランド語なんかには、子音だけ八つも並んでいる例があるらしい。日本人にはとても言葉には聞こえない。ただチッチッチとさえずっているような感じだろうね。もっとも、これだけだったら単に伝達の形式の違いで、本質的な問題ではない。ベータ方式かVHS方式かといった程度の相違です。ところが自然音のなかには母音にちかい構造の音がいろいろと存在している。日本人とポリネシア人はその母音にちかいほとんどの音を全部左の言語脳のほうで受けてしまうんです。だから日本人は犬が吠える、虫がなく、鳥がなく、とすぐに擬人化しがちです。犬の声、虫の声、と声になってしまう。左脳というのはつまりデジタル脳ですね。右脳がアナログ脳。日本人は本質的にデジタル人間らしい。たとえば子供に対するしつけ。赤ん坊の泣き声、日本人は当然デジタル信号として受けとってしまう。つまり左脳で聞いているわけだ。ところが日本人、ポリネシア人以外は、あれを単なる音、音響として右脳で聞いているらしい。しつけが変ってくるのも当然でしょう。赤ん坊のときから、日本人はデジタル的に泣くわけだ。育児ノイローゼになりやすいのも無理はない。

どうもマルケスから話がそれちゃったけど。つまり日本人の活字離れとか、劇画の流行というのも、日本人の左脳に負担がかかりすぎた結果じゃないかと思うんだけど。だとしたら、これは宿命だね。たしかに左脳、デジタル脳の優勢は技術的な作業なんかするのにはいいかもしれない。だから自動車作るのはうまいけど、右脳が閉塞して左脳だけになっているから、読むのは劇画だけ、小説はだめ、というふうに、まあこれは避けがたいことかもしれないね。絶望的な日本人の不幸と思ってあきらめるべきかもしれない。だとしたら日本でマルケスは売れない。カネッティも売れない。ごく少数だけが小説読んで、理解できる人は孤独に悩むしかないんじゃないか。そうしたら、ここで話していることも意味がなくなってしまう。あきらめるか、それとも多少の努力はして、脳の調整をしてみるか。作曲なんていう仕事は右脳なしにはできないらしい。日本の作曲家で国際的な高い評価を受けている人がいる。だから日本人の右脳が先天的にだめというわけでもなさそうだ。

たしかに世間的な人間関係の維持だけだったら、右脳はいらない。そういう人の特徴は、第一にユーモアがないこと、理屈っぽいこと。見回してもそういう人いるでしょう。学校の成績はいいんだよ。だけどどうにもおもしろくない人。どうしたらいいんだろう。なんとか右脳を萎縮させない方法はないだろうか。角田さんの受け売りだけど、音楽が効きめがあるそうだね。それからわさびがいいらしい。それからもう一つ分っているのがアンモニア。ボクシングのとき、コーナーに帰って鼻のところでサッとやってもらうやつ。でもアンモニアって劇薬だから軽はずみに変なことやらないで下さいよ。それからキンカンっていうのありますよね、虫にさされたときつけるの、あれは全然効かないらしい。アンモニアでなければ駄目。ただし必ず薬用アンモニアを買ってください。工業用アンモニアなんか嗅いだら、鼻が炎症起こしてしまう。逆に酒はよくないらしい。酒を飲むと解放されるようだけど、実は右脳が閉塞してバーッと左脳だけになってしまうらしい。そう言えば日本人は飲むと急にベラベラしゃべりはじめるね。完全にデジタル化しちゃうんだよ。だからユーモアもなくなる。くどくなってしゃべるだけになる。そういう時、寿司を食べるとわさびでちょっと右脳が回復するんじゃないか。あれはそういう体験的な治療法なのかもしれない。劇画も多分有害だと思う。劇画っていうのは結構意味で読んでる。無意味なようでいて意味過剰なんだ。それに擬声音が多い。ギャーッとかギャオーとか。あれは全部アナログに見せかけたデジタルにすぎない。それも幼稚なデジタル。劇画見ながら酒飲んでたら、これはもう日本人のお手本になりますね。

　さて、そろそろマルケスに戻って、こういう視点を生かさないと、本当にマルケスを理解することはできないと言いたかったわけです。意味や解釈を越えた、よりアナログ的な、言語で置き換えてしまえない要素、つまり芸術ということです。マルケスがわからない人は右脳のほうが危ないから、わさびを食うとか、音楽をきくとかしたほうがいいかもしれない。とりあえず短編あたりから始めてみて下さい。それからついでにカネッティ。ただカネッティの小説は一つしかない。『眩暈』。これは彼が二十六歳のとき、一九三〇年頃の作品です。今さらノーベル賞という感じもするけど、見識と言えば見識とも言える。そういう苦しみに耐え抜いた作家。スペイン系のユダヤ人だけど、長いあいだ認められなかった。世界で最初にカフカ論を書いているんです。見えすぎていたのかもしれない。芝居も書いていますが、上演途中でみんな帰ってしまうし、新聞にはたたかれるし。イギリスに行って、本当に貧乏な暮しをしていたらしい。偶然だけど萩原延寿君がオクスフォードに行っていたころ、これも金がなかったから学校が終ると安いパブに行って、ビール飲んでパンでも食べていた。いつも隣り合わせに爺さんが一人いた。自分も黄色いアジア人で、孤独で、金もない。すぐその爺さんと友達になった。ずいぶん頭のいい乞食だなあと思って、試しにちょっと難しいこと言うと、向こうはそれ以上のこと知っている。名前を聞いたら、エリアス・カネッティ。さすがイギリスともなると立派な乞食がいるものだと名前は憶えていた。そしておととし、萩原君から電話があって、「カネッティという人ノーベル賞とったけど、あれどういう人かね」、「僕知らないんだ」と答えると、「僕は実は知ってるんだけど、あれは乞食だと思っていた」というできすぎた話があるくらい、孤独に耐え抜いて来た作家です。すごいものですよ。皆さんにもぜひ買って読んでもらいたいけど、たぶん買わないだろうな。でもマルケスの短編ぐらいは、右脳のためにもね。さあ、もう言うことはなくなってきた。

*ルイス・ブニュエル『忘れられた人々』(1950年/ウルトラマー・フィルム)

「明日の新聞」を読む

聞き手・コリーヌ・ブレ

——安部さんの小説の登場人物たちは、いつも穴の中に特別な関心を示しますね。洞窟(どうくつ)にもぐったり、箱をかぶったり、砂の穴に閉じ込められたり……しかもその穴は、単なる舞台装置にとどまらず、登場人物と同等な役割を与えられている。安部さんにとって《穴》は現実そのものなのでしょうか、それとも現実を透視するための反現実なのでしょうか?

安部　たしかに僕の小説は、たとえば地下の採石場跡のような、閉鎖された空間を舞台にして展開する場合が多い。しかもしばしばその閉鎖空間自体が主人公になる。『砂の女』、『箱男』、新作の『方舟(はこぶね)さくら丸』、さらには最近フランス語訳が出た『密会』……その点ではすべてに共通性がありますね。たぶん閉鎖空間にしたほうが、状況を透視しやすいせいでしょう。つまり閉鎖空間が仮説の役割をはたしてくれるのです。仮説の設定は現代文学に欠かすことの出来ない重要な方法の一つですから。

それにしても『密会』における《病院》の空間構造は不気味だと思う。実を言うとこのインタビューに答えるために、八年ぶりに読み返してみたわけだが、われながらその不気味さにたじろいでしまったほどだ。僕はめったに自作を読み返さない。読み返さないし、すぐに忘れてしまう。だから自作を語っている作者の言葉など、あまり好きではないし信じる気にもなれない。この文章についても、さほどの責任は持ちたくない。しかし珍しく読み返してみたおかげで、多少の感想くらいは述べられそうな気もする。

最初《病院》は巨大な閉鎖空間として現れる。いくら巨大でも閉鎖空間はいずれ境界によって閉ざされた有限でなければならない。ところが行方不明になった妻を探して主人公が一歩《病院》内部に踏み込んだ瞬間、《病院》はさらに内部にむかって際限なく増殖しはじめる。地図をはみ出し、癌（がん）のようにはびこり、ついには《病院》の外にあった市街地全体を内部に取り込んでしまう。内と外の区別が存在しないメビウスの輪のような世界だ。《病院》の住人にとっては、そこが世界そのものになってしまうわけ。つまり入院はあっても、もはや退院はありえない永遠の《病院》……

もしこんな《病院》の存在を容認してしまったら、ひどいことになる。人間は健康の概念を放棄せざるを得ない。だってそうでしょう、病院が世界そのものだとすれば、人間は本来「患者」と言うことになるわけだからね。いや、さほど特殊な世界ではないのかな。言葉を替えれば、ありふれた原罪の観念にすぎないとも言える。病人であることを素直に認め、快癒をねがうよき患者になりさえすれば、心の平安が保証されるわけだ。だから医者自身でさえ、「よき医者はよき患者」をスローガンにしている。そうかもしれない、たしかに病気の自覚は自己認識の一種だからね。

それに、健康を常態として自認する世界がかならずしも居心地のいい世界だとは限らないでしょう。たとえばその極端な例として、ヒットラーによってイメージされた「優秀民族」の王国。健康を単なる患者の夢としてでなく、事実上の尺度として認めたとたん、たちまちナチス的人種差別主義が頭をもたげはじめるのだからやりきれない。やはり人間は本来《患者》的存在なのかもしれないね。人種差別の種子はどの民族の意識にも多少はまぎれ込んでいるから、正統と異端を腑分けして自分を正統の側に置こうとすれば、否応なしに魔女狩りの熱狂に巻き込まれざるを得ないんじゃないか。けっきょく健康という名の病人であることを認めるしかないのかな。

僕が驚いたのはローレンツほどの大科学者——動物行動学のコンラッド・ローレンツ——でさえ、思想的にはひどい人種主義に陥っている点だ。動物を論じているかぎりはすばらしい洞察力を示すのに、人間について語りだしたとたん無残な蒙昧ぶりを露呈する。たとえばローレンツの理想的人間像というのは、体のプロポーションと言ったひどく根拠薄弱な尺度にすぎない。だから黄金分割に美を感じる感覚は、理想的人間の体型に由来しているとまで言いきったりする。怖ろしいことだと思う。もしローレンツに共鳴する分子生物学者が現れたら、彼は正義の名において全人類のプロポーションを黄金分割比にすべく遺伝子組替えの技術を応用しかねまい。そんなことには僕は反対だ。自己の患者化にひたすら情熱を傾けている医者に管理されているこの《病院》のほうが、はるかに人間的だし、まだ耐えられる世界ではないだろうか。

そんなふうに考えていくと、この『密会』の世界は、不気味ではあるけどあんがい現実に即したところもある。読み返しながら、なにしろ八年ぶりなので五十パーセントがた他人が書いた小説のように読めたけど、だんだん《病院》のなかで暮しているような気分になってきた。もちろん愉快ではなかった、たまらなく怖かった。いちばん怖いイメージは、この《病院》の日々が全体としてカーニバルのようなもので、しかしただのカーニバルではなく、その生ゴムみたいな感触の天幕の外にもう一つ巨大な魔物のためのカーニバルが進行中で、《病院》はそこで演じられている演目の一つにすぎない、と主人公が想像するところ……その徐々に群集の密度が濃密化していく感覚、僕のいちばん嫌いな感覚なんだ。

『方舟さくら丸』でもそれが主題になったけど、現実的には国家の儀式部分がしだいに肥厚していく感覚かな……僕にはどうも最近の世界的動向として新しい国家主義の台頭が感じられてならない。国家儀式のファッション・ショウを無理矢理に見物させられているような嫌な気分だ。最近僕は国際スポーツ競技やオリンピックなんかにも、ひどくいかがわしいものを感じはじめている。国歌と国旗と涙の式典……精神衛生上あれほど危険なものを、マスコミ総動員ではやし立てたりしていいものだろうか。

——『密会』の世界を構築している《時間》の構造も特殊ですね。昨日、今日、明日といった時間相が体験的な流れ方をせずに、作品のなかの《今》に圧縮されている。スパイラルな時間というか、時間のアマルガムというか、奇妙な騙し絵の世界に迷い込んだような感じがしてきます。狙いはなんでしょう?

安部　べつにビックリ・ハウスの効果を狙ったわけじゃない。書くという行為が生み出す、作者、作品、読者の三角形に必然性を与えようと思えば、まず書いている現在の時間に忠実でなければならない。すくなくも作品の内部世界では、《事実》を《事実らしさ》の砂糖でまぶすようなことはしたくない。古典的なリアリズムの時間では、《事実らしさ》はある程度保証されても、《事実》そのものは剝製にされてしまうでしよう。

――すると「馬人間の院長」、「縮んでいく娘」、「コットン病にかかって座布団にな
った母親」……ああ言った奇怪で幻想的な登場人物たちも、やはり事実そのものと考
えているわけですか。もちろんリアリティはあります。薄気味悪いほどです。でも事
実そのものだとは考えられません。それとも安部さんは《事実》をもっと何か別の意
味で使っているのでしょうか？

安部　登場人物だけでなく、終りのほうで出てくる「明日の新聞」……あれだって譬
喩や寓意としてだけ読まれたのでは困る、あくまでも事実として受けとめてほしいな。
たしかにユークリッド空間では、平行線は交わらないのが事実だろう。でも非ユーク
リッド空間では、むしろ交差するほうが事実になる。人間が昆虫になることは事実上
ありえないが、カフカの『変身』のなかでは事実になるでしょう。『変身』を単なる
寓意として読んでも真に理解したことにはならない。あの作品のなかで、カフカは事
実として人間が昆虫に変身する世界を創造したわけです。その作品によってはじめて
成立可能な世界の創造、それが文学の存在理由だと思う。

こんど読みかえしてみて、僕はあの溶解し収縮していく「溶骨症」の娘がますます
好きになってしまった。とくに意地悪な女秘書が、「収縮娘」をクッションがわりに

して車椅子に掛けているところがあるでしょう。あそこから急に実在感が強まったな。それまでの多少グロテスクな感じも完全に消えて、娘を抱きしめている主人公の気持にぴったりと同化することができた。僕にとっての事実、もしくは実在とはそういうことなんだ。

―― 作品のなかに「人間関係中枢」という言葉が出てきますね。作品の謎を解く鍵だと思いましたが、本当にそういう「中枢」が生理学的に実在するのですか。

安部　まさか、もちろん造語です。「明日の新聞」や「溶骨症」と同じく、僕の創造的実在の世界での造語です。でもなかなか含蓄のある造語でしょう。もしかしたら将来、本当に発見されるかもしれないと言う気がしているくらい気に入っている。それに作品解読のための重要な鍵の一つであることも確かです。考え方によっては、この小説全体を《人間関係》の一種のアトラスとみなすことが出来るかもしれない。……でもこの辺でそろそろ止めにしておこう。これ以上自作の解説めいたことはしたくない。最初にも触れたとおり、作者がかならずしも最高の読者であるとは限らないのだ。それにしばらく前、『密会』についてあるアメリカの高名な批評家からかなり風変りな論評をされたことがある。この異常に肥厚した性的関心を咎めてはいけない、なにしろ日本には数百年にわたるポルノ文化の伝統があるのだから、と言うのだ。この批評家がカフカについて意見を求められたら、多分こう答えるだろう。この不合理性を咎めてはいけない、なにしろボヘミア地方には、数百年にわたる怪奇趣味の伝統があるのだから、と。作者の解説を必要とする類の読者は、作者同様、いずれよき読者ではありえないのだ。

核シェルターの中の展覧会

聞き手・芸術新潮編集部

――安部さんの新作『方舟さくら丸』の舞台は核シェルターですね。現実には成立しない、可能性としてのシェルターです。そこで生き延びるためのさまざまな道具が搬び込まれるわけですが、一つ不思議だったのは、美術作品がまったく積み込まれていない点です。たしかステレオ装置はありましたね。ぎっしり本がつまった本棚もありました。なぜ美術品だけが欠けているのでしょう。意図的なものだったのですか、それとも主人公の好みの問題にすぎないのか……

安部　面白い問題提起だね。実は質問を受けるまで、はっきりとは意識していなかった。言われてみると、たしかにそのとおりだ。美術作品は『さくら丸』の何処にも飾られていないね。ぼく自身の念頭になかったのだから、主人公の趣味のせいにしてしまうわけにはいかない。なぜだろう。もしかすると、これは美術の本質にかかわる問題なのかもしれない。話を分りやすくするため、設定を単純化して、無人島に流された場合で考えてみようか。無人島に漂流を余儀なくされた場合、最小限の携帯品のなかにはたして美術品を入れるかどうか。

むろん核シェルターと無人島とでは、本質的な違いがある。徒刑囚と執行猶予中の死刑囚くらいの違いはあるだろう。その点はべつに検討することにして、もう一つ、形のうえの類似だけを言えばヒットラーが塩坑に美術品をため込んだような例もあるな。いろいろと考えていくうちに、あっちで脈絡がついたり、こっちで矛盾したり、そのうち何か問題点が見えてくるかもしれない。とりあえずは無人島から始めてみよう。

そうだね……前後の事情にもよるけど、やはり美術品はいらないな。持って行かないだろうと思う。生活のための道具類や食料は別にして、他に何か……強いてあげれば、テープレコーダーかな。音楽のカセット・テープと小型のウォークマンみたいなやつ。ただし電池の補充に困るだろうから、太陽電池が必要だね。それから本は……あまり持って行く気はしない……持って行くかもしれないけど、何を持って行くか、すぐには思いつかないな。ゆっくり考えれば、思いつく可能性はあるかもしれない。しかし美術品は駄目だ。百パーセント必要を感じない。

いや、例外はある。島流しのような刑罰でなければ、救助される可能性があるわけだろう。つまり、美術品を積んだ大きな船が遭難して、自分だけが助かったというような場合だね。ロビンソン・クルーソーのように、救援が来るまでのあいだを生き延びるだけなら、美術品も悪くないような気がする。あとで金になるだろう。経済体系が継続される保証があれば、美術品にもそれなりの存在理由が出てくるはずだ。でも絶対に救援の見込みがない無人島の場合、あるいはコンラッドの小説の登場人物のように、船が近付くたびにジャングルの中に身を隠してしまう遁走者（とんそうしゃ）のような場合……そういう立場の人間だったら、たとえ本物のモナリザがあっても持って行かないんじゃないか。もちろんダイヤや金塊だって持って行かない。つまり財産はいらないわけだ。

——すると美術作品には、財産としての価値しかないことになりますか？

安部　そんなはずはないね。自分で言いながら、極論だという気がしていた。でも美術品に財産っぽいところがあるのは事実じゃないか。美術関係者は嫌な気がするかもしれないけど、目をそらすべきじゃない。だって音楽を財産化することは出来ないだろう。換金できるのは、著作権か演奏技術だけだ。オリジナリティは売れても、オリジナルを売ることは出来ない。音楽はそのたびに発生し、一定の時間持続しつづけ、消滅する。「物」として空間的に存在することはありえない。現在進行形でその時間を直接体験するしかないんだな。だから気に入った音楽は何度でも繰り返し聴くことになる。他の方法で追体験することは不可能なんだ。ためしに好きな音楽を、まだ聴いていない第三者に言葉で説明してごらんよ。「とにかくいい音楽だった。すばらしかった」くらいしか言いようがないじゃないか。どんなふうにいいかを他人に告げられないだけでなく、歌謡曲ていどの単純なものならいざ知らず、自分でも追体験は不可能だ。実際に聴いてみるしかないんだね。

――すると音楽批評は、何を根拠に成り立つのでしょう?

安部　何だろう、よく分らない。専門的な研究（音楽理論）なら成り立つだろうね。音楽も演奏の前に作曲という記号化のプロセスがあるわけだ。でも楽譜だけで音楽をたのしむことは（専門家でないかぎり）出来っこない。研究が成り立つのも楽譜段階の構造までのことで、演奏という表現段階についての批評は意味がないような気がする。事実、音楽批評を読んで同感したおぼえはないし、まず始めから読む気がしない。

――その論法で行って、美術のほうは批評が成り立つことになりますか?

安部　そう、多少は成り立ちやすいかもしれない。たしかに美術作品も、内容を正確に伝達するためには実物を示すしかないだろう。あんな絵だ、こんな絵だ、といくら口で説明してみてもそっくり再現することは不可能だ。しかし自分の主観の中ではあるていど再現がきく。そっくりとまではいかなくても、かなりのところまでは思い浮べられる。音楽とちがって、記号化にさほどの専門知識を必要としないせいかもしれない。音楽はデジタルで記号化しないかぎり無関係な第三者に伝達することは困難だけど、美術はアナログ的な省略で間に合うところがあるね。陳腐な例になるけど、モナリザをコンピューター・グラフィックで抽象化しても、けっこうエキスは残ってくれる。美術展の審査のあの超スピードぶりを見ても、そのことは分ると思うんだ。一瞬の視線で味見できるところがあるんだよ。その許容範囲の広さが批評を可能にしているんじゃないか。

――批評が可能だと言うことは、批評に価いするだけの価値も存在することになりませんか？ ひきつけるものがなければ、批評の衝動だって起きえないわけでしょう。

安部 それはそうだ。美術、もしくは造形に人をひきつけるものが無いといったら言い過ぎになる。そんな暴論をはくつもりはない。ただ、そのひきつけるものが、無人島で求められるような性質のものではないことを指摘したかったまでだ。だって、そうだろう、昔から名画といわれるものには、つねに所有者の影がつきまとっている。それも単なる所有ではなく、他人に誇示する快楽をふくんだ所有だ。それだけの美術品を飾るには、それなりの場所がいるだろう。つまりは富のシンボルだね。つましい六畳の間には、やはりカレンダーの絵くらいが似つかわしいということさ。むろん昔は音楽もそうだった。バロック以前の音楽なんか、民謡以外の創作はまず領主や王家の私物だったと考えていい。王族が演奏会をひらいて音楽を他人に誇示する。もちろんルードヴィッヒみたいに独りっきりでワグナーのオペラを聴きたがった変人もいるけどね。けっきょく作曲家や楽士のパトロンになることが権勢の誇示になるわけだ。そうした全体がやがて「城」の建築様式にむかって集約されていく。

でも音楽そのものは所有者の指のあいだをすり抜けてしまう。美術品みたいな「物」じゃないからね。楽譜さえ正しければ、何時(いつ)、何処で、誰が演奏しようと(無断使用にはなっても)偽物(にせもの)だとか模写だとか非難される気遣いはない。だから市民社会があるていど自律性を持つようになると、すぐに公衆のための演奏会が開かれるようになる。

――美術もある時期からは、たぶん音楽と相前後して、美術館などで公共の展示が行われるようになったのではありませんか?

安部 いや、かなりのずれがあるはずだ。調べたことはないので、正確なことは分らないが、美術館の始まりは十九世紀になってからじゃないかな。音楽はずっと古い。

展覧会場と演奏会場の違いをいろんな角度から比較してみるのも面白そうだね。でも重要なのは、それ以後の変化だろう。音楽はさらにすすんでコピー化の時代に入る。レコード、磁気テープ、カセット、CDと技術が進んで、多少はオリジナルの雰囲気を残していた演奏会の意味さえ相対化されてしまった。個人享受、大衆消費の時代に入ったわけだ。もちろん何万円も払って有名ピアニストや有名楽団の演奏会に出掛けていく田舎者もいるよ。田舎者が悪けりゃ、閑人、もしくは俗物的教養主義者だ。私有時代のノスタルジーにひたりたいのだろうね。ぼくなんか音楽はウォークマンにかぎる。音域が狭いのが難点だけど（だから時たまちゃんとしたスピーカーで聴いて、感覚の軌道修正をする）、とにかくベッドで寝っころがって聴けるのがいい。ふざけているわけじゃなく、この寝っころがって聴けるというのは、芸術の本質にかかわる重大な問題なんだよ。

もちろんオリジナルに対してコピーが優先するようになったジャンルとしては、小説のほうがずっと兄貴分だね。時間軸と空間軸でグラフを描けば、小説は美術と音楽の中間に位置しているけど、表現の形式、もしくは構成要素で考えれば、ぬきん出てデジタル的だ。たぶんそのことが活字印刷というメディアを有効に生かせた理由だと思う。というより、活字の発明によってはじめて確立できたジャンルなんだ。つまりコピーを前提にして発展した形式だね。だからジャンルとしては新参だけど、コピー文化としてのキャリアはいちばん長い。古本屋で作家の生原稿に高い値段がついたりする話も聞くけど、馬鹿気(ばかげ)たことで、価値はあくまでもコピーのほうにある。骨董(こっとう)的価値でもないかぎり私有する意味なんかありえない。とくに作家がワープロでも使いだしたら、希少価値さえ無くなってしまうんだからね。ところで電子技術を応用したニュー・メディアが話題になってきて、印刷物が生き残れるかどうか疑問視する向きもあるようだ。この問題について最近アメリカで面白い研究発表があった。大型コンピューターを使って計測したところ、結論は心配ご無用ということらしい。理由がふるっているんだ。たとえば小説などの場合、七、八割が寝っころがって読んでいる。つまり電子機器なんかと違って、印刷物は、時間や場所や姿勢などの制約をまったく受けないというのが生き延びられる理由らしい。音楽もウォークマンでやっと小説のレベルまで辿(たど)り着いたということかな。

――しかし美術にもコピーはありますね。印刷技術もかなり高度になっています。

安部　でもオリジナルと肩をならべられるわけではない。

――版画や写真はどうでしょう?

安部　そう、コピー化の可能性は感じられる。版画なんてもともと一種の印刷物なんだからね。でもなぜか限定プリントが歓迎されるだろう。写真だって最近はオリジナルプリントに高い値段をつけたりしているじゃないか。いぜんとして古い価値基準に足をひっぱられているわけだ。ホログラフィの開発がすすめば、実物と区別がつかない彫刻や立体物のコピーも可能だろうけど、ホログラフィの空中像で陶器の茶碗(ちゃわん)を鑑賞して満足できる人間がいるだろうか。茶碗なんて私有して自慢出来なけりゃ、なんの価値もないわけだからな。なぜ美術だけがこういつまでもオリジナルの足枷(あしかせ)を絶ち切れないのだろう。もしかしたら美術の宿命なのかもしれない。だったら無人島の必需品にリストアップされなくても仕方がない。

——たしかにコピーの印税を主たる収入源にしている美術家は少ないですね。いるとしたらある種のデザイナーでしょうか。工業デザイナーのなかには、そういう契約をしている人がいるかもしれない。

安部　たしかにそうだ。工業デザインにだって美術の名に価いするものはある。時計、カメラ、自動車なんかのデザイン……あきらかにプロトタイプよりも量産されたコピーのほうに価値がある。でも、作品としての自立性は低いな。道具としての機能とデザインを分離することは不可能だろう。自動車はいらないけど、そのデザインだけ欲しいと言って、成り立つ話じゃない。デザインだけひっぺがして、無人島に持っていくなんて、不思議の国の笑い猫を飼うようなものだ。

――待ってください、『方舟さくら丸』の主人公は、たしかカメラを中に持ち込んでいたでしょう。出来上った作品は必要なくても、自分で創り出す要求のほうは否定していないみたいですね。

安部　そうだったね。フィルムの補充や、現像、焼き付けの処理に問題は残るけど、そのへんは目をつぶるとして、カメラは持って行っても悪くないな。するとつまり、積み荷のなかから美術作品は取り除いたけど、造形の衝動までは拒否しなかったことになる。そうかもしれない。無人島に流れついたら、たぶん泥をこねて壺をつくったり、壁に何か印を刻んだりするだろう。

――ラスコーの壁画みたいなものですね。

安部　造形の原点だ。いちど原点まで戻って考えなおしてみるのも悪くない。

――造形美術は鑑賞することよりも、創造行為に意義があるということですか？

安部　いや、そうも言いきれない。ぼくは綴り方教室だとか、精神病の演劇療法だとか、ああいう芸術自然発生説には与しないんだ。ぼくがいくら泥をこねたって作品になんかなりっこないさ。その立場に立てば、音楽だって持っていく必要はないことになる。鼻歌くらいなら自分ひとりでだって歌うだろう。表現というのは意識の一属性で、他者を通じた自己認識にすぎない。創造行為というのは、もう一段上のレベルの問題だ。整理して言えば、無人島生活で必要なのは、造形面では素朴な表現衝動だけですませられても、音楽についてはもっと欲が深くなると言うことかな。むろん例外はある。その漂流者が才能にめぐまれた画家だったら、こねた粘土も立派な作品になるだろうし、音楽家だったら、鼻歌だけで見事なオーケストラを構築できるかもしれない。ひどい難聴でもベートーベンなら作曲できるわけだからね。でも例外をいくら論じてみてもきりがない。ぼく自身、無人島で救出の見込みがないのに小説を書くかどうか、実際にその場に置かれてみなければ何とも言えないからな。

――安部さんがもしギターを弾けたら、ギターを持って行く、という意味でのカメラですね。

安部　そう、ギターがなければ、木の枝をくり抜いて笛をつくるかもしれない。だから問題は、造形的衝動のほうはカメラで満足できるのに、なぜ音楽は手製の笛だけでは満足できないのかということだろう。出来上った作品の鑑賞のされかたの違いだけでなく、もっと本質的な相違があるのかもしれない。カメラと言えば、感光材で画像を定着させる機械だけど、それ以前にカメラ・オブスキュラというのがあったね。ピンホールがついただけの暗箱だ。昔は画家が大きな暗箱を屋外に持ち出し、壁に映った風景をなぞって模写したものらしい。一般にはカメラの原形、感光材が発明される以前のカメラとみなされているけど、むしろ絵画の原形と考えるべきじゃないかな。十九世紀のはじめ、ダゲレオタイプと呼ばれる銀板写真が発明されたとき、パリ中の市民が熱狂してお祭り騒ぎになったそうだけど、単に文明の利器に万歳をしただけでなく、時間の空間化という古代からの人間の夢が実現したことへの興奮だったような気がする。しかしその時すでに美術はジャンルとしてほぼ完成の域に達していた。高度な技術であるデッサンや筆さばきを必要としない、しかも大量のコピーが可能な写真が継子(ままこ)あつかいされたのも無理はない。同時代の印象派の画家たちにとっても、写真はしょせん素材以上の意味は持ち得なかったようだ。写真が真の市民権を得たのは、マン・レイのような例外もあるけど、やはりアメリカの南北戦争を背景にして需要を拡大させた宣伝用の報道写真だろう。しかし時間の空間化という造形衝動を本当に生かしているのは、むしろカメラなのかもしれない。空間化の衝動というのは、もとをただせば一種の時間に対するおびえの感情だろう。時間の非可逆性が人間の不安の根源なんだ。なんとか時間に手綱をつけ、コントロールしたいと誰もがつねづね願っている。

だから人は物語をつくりだす。たとえば「昔々あるところに」で始まり、「めでたし、めでたし」で終る起承転結の構造。「昔々あるところに」だから、発端は限定されず、任意の点でいい。この起承転結の物差しをスライドさせていけば、「現在」この瞬間をその何処かに位置づけることが出来るはずだ。こうして自分を物語のなかに投影することで、時間に対するおびえを和げる。因果関係による未来予測の効果だろうね。こうして文学（小説）の種子がまかれたわけだが、同時にこれは人間の視線に大きな影響を与えることになった。動物のように瞬間瞬間をおびえながら過している状態では、じっと一点に目を据えつづけることは外界にたいする油断になる。物語をとおして未来の一部をすでに見てしまった人間だけが、凝視に耐えられる。つまり精密な対象の把握が可能になるわけだ。狩の成功を未来完了形で先取りしたのが先史時代の洞窟(どうくつ)の壁画だろう。そこから絵文字、記号とすすみ、肖像画や風景画にいたる道筋はおおよその見当がつく。

——するとコピー化という座標系のうえでは音楽と並んでいた文学が、時間の空間化という視点から見れば美術に近いことになりますね。

安部　そう、アナログ性を基準にとれば音楽と美術が近縁関係になる。じゃんけんのグー、チョキ、パーのような関係だ。文学と美術と音楽を一線上に置いて優劣を論じてみても意味はない。

——でも美術のなかには、かならずしも時間の空間化というだけでは説明しきれないものがありませんか。たとえば前衛美術のなかには、抽象絵画やアンフォルメルなどという様式もあって……

安部　だから袋小路(ふくろこうじ)なんだよ、抽象もアンフォルメルも……美術というジャンルがジャンルとしての純化を求めれば、空間そのものを目指すしかないことはよく分る。たしかに時間の投影としての空間にこだわっているかぎり、文学性の排除は望めない。まして写真などという俗悪なインスタント写実術が出現した以上、純粋美術は一切の意味を拒絶し、「読む絵」からひたすら「見るだけの絵」に立ち向かおうというわけだ。そこでピカソももう古いことになる。

似たようなことは音楽のジャンルにも認められる。しかしもともとアナログを身上とする音楽の場合、文学性はむしろ意識的に導入しないと取り込めない。一部のロマン派の音楽が試みたことだが、無理に炭酸を封じ込めた発泡(はっぽう)飲料のようでぼくにはなじめない。ひところの社会主義リアリズムが標題音楽を主張したり、ゲーテが音楽に魂の毒を感じたりしたのも、音楽の反言語性（超意味的なもの）に対する危険性の予感ではないかと思う。もちろん歌詞つきの曲もある。オペラから歌謡曲まで、量的にはむしろ目立つくらいだ。でもどんな歌曲の場合でも歌詞と曲との分離は容易だろう。

それぞれが独立して自己主張することも可能だね。「聴くだけの音楽」、つまり絶対音楽の主張は美術の場合のようにとりたてて前衛性は持ちえない。逆に具体音楽（ミュージック・コンクレート）なんかのほうが、より前衛的な試みになってくる。

――ミュージック・コンクレートを意味の恢復（かいふく）とみなしてもいいのでしょうか。

安部　逆に意味の破壊だろうね。標題音楽が意味との和解をはかろうとしたのとは対照的な姿勢だ。しかしアンフォルメルが意味の破壊を試みたのとはかなり事情がちがう。ミュージック・コンクレートが破壊しようとしたのは、むしろ純音信仰というか純音幻想なんだ。歌曲が音楽と言葉の混合だとしたら、コンクレートは音楽とノイズの化合だろう。混合と化合は違う。化合は分子レベルでの変化が起きてしまって、もう容易には分離できない。意味と結合した具体音でさえ、音楽構造を与えてやれば、純音と同じくじゅうぶん意味に拮抗（きっこう）しうることを証明してみせたようなものだな。つまり具体音に立ち向かう音楽の姿勢はかなり強気なもので、アンフォルメルにおける美術のように自己否定的な要素はほとんど見られない。そのせいかミュージック・コンクレートは一つの流派というには、ひどく方法の自覚に欠けている。まるで八方破れの構えだから、袋小路に落ち込むこともなかったのだろう。

――絶対空間は不可能だけど、絶対時間は可能だということでしょうか？

安部 そんな抽象論を弄(もてあそ)んでいるつもりはないよ。時間にしても空間にしても、厳密な定義は相対性理論を援用しなければ出来ない。時間の空間化だって、光の速度を考慮しなければ意味がないことになる。絶対時間も絶対空間も物理学的には存在しえないんだ。ここで使っているのはあくまでも譬喩(ひゆ)としての時間、空間だと考えてほしい。譬喩としてのレベルでなら、たしかに音楽は時間の時間的表現だと言えるだろう。つまり前にも言ったように現在進行形でしか存在しえない表現なんだ。造形が時間へのおびえから発生した衝動だとすれば、音楽は時間との融和、時間を直接内側からなぞってみようとする衝動だと思う。くだいて言えば、歩行、労働といった運動をリズムとして把握する感覚だね。人間は本来社会的な動物だから、瞬間瞬間をリズムとして共有する必要があった。その生理的共有感覚が音楽の原点だったのじゃないか。二拍子とか、三拍子……さらにそれをメロディーで色付けして各瞬間に固有性を与え、反復しやすいものにする……

―― その反復の可能性が、かなり重要な音楽の属性になるわけですね。

安部 そう、物質的な所有はできないから、そのたびに現在進行形で体験しなおさなければならない。だから再体験を容易にするコピーの意味も大きいわけだ。コピーのおかげで再体験が容易になったと言うより、再体験の欲求がコピーの進歩をうながしたと考えられなくもない。

――美術のオリジナル信仰は、不可避的なものだったのでしょうか。今後も変らずに続くものなのでしょうか。

安部 絶対に不可避だったとは思えない。オリジナル信仰の元凶は、美術自身によりも、いわゆるコレクター、あるいは美術愛好家の側にあったような気もする。既成価値の破壊を唱えた前衛美術家の作品でさえ、コレクターの手にかかったとたん、たちまち財産目録の序列に組み入れられてしまうんだ。茶番だったのはアンフォルメルだとか、アクションペインティングだとかの流行だろう。たしかにデジタル化の拒否という点では、純粋空間を狙(ねら)ったとも言えなくはない。しかしべつに新しい試みではなかった。文字から逸脱してしまった前衛書道にだって上手下手はある。そうした記号、もしくは筆さばきが、なんらかのメッセージを持ちうる理由については、すでに生理学的な実験が説明をしてくれている。ある筆さばきに接すると、筆を持ったことのある人間なら、無意識のうちにある筋肉反射を起してしまうらしい。自分がおなじ筆さばきをした時を想定した筋反射だ。筋肉にかすかな電流が流れ、感覚的に追い付けないと感じたとき、上手(うま)いという感嘆の気持が生まれる。よく能書家が書いた「一」という字を見て、全宇宙が表現されているなどと大げさなことを言う人がいるが、あれはただ紙のうえにのった墨の粒子にすぎない。そしてメッセージを受け取ったのは筋肉の感覚受容器なのだ。つまりスポーツを見て面白がるのとさして違わない現象だね。ある意味ではコレクターの無節操ぶりをいちばん敏感に反映した純粋志向だったと言えるかもしれない。意味の剝奪(はくだつ)には成功したようだが、ついでに時間へのおびえという根源の衝動まで喪失し、ひどく装飾化してしまうことになる。量産しやすいせいか、やがてコレクターからも見離され、いまでは皮肉なことにカーテン地のようなコピー商品にいちばんよく似合う。

たぶんその揺り返しだろう、そのあと美術は極端な具象に向かう。ポップアートやスーパー・リアリズムだね。ポップはシュール・リアリズムのオブジェの概念を徹底させたものだし、スーパー・リアリズムには写真の復権を感じさせるものがある。

――もう一度、美術の原点を取り戻そうとしているのでしょうか?

安部　そんな感じもする。とくにスーパー・リアリズムってやつには、奇妙に刺激的なものがあるね。彩色写真そっくりなんだが、何処かちょっと違っている。たぶん光が違うんじゃないか。太陽のような点光源ではなく、空が一面ストロボになったような印象だ。それに完全なパン・フォーカスで、写真以上に人間の視覚に近い。

――テクニックから来る刺激でしょうか。

安部　それもあるだろう。アルチザンの極限を見る驚きね。でもそれだけだったら、写真に道をゆずっても構わないだろう。それに筆さばきのメッセージに引き返すことにもなりかねない。一般にデザインの評価はさまざまなデザインを通過してきて、その結果到達した感覚の集約なんだ。道具として手に触れ、視線でその線や面をなぞり、自分の技量と比較しながら再構成してみる過程なんだ。空間のバランス、線の流れ、微妙なふくらみ、かすかな窪(くぼ)み、自分には再構成できないと感じたときに特有の快感におそわれる。

——そこで所有の願望に結びつくわけですね。

安部　コピーによって量産可能なものなら、べつに弊害はおこらない。原価に多少デザイン料が上乗せされるだけのことだ。問題はコピー出来ない工芸品の場合だろう。単なるデザインが、時間へのおびえに追われて画(えが)かれた造形と同列に扱われるのだ。コレクターにとってはべつに不都合はないかもしれない。つまりこれが美術の現状ということさ。区別する必要もないわけだからね。

——デザインと美術の境界があいまいになるのは、そんなに不都合なことですか。

安部　べつに不都合だとは思わない。ぼくは本来別のものが、コレクターによってごちゃ混ぜにされていることを指摘してみたまでだ。

——コレクターの問題はいちおう棚上げにして、まったくデザイン的でない絵画もしくは彫刻の具体例を参考までにあげてみてください。

安部　思いつくままにあげていくと、エルンスト、シャガール、ムンク、ルソー……

——比較的、文学的傾向の強い作品系列になりますね。

安部　たしかに言葉は豊富だね。際限なく言葉がつむぎ出されてくる。だからといって文学的と結論づけるのは飛躍じゃないかな。前にも触れたように、物語は起承転結の構造にしたがって空間の変化を記述もしくは語ることだ。その変化の過程を言語の法則によって示すことだ。言葉の暗示だけでは文学になりえない。空間の変化をイメージでなぞる演劇や映画（ダンスから劇画まで含めてもいい）なら、文学との競合を考慮する必要があるかもしれないが、静止した空間そのものである美術がそれほど文学を気に病むことはないように思うのだ。時間へのおびえという共通項を持つ以上、言葉がにじみ出すのはむしろ当然だろう。見るよりもつい読んでしまいたくなる、譬喩のごった煮のようなブリューゲルだって、やはり絵画であって文学ではない。文学的発想を無限に刺激しつづけ、しかも絶対に文学では置き換えのきかない独自性を堅持している。まるっきり傾向が違うが、シーガルの作品、あれも気になるな。反デザイン的だし、ひどく言葉を刺激されるし、しかも既成の言葉では間に合わないところがある。もしかするとあれはコピーがきくかもしれないよ。もともと日常生活のコピーみたいな作品だからね。

――シーガルの作品だったら無人島に持って行きますか。

安部　まさか、やはり駄目だな。

――なぜです？

安部　もうひと押し、突っ込んで考えてみる必要がありそうだね。ぼくはシーガルを面白いと思うし、無限の情報源であることも認める。しかもコピーによってコレクターを拒絶する可能性さえ感じられる。でもいぜんとして無人島で不必要なものだという考えに変りはないね。なぜだろう。音楽と違って、美術には人を酔わせるものがないからだろうか。美術が突き付けてくるのは一瞬の緊張と覚醒だ。

――美術のかわりに酒ならいいわけですか？

安部　いや、アル中でないかぎり、酒もそれほど必要ではないだろう。音楽は酔わせてくれるけど、酒は麻痺させるだけだ。音楽による酔いは時間との和解による昂揚感で、根源的な不安を解消してくれる。美術には本来和解の感覚が欠けているのじゃないかな。

――無人島に持って行かないことは、了解できそうです。でも、無人島はなかったことにして、自分の部屋になら飾りたいと思うわけでしょう？

安部　とんでもない。シーガルを買ったり出来るわけがないじゃないか。

――盗み出すチャンスがあったとして……

安部　ますます意味がないよ。盗んだものは人に見せられないんだ。

――美術品の盗難が後を絶たないのはなぜでしょう？

安部　べつに美術品を盗んでいるわけじゃなく、単に財宝を盗んでいるだけのことさ。

――そう言い切れますか。動機がフェチシスムの場合もあるでしょう。

安部　フェチシスムの対象を美術とは言わないよ。どんな美術品でもフェチシスムの対象になったとたん、美術であることをやめるんだ。他人には通用しない、自分だけの魔力だからね。

――結論としてシーガルは何処に置けばいいんですか？

安部　とりあえずは公共の美術館と答えるしかないな。でも理想は他のジャンルと同様、寝っころがって見るにこしたことはない。ただの可能性ではなく、実際にコピーがオリジナルに優先する時代が来るまでは、美術品は本当の居場所を見つけ出せずに仮住まいを転々とするしかないんじゃないかな。

――仮住まいというのは、美術館のことですか？

安部　演奏会場も仮住まいの一種、という意味での仮住まい。

――コンピューター・グラフィックはどう考えるべきでしょう？

安部　そう、関心はあるね。コピー文化であることは確かだ。でもぼくは実際に操作したことがないし、よく分らない。デザインを超えて美術になる見込みがあるのだろうか。下手すると高級なジグソーパズルになりかねない懸念もあるし、まったく新しい創造的表現に到達できるのかもしれない。今後の課題にしておこう。

――そうなれば無人島入りの可能性も出てくるわけですね。カメラ同様……

安部　最後にちょっと視点を変えてみよう。無人島はやめて、はじめの『方舟さくら丸』に戻ってみたらどうかな。核シェルターというのは、一時執行を猶予されている死刑囚の監房みたいなものだろ。譬喩としてはむしろ、あと数週間の命だと自覚している癌の末期症状の患者に、何が必要かを問いかけてみることのほうが真相への近道なんじゃないか。残酷すぎてアンケートをとってまわるわけにもいかないから、想像するしかないけど、音楽で慰められることはあっても、美術はかえって苦痛の種になるのじゃないかと思う。

――なぜでしょう？

安部　自分が失うものを、突き付けられるわけだろう。二度と返ってこないものを、まざまざと見せつけられるわけだ。実際にそういう立場に置かれたわけではないから、これもあくまでも想像だけど、死に瀕している人間にとって美術はつねに過去形でしか語りかけて来ないような気がする。美術にかぎらず、たとえ一輪のバラが活けられてあるだけでも、それが慰めになってくれるかどうか疑わしい。バラの花は自分よりも先に散ってしまうかもしれないが、自分の死後に生き残るものの象徴を見てしまうのではないか。ましてムンクの絵なんか、心をうたれはするだろうが、たまらなくなるはずだ。

——音楽は苦痛を与えないでしょうか？

安部　苦痛かもしれない。でも決心して聴きはじめたら、いずれ同じように消えていく時間であっても、和解と充実で満たされる可能性はある。

——美術はあくまでも過去の産物にすぎないのでしょうか？

安部　そんなことは言っていないよ。ただ過去形でしか語れない時間だということ。未来を読みとるための地図としてはあまり役に立たないね。

——そんな気もしますね。いい絵ほど、自分の周囲の時間まで停止してしまう。

安部　やはり現状では、美術が明日に生きうるのは、あくまでも財産としてなんだ。一週間で死ぬ癌患者は、仮にダイヤモンドだって断るだろうからね。

――財宝を棺(ひつぎ)に入れて埋葬されることを願うのはなぜでしょう?

安部　来世を信じていれば、どうしたってあの世の旅費の保証が欲しいだろう。戦前の中国(今は知らないが)の葬式では、貨幣の形をした紙銭を沿道にばらまく習慣があったくらいだよ。美術作品には残念ながら、いまだにその紙銭的な要素が尾をひいているな。個人コレクターの手を離れて、国立美術館入りしたところで、しょせんは国家の永世のための紙銭だろう。最近は美術館に足を向けるのも白々しい気分になってきた。カタログなんか、いくら立派でも無駄だよ。寝っころがってオリジナリティを堪能(たんのう)できるコピー美術の誕生は、けっきょく実現不可能な夢なのだろうか。核シェルターに似つかわしくないからと言って、美術自体が否定されてしまうわけじゃないんだ。そもそもぼくはシェルターの存在そのものを拒絶しているのだからね。美術はいったい何処に行くつもりなのだろう。

もぐら日記

もぐら日記

五月十二日

意識と意識下という区分は今後次のように書きあらためるべきだろう。意識とは後天的な学習領域であり、意識下とは先天的な遺伝子領域である。

五月十三日

『萬葉集とその世紀』という本によると、「むかしを今になすよしもがな」の「むかし」は実際の体験を超えた伝聞の時代のことではなく、自分が経験した、たかだか数十年の「むかし」のことであるらしい。現代のように学問や情報の技術が発達していなかったので、歴史を展望するレンジもはるかに狭かったせいだろう。古代専制国家の寿命は、その誕生から成熟への速度におとらず短命なものだったらしい。古代もまたけっしてゆったりしたものではなかったのだ。むしろ中世だけが歴史のなかで例外的な停滞の時代なのかもしれない。うかつに伝統のイメージを持ってはいけないのだ。条件さえ与えられれば、文化は魔法の杖（つえ）のひとふりで出現する。
庭のタンポポが咲きそろう。緑がうっとうしくない例外的な季節。空気の樹（き）。

五月十四日
CNNニュースでみた変な事件。子供を誘拐されたアメリカの母親がテレビで悲しみを訴える。ところが当の母親が真犯人だったという事件。興味をひかれたのは、その母親の真にせまった訴えの演技である。演技というにはあまりにも生々しいリアリティ。状況に追いつめられると、演技が演技を超えてしまうのだろうか。「演技論」の再検討のためのいい材料になりそうだ。

五月十五日
集団と権力は不可分のものだろうか。集団形成の基本に「遺伝子レベル」の力が機能していることは否定できない。NHKのニュースによると、せんだって東北でおきたホテル火災の被害は、たんに誘導の不手際（ふてぎわ）だとかパニックだけで片付けられるものではなく、集団の形成によって緊張が解除される人間（他の動物でも同じかもしれない）の習性がおおきな原因だったらしい。二階から逃げた客が階下でいったん集団を形成した。そこでほっとしてしまったらしい。客の一人が忘れ物をとりに二階に戻ると、残りの全員が肝心の避難を忘れて、そこに踏みとどまってしまったらしいのだ。本能的な反射行動だったと解釈せざるをえない。

しかしこの現象を見るかぎりでは、まだボスの登場は予感されない。予感されないだけでなく、その必然性もない。あえて仮説を立てれば、彼らの避難行動にブレーキをかけ、火にまかれるまで集団をくずさなかった力場（力学）の主役は、忘れ物のために群れを立去った一人の客だったことになる。つまり例外行動をとった人物だ。もし例外者がボスの資格だとすれば、ボス形成のメカニズムはボス候補の側にではなく、（例外者に判断を委任した）集団の側に属性として存在していることになる。すくなくもこの限りでは、ボスは「遺伝子レベル」の現象だとみなさざるをえない。はたしてボスが権力の前駆症状なのだろうか。文化現象としての「権力」と、ボス形成のメカニズムのあいだの境界線を見極める必要がある。「権力欲」という奇怪な毒の正体を解明するために欠かすことのできない手続きである。

この例外者は自分の行動が集団に及ぼす結果をまったく意識していない。集団の選択は偶然のなりゆきだった。しかし集団の法則を意識し計算したうえで例外行動の先手を打ったとすれば、彼は意識的な指導者の地位を獲得できたはずだ。状況しだいで革命家、もしくは独裁者の誕生になる。

知られているかぎりでの一般現象として、類人猿のボスが雄である理由は？　進化論的推論からこの説明はそう困難なものではない。さらにボス衝動の動機も、雌と食物の支配で説明がつく。ボスの座をめぐる闘争と、前掲の例外行動の関係を検証してみよう。これはたぶん一つの衝動の分化ではなく、別個の衝動とみなすべきだろう。後者は集団の属性としてしか機能しえないが、前者はかならずしも集団を前提とはしないからだ。雌と食物をめぐる闘争は、むしろ縄張りの本能と強くかかわりあっている。縄張りと集団化は本来矛盾しあった衝動だ。進化した動物ほど、つまり社会化した動物ほど、この矛盾を統一して種の保持に役立てている。ある種の昆虫の場合のように、矛盾統一のために習性を固定した場合は行動原理も明快だが、人間のように矛盾の流動を進化の武器にしている場合はボスの資格もひどく流動的にならざるをえない。支配原理と例外行動の二つのベクトルの合成を考慮する必要がある。

こうした検証の目標が忠誠心の分析にあることを忘れないように……

五月十六日
北山茂夫『萬葉集とその世紀』上中下を読了。力作であることは否定できない。これは万葉を通じての古代史か、古代史と重ねあわせた万葉論か、それとも大伴家持のドラマか？　あえて言えば並行して世界を見る目が不足していることと、考古学的資料による裏付けがないのが不満。とくに帰化民についての追及の欠如は残念だ。（家持には花田清輝をほうふつとさせるところがある。政治的野心に焼かれつづけた詩人）

五月十九日　日曜日
ニューヨークのキーン氏から国際電話。新潮社の学芸賞受賞の報告。（『百代の過客』読みかえしてみたが、彼の文学的感性には疑いようのないものがある。自在な日本語の運用以上に、その感性が評価されるべきだ）読売文学賞とのダブル受賞は彼が双子座のせいだろうという冗談。これでキーン氏も実質的に日本人の仲間入りができるだろう。
そのさい来年一月のアメリカでのペン大会招待に応ずるよう強い勧誘。なんでもアンケートの結果、百点満点を取った五人の作家に入っているのだそうだ。その五人の作家は、ジョサ、パス、クンデラ（チェコの亡命作家？）、それに南阿連邦の某女流作家、そしてKOBOということらしい。いかにもニューヨークのインテリ好みの人選である。

電話の後、名前を思い出そうとして、パスだけがどうしても思い浮ばず困惑した。個人的な知人である。去年東京で顔を会わせているので、風貌から声の調子まで明瞭に再現できるのに、名前が出てこない。数日前に見たNHKの《ブレイン》という番組を思い出した。脳梁を切断し、左右の脳の機能が連動しなくなった患者の症状に似通っている。形と名称が結びつかないのだ。脳梁の機能が低下したのかと不安に襲われる。作家としては致命的な症状だ。しかし案ずるほどのことではあるまい。顔と名前が結びつかないのは子供のころからの癖である。語学の不得手もその辺に原因があるのだろう。二時間ちかくかかってやっとパスの名前を思い出した。

新潮社の賞の文学部門は中村真一郎に決ったらしい。そんなものだろう。

五月二十日　月曜日

先日会ったフィンランドの新聞記者の話。数年前ベケットの「ゴドーを待ちながら」が初演されたが、そのさい題名を「明日来るだろう」に変更したよし。フィンランド人は文化的に素朴なので、ハッピーエンドとまではいかなくても結末が明瞭でなければ不満に思うからだという説明。そんなことはありえない。教育を受けた支配階層の存在と、その思い上がりを感じさせられた。

五月二十一日　火曜日

けっきょく問題は「言語」の役割の科学的（論理的）解明だろう。《縄張り本能》の社会化に力を貸したナショナリズム（忠誠心）という「言語の鎖」を断ち切る言語システムの追及を多角的にこころみること！

霧の向うに何かがぼんやり形を見せはじめているような気もする。まず言語学の一般的傾向をしらべ、そのなかから文法主義的でないものを選んで比較検討してみよう。とにかく遺伝子レベルと関連づけて展開できる理論でなければ役には立つまい。その意味では数理言語学も構造主義も、たぶん過去の遺物になりそうだ。とりあえずチョムスキーの生成文法と、パブロフの第二系条件反射理論を参考にして、この前人未踏の領域に踏み出してみるしかあるまい。それにしても奇妙なことである、岩波の『科学の事典』にも、丸善の『科学大辞典』にも、条件反射の項目はあっても第二系については一行の記載もない。哲学と科学はいぜんとして分離したままなのだろうか。哲学者の怠慢というべきか、それとも科学者の怠慢というべきか。

六月二日　日曜日

北欧旅行の日がせまる。時間は地下の急流のように早く流れる。戻ってから書きたいことをとりあえずMEMOしておこう。

A　タバコをやめる方法。拒否の意志はほとんど役に立たない。言葉による克服。これはたぶん帰属願望を克服する方法にもつながるはずだ。

B　ドストエフスキーの本質。どんな（無価値な）人間にも存在の権利があることの感動的な発見。

C　「医は仁術」ならびに「教師は聖職」という理想論のより合理的解決案。診療と教育の自由競争がもたらす効率と荒廃の矛盾を、道徳や良心の導入で解決しようとすることの無理。聖職思想でいろどられた美談が通用するのは、階級社会の秩序が安定している状態での矛盾解消法にすぎない。主人の子供を救うために死んだ下男下女の美談。

六月三十日

北欧旅行のためにかなりの中断。

チョムスキーを読みはじめた。英語の構造をもとにした考察なのでかなり難解である。多分ぜんぶを読破する必要はないだろう。とりあえず気になったことがある。予想に反して彼が精神と言語の同一視に反対していることだ。

しかしこの見解は、おそらく「精神概念」の規定のしかたによるものと思われる。たしかに一般に「精神」という言葉によって喚起される概念には、言語機能をかならずしも伴う必要のない分野がふくまれていることがある。チョムスキーも「精神活動の一分野としての言語」という言いかたをしている。パブロフ流に言えば「第一次条件反射に属する領域」も精神活動とみなしているのだろう。だが「精神」を、五感による外界認知（いかに複雑なものであっても）をいっさい除いた認識活動と規定してしまってもさしつかえないのではないだろうか。つまり感情や気分の領域とはっきり区別する立場だ。この区別をはっきりさせておかないと、たとえば「精神力」といった超物質的な観念を許容してしまう危険がある。とくに日本語の持つ精神の語感にはその危険が内在しているように思う。

八月一日　水曜日

このまるまる一ヶ月間の空白は、資料の分析と整理に時間をとられたせいもあるが、それだけでなく、なんらかの機械操作ミスで内容が消えてしまったためである。気をつけよう。

チョムスキーとパブロフをほぼ読みおえ、現在ローレンツ『鏡の背面』にとりかかったところ。チョムスキーの論理の展開にはどことなく小犬の悲鳴を思わせるものがあった。鋭いわりに振幅がすくないのだ。「生成文法」という仮説にたしかな手触りを感じはしたものの、そこから先の展開の見通しは不十分と言ったところか。それにくらべるとパブロフはさすがに明せきである。実験を基礎にした展開だからだろう。それにしてもローレンツの思考の強靭(きょうじん)さには感動させられる。想像力と実証精神が過不足なく統一されている。たぶんこの『鏡の背面』を読みおえた時点で結論が可能だろう。

[仮説——生物の種保存則《X》の系統発生的進化過程を《Y》とせよ。《Y》の言語レベルでの進化到達点が「国家概念」である。この《Y・国家》に対応する《X》の具体例をさぐれ。つまり現時点では国家がもっとも進化した「縄張り」であることを歴史的事実として認めないわけにはいかない。しかし同時に、これが死にいたる病であることもほとんど確実である。処方せんは存在するか?!」

八月二日　金曜日

ＮＨＫで大江健三郎がたぶん頭がいいことになっているらしい何処かの馬鹿と対談していた。そろそろ中年になりかかった当代流行の哲学者らしい。その馬鹿が言うには、仮に核戦争になっても、人間には絶対に滅ぼされえないものがあるのだそうだ。文化は滅び、人間も今の形を失っているかもしれないが、それでも何かが滅ぼされずに残るのだそうだ。さすがに大江健三郎は同意をためらった。しかし断固とした反対はしなかった。なぜ一言、その生き残るものが何かを詰問しなかったのか。

もちろん何時の時代にも、哲学者の九割は薄ら馬鹿と相場がきまっている。

八月六日　火曜日

いま取り組んでいる問題を整理しなければならないと言う焦りが、脅迫観念になって意識の底で泡立っている。ぼくにとっては生涯で最大の、そして最後の山越えになるのかもしれない。日常マスメディアで目にするほとんどの観念（左右いずれのイデイオロギーを問わず）と根本的に対立する考え方だ。ローレンツ（鏡の背面）を読みすすめるにつれてますます確信が強まってくる。いま必要なことは自分の好悪の感情を極力排除し押え込むことだ。すべての事物や思考の存在理由をニュートラルな視点で容認しなければならない。ただでさえ排他的で闘争的な性格なのだから。この料理には寛容の刃物がいちばん適している。

［ローレンツ『ソロモンの指輪』からの要旨（自分流に翻案して）］

☆……チョック（ローレンツが飼っていたカラスの名）は私を個人的に知っていて、他の誰よりも私を好いていたことは疑いなかったが、彼の追尾行動が衝動的なものであり、さらに言えば反射行動に似たものであることが、しばしば注目すべき形で明らかになった。たとえば誰か他人が足早に私を追越すと、チョックはかならず私をほうり出し……

☆　数羽のズキンガラスの黒い翼がはばたき遠ざかっていくのを見ると、チョックははげしい精神的葛藤（かっとう）におちいった。

☆　カササギ、鴨（かも）、ロビンその他の鳥たちは……ほとんど人間しか知らない手飼いのカモも、人が赤い毛皮をひきずって池のまわりを歩けば、早速これに反応する。キツネを一度も見たことがなくても、それをもともと「知っている」かのように……しかしコクマルガラスだけはそれを個々に学ばなければならない。継承によって敵の認知がおこなわれるのである。

（学習か遺伝かを軽々しく外見から判断してはいけない。結果としての現象はいずれ類似する!!）

（コクマルガラスは黒いだらりと垂れた、あるいはブルブルふるえる物にたいしてだけ「ギャァギャァ反応」を示す。この反応の本来の意味は、捕食者に捕えられた仲間を守ることにある）

（学習によって敵を認識する――その認識を集団の共有財産にする――コクマルガラスは単なる群れをつくる鳥ではなく、社会化された鳥と呼んでもいいのではないか。もちろん言語によらない社会化は、あくまでも閉ざされた社会化にすぎないが……）
☆　コクマルガラスにとって「キャア」も「キュウー」も「一緒に飛べ」と誘う合図である。「キャア」は巣立つ気分、「キュウー」は帰巣の気分。もちろん単なる生理的気分の表現で、意識的な誘いの表現ではない。ただこの無目的の表現はおそろしく強い伝染性をもっている。この「相互的な気分伝染」によって群れの統一行動が可能になるわけだ。
「表決」にはしばしば時間がかかり、人間を基準にすれば、いかにも《決断がつかずに迷っている》ように見える。これは一つの行動に集中するために、他の刺激をぜんぶ押さえこむのが容易でないからだ。そのうち二、三羽の反応の強い年長の鳥たちが「キュウー」と鳴きながら飛び立つ。つられて全群が舞上るが、多くの気分はまだ「キャア」のままだ。「キュウー」「キャア」と呼びかわしながら、ぐるぐる輪をえがいて飛びまわり、ふたたび地面に降りてしまう。こんなことが十数回くりかえされるうちに、しだいに「キュウー」が増していき、それが八割がたに達したとき、「キュウー気分」はなだれのようにひろがって、全群いっせいに家路へと向うことになる。(刺激による行動の能動化ではなく、抑制による方向づけ！　ランダムな運動量の増加による内圧の強化ではなく、逆に一種の結晶化と考えることが出来そうだ。加熱ではなく冷却の法則！)

☆　いくら計算の出来る馬でも、出題者が2＋2が4であることを知らなければ答えることが出来ない。つまり馬は数字カードの前を移動しながら、ひそかに出題者の《本能的》なOKサインを読んでいるのである。

☆　人間に育てられた動物のずばぬけた直感力、とくに人間の表情運動にたいする理解力は、べつにテレパシー的なものを暗示するものではない。まさに彼らが《話すことが出来ない》からこそ発達したものなのだ。(言語によるある種の反射機能の制御は、言語獲得による重要な成果の一つと考えるべきだろう)

☆目的に達するプロセスが単一なものか、複合された（自由度のある）ものかで、遺伝的なものか学習されたものかが見分けられる。さらに発明を含むプロセスなら、言語を考えるべきだろう。開かれたプログラム。

☆『犬』の二種類の忠実さについて。［1］群れのリーダーに対する愛着を、そのまま人間（主人）に移しかえたもの。［2］家畜化による幼化。仔犬の母親に対する態度。（忠誠と従順は、全く源を異にする別個の態度なのだ。《群れ》の排他性は、忠誠に属するものと考えたほうが筋がとおる。狼の群れの例！）

☆なぜ犬は首筋を咬む行動の抑制をもち、カラスは仲間の目玉をつつく行動の抑制をもつのだろう？　なぜハトは「同類虐殺を防ぐ保証」をもっていないのだろう。（一般には武器の発達が、同時に抑制を進化させると考えられる。しかし人間のばあい、たぶんその抑制を《言語》にゆだねてしまったのだ!!）

★★（人間の開かれた攻撃能力のプログラム。遺伝子による抑制の進化はスピードが遅すぎて間にあわない。したがって人間は何んらかの開かれた抑止プランを考えなければならない。武装による相互牽制を抑止とみなすのは欺瞞もはなはだしい。真の抑止プランは言語による抑止のプログラム以外にはありえない!!）

八月十四日　水曜日

日航機墜落事件で一昨日からテレビの前に釘付け(くぎづ)になってしまった。なぜだろう？　五百数十人が一瞬にして事故死するという事件規模の大きさも理由の一つだろう。しかしそれだけでは答えにならない。問題はなぜ大事件が人の関心をひきつけるのか、あるいはなぜ人が大事件にひきつけられるのか、である。もちろんある事態（状況）が人をひきつけるから、事件とみなされると考えることも出来る。

要するに事件とは、「情報」である。優先課題として、他に先んじて反応することをうながす「刺激情報」である。

★（刺激情報：探索情報）

時間の経過につれて、事件報道が二つの方向に枝分れしていくようだ。一つは「事件の真相」の方向、いま一つは「愁嘆場の再現」。ＮＨＫは前者に、民放（とくに４チャンネル）は後者に。

どうやらこの種の事件には、「事件の真相」と「愁嘆場」というまったくレベルの違う二つの刺激要素が含まれているらしい。まず「事件の真相」にこだわる心理は、とりあえず物見高い野次馬根性として現れる。一般に強い刺激をともなった事件は、しばしば破局的な状況である。「死刑執行の場面」「火事場」「台風や地震の報道」

等々……一見「終末願望」に通ずるものがあるようにも見えるが、よく考えると野次馬根性にもけっこう（種の存続のために）有用性があることに気付く。すべての「異常事態」には、人間をとっさに「集団化」する刺激信号がふくまれているのだ。謎のすべてが究明されるまで、人間は自己防衛のために集団化する。動機、手段、犯罪の遂行、すべてにわたって「事件の真相」が解明されると、異常が平常の論理に還元され、ふたたび個にもどることが出来る。この場合問題は、集団化が種の存続のためにどんなふうに有効なのかの説明である。たぶん指導者の選出のためにはかなり有効な手段になるはずだ。

すでに一度ふれたことだが、以前どこかの温泉の旅館の大火災のさいの、興味深い現象。ばらばらの状態で逃げまどっていた十数人の客が、ある地点で集結し一緒になったとたん、かなりの危険地帯であったにもかかわらずそこで逃避行動を中止してしまったという例の事件を思い出す。集団化によるパニック解除の好例だろう。あの場合はせっかくの指導者選出のための集団化の手続きが無駄におわったわけである。

テレビの前に釘付けになる現象も、おそらく疑似集団化の衝動とみなすことが出来るはずだ。《マス・メディアの機能！》

（日航機墜落事件の真相は依然として解明されないままである）

もう一つの刺激要素としての「愁嘆場」について検討してみよう。この場合は「事件の真相」のように行動への意志決定という具体的な目標はともなわないものの、ある種の「集団化」の衝動という点では共通項があるようだ。この涙をともなう一体感への凝縮作用は、いったい群れの存続にとってどんな効用があるのだろう。テレビ画面に映し出された犠牲者の遺族のくしゃくしゃになった泣き顔はけっして鑑賞に耐えうるものではない。むしろ正視しかねる醜いものだ。しかしNHKを除く各局が（とくに昼の主婦対象の時間帯に）競って遺族に対する押し掛けインタービューを流しつづけている。本当にあの嗚咽が視聴率をかせぐのだろうか。

信じられないことだが、局としては多少の成算があってのことなのだろう。「他人の不幸をよろこぶ心理」につけこむか、「もらい泣きの心理」を当て込んでいるのかもしれない。たしかにスターの離婚話やスキャンダルはある種のカタルシスを引き起こす。「あこがれ」と「妬み」は紙一重の感情なのである。同時に宿命的な敗残者も強い共感をさそう。感情線のグラフの原点をどこに設定するかによって対象を異化したり同化したりの差はあるが、「他人の不幸をよろこぶ心理」と「もらい泣き」とは本質的に同質の「気分」に属しているのだ。たぶん同じ「嗚咽の場面」が、同化刺激になったり、異化刺激になったり、状況に応じて変化するはずである。だから同じ愁嘆場でも、あるときは同化的に作用し視聴率を上げることがあっても、別の状況では異化刺激となりかならずしも成功するとは限らない。営業的にもこの場面はやはりＮＨＫ的方向で処理すべきではなかったか。

それはともかく、「愁嘆場」のもつ集団化作用について一般的に考察してみる必要はある。

棺（ひつぎ）にすがりつく遺族の嗚咽に合わせて泣き顔をつくってみた。ある種の強い情念がおそってくる。判断停止をともなう脱力感。パニック解除のための減圧弁だ。直接的な集団化の作用は感じられないが、パニックという状況が集団促進状況であるという点で、間接的な集団感情とみなすことが出来る。さらにこの線をたぐって行くと、どこかでヒロイズムの正体にたどりつけそうな気がする。

八月十九日　月曜日

終戦記念日をはさんで、回顧的番組が目立った。ふだんならまず拒絶反応をおこしてしまう「思い出のメロディー」なる番組を、じっと耐えながら鑑賞する。ずっと課題にしてきた《涙》の問題に関係がありそうな気がしたからだ。

終戦直後、ほぼ四十年まえからのヒット歌曲が、当時それを歌った歌手自身によって歌われるのだ。すでに初老を越えた歌手も多く、音程があいまいだったりして、いささかグロテスクな印象もぬぐえない。なかにはほとんど名前を思い出せない歌手もいて、スターの運命の虚しさをつくづくと感じさせられた。しかし番組の狙いはむろんそんな嗜虐趣味にはなく、視聴者を追憶のノスタルジーに誘い込むのが狙いである。過去の共同体験が視聴者をある集団感情に追い込んでいく。つまりここではっきりしたことは、「群化」が結果として情緒をうむのではなく、逆にノスタルジーが「群化」作用を誘発するということだ。そして「群化」が涙腺を刺激する。事実観客のなかにはハンケチを出してまぶたをぬぐっている者が少なからずいたし、すかさずカメラがフォローを怠らなかった。

しかしこの「群化衝動」が、群の維持のためにどんな効用を持つのか、「野次馬根性」の効用ほどには明確でない。もしかすると涙腺刺激は受動化の極限なのだろうか。自分を徹底的に受動化し、抵抗なく「群」の一部になるためには、涙腺の痙攣が有効だとも考えられる。

ぼく自身、何度か類似の体験をして首を傾げたことがあった。ある種の映画のなかで、ある種の《群集シーン》に出会ったとき、理由もなく涙がこみあげてきたりする。集団の持つ溶解作用に、涙腺の弁が負けてしまうのだ。これはたしかに反理性的な、遺伝子レベルでの反応だ。おそらくもっとも忌しいナショナリズムとヒロイズムの結託も、この涙腺反応に根拠を置いているに違いない。ショパンの送葬行進曲のあの強烈な還元作用に深く想いをいたす必要がある。価値判断以前に、厳然と存在している情緒反応なのだ！

八月二十日　火曜日

α７０００というカメラはなじむのに時間がかかる。なじんでしまうと、けっこう使いやすい。ＩＳＯ感度が常時見えないので、フィルム交換のさいの確認の面倒をのぞけば、表示やボタンの位置など撮影者の思考手順とよく合致している。しかしこの手順は従来のカメラと互換性がない。これまでの一眼レフは、劇烈な競争にもかかわらず、すくなくもイデーとしては操作性の互換性が前提になっていた。批評家たちは使用者の利益という立場から、パーツの互換性さえ求めていた。メーカー・サイドでさえ、同一メーカーの製品のなかでは互換性を重視していた。ところがこのカメラはそうした常識をまったく無視してしまっている。だから他の一眼レフとの併用は混乱をまねく。その意味でもひどく挑発的で排他的なカメラだと言えるだろう。今後のカメラ市場の動向を暗示しているように思われる。

ニュースによるとイラン・イラク戦争でイラン側の死者は五十万人だという。一種の宗教的興奮がこの異常な戦意を支えているらしいが、まるで薪のようにくべられて死んでいく兵士によって赤々と燃えさかる薪ストーブさながらだ。せんだって来「朝日新聞」のために書きかけのテーマは、その一本の薪を個別化して見る視点を強調することにある。あの爆撃跡に落ちていたドストエフスキーの読者は、個別化された薪の意識で死んでいったにちがいない！

八月二十一日　水曜日

情緒反応について。

「気分」は一般に意志決定、もしくは行動決定の重要な動機とはみなされない。「気分屋」という評価は否定的な意味で使われることが多い。たしかに「気分」だけで状況判断を下すのは、その状況がよほど慣れしたしんだものでないかぎり、軽率のそしりをまぬかれえまい。そこで「理性的判断」が対立概念として持ち出される。しばしば出会う落し穴のパターンである。「気分」はけっして「理性」の対立物ではないのだ。「気分」を土台にしなければ、その上の建造物である「理性」も構築不可能なのである。

八月二十二日　木曜日

考えてみると「愁嘆場」は、単に遺伝子レベルでの拘束力として機能している以上に、深い社会的意味をもっているのかもしれない。

人間がごく狭い群れのなかだけで暮している時は、つねに全員で「愁嘆場」を共有することも可能だっただろう。各個人が直接的な接触によって相互確認されている「閉じた社会（直接社会）」のなかでは、共同の儀式として「愁嘆場」が演じられたはずである。本来ひとりだけの愁嘆場というものはいかがわしい。演劇的状況（観る集団が前提になっている）として創り出された、架空の場面ではないだろうか。ボダールの『領事殿』のなかの、中国人の乳母が物陰でひとりで泣いているのを見て驚く場面を思い出す。主人公であるフランス人少年は、中国人が他人の視線を……（中断）

［挿入：もしアメリカの核兵器とソ連の核兵器を（機械的に）対立物とみなし、これを弁証法的に止揚したとしたら、何が残るだろう。核の廃絶だけとはかぎるまい。アメリカにもソ連にも属さない《核兵器そのもの》かもしれないではないか。なじみにくい考え方だが、信頼に足る管理機構さえととのってくれればそれでも構わな

いのかもしれない。経済の多国籍化に対応する政治の多国籍化を促すチャンスかもしれないのだ。しかし現実にはありえないことだろう。対立物を没価値的に評価するローレンツ的方法も、こと政治の世界では寓話的見取り図しか描きえない。すべての信仰を許容するとローレンツが言うとき、彼は大神官《ヒトラー》《天皇》《ホメイニ》のことをはっきり念頭に置いていたのだろうか」

（つづく）……中国人が他人の視線を意識して演じなくても泣けることを発見して驚くのだ。べつに人種偏見だとは思わない。ぼくの個人的体験でも、たしかに中国人には演技としての号泣の慣習がある。朝鮮人にもかなり派手な演技泣きの傾向がある。つまり《愁嘆場》が現実生活のなかで生きているのだ。おそらく《愁嘆場》を共有できるレベルの共同体がまだ生きつづけている社会なのだろう。

価値判断をしているわけではない、単に社会構造が成員の直接接触による相互確認の枠を越え、「閉じた社会（直接社会）」から「開いた社会（間接社会）」に拡張されたとき、必然的におきる変化を問題にしているにすぎない。投票も直接選挙から間接選挙へと変化せざるをえない、あの技術的な量から質への転化である。本来なら《愁嘆場》もこの点で消滅せざるを得ないはずだ。しかし集団への凝集力としてのメカニズムはなんとか残しておきたい。そこで演劇化され、共有できる儀式として《愁嘆場》が演ぜられることになる。血縁間の儀式を別にすれば、一般に開いた社会に残存している《愁嘆場》は代償性のものと考えてもいいはずである。

ところが技術の発達が映画やテレビなどによる映像表現を大衆化した。《愁嘆場》の大量生産が始まった。昔は必要におうじて取り行われた《愁嘆場》が、さした必然性もなしに常時提供されるのだ。事件の報道、ドラマ、歌謡曲……この過剰な涙腺刺激剤の供給が情緒に異変を起こさないわけがない。涙の洪水である。現代を集合衝動刺激の中毒症状として臨床観察してみたらどうだろう。ナショナリズムの垂れ流し現象もその症状の一つかもしれないのだ。

八月二十三日　金曜日

動物をあつかっているときのローレンツには、緻密(ちみつ)で透明な思考の緊張と美しさがある。しかし人間に言及したとたん、妙に陳腐な小言老人ふうになるのはなぜだろう？

とつぜん思いついたことがある。中曽根首相のごり押しで実現した閣僚の靖国神社公式参拝実現は、まちがいなくナショナリズムの《儀式化》という目的を持っている。

野党や宗教団体はこれをもっぱら憲法違反の観点から責めているが、政府は単なる《儀式》である点を強調して言いのがれようとし、また言いのがれられる公算をもっているようだ。たぶん狙いどおりになるだろう。「かしわで」ひとつの省略というトリックで王手をかけた中曽根（もしくはそのブレーン）の知恵には、有能な権力主義者だけにそなわった鋭敏な嗅覚（きゅうかく）が働いているようだ。ぼく自身ついさっきまでは「公式参拝」についてただ気分的な不快と嫌悪しか感じていなかった。《儀式化》そのものが戦略的攻撃目標であり、致命的破壊力をもった実弾であることまでは見抜けなかった。《儀式化》によって公式行事になった「戦没兵士の鎮魂」は、浄化され論議の余地のないナショナリズムの歌になる。いちばん重要なのは、いったん公認された《儀式》の解除には革命に匹敵する社会的エネルギーを必要とするということだ。

しかしローレンツは「儀式化されていない行動というものはいやらしい行動です。体をかいたり、鼻をほじったり、あくびをしたり、のびをしたり……」（R・I・エヴァンズ『ローレンツの思想』日高敏隆（としたか）訳）と言いきっている。

動物を扱うあのローレンツの公平で愛情にみちた手さばきが、人間におよんだとたん、妙に不寛容で偏見にみちたものに変ってしまうのはなぜだろう。もしかすると戦時体験と関係があるのかもしれない。彼はエヴァンズとの対話のなかでこうも言っている。「戦争にはつきものの集団的な好戦的熱狂もまた、あらゆる高度な人間的努力に欠かせないものです」オーストリア人であるローレンツは、あのナチス時代を、どんなふうにして生きてきたのだろう？

さらにローレンツはこうも言っている。「集団的熱狂を欠いた人間は、事実上感情的なかたわだといえます。そういう人は何ごとによらず熱中することができません。」けれど、人々の集団的熱狂には細心の指導が必要です」ローレンツ博士よ、いったい誰が指導してくれるのですか？　どうやってその指導者を見分けるのですか？　刷り込みによってですか？　その指導に従わない場合、いったいどんな罰則が待ち受けているのですか？

昼食、クラブハウスサンドとアスパラサラダとコーヒー。レストランで飾りチョウチンの撤去作業をしていた。またもう一度、夏が過ぎていく。

しかしそろそろ軌道修正して、いま検討中の仮説に引き返そう。予測どおりの展開をみせてくれるかどうか、やってみなければ分らない。1）現代において国家は社会集団のもっとも進化した段階である。2）戦争は国家レベルで選択遂行される。3）

国家の意志決定のメカニズムの背景にひそむ言語機能。国家を形成している各ブロックをつなぐモルタルとしての言語。言語の粘性を変化させる溶剤もまた言語である。4）国家と儀式。5）国家の解体は幻想か？　たしかに人間から「集団化」の衝動を完全に拭い去ることは不可能だろう。しかしそれがナショナリズムに結晶していくことは防げるかもしれない。6）言語だけが唯一のかすかな希望だ。7）言語と教育の自立。立法、行政、司法の三権に、教育をあらたに独立した《府》として加え、四権分立にすること。

この最後の試案7）は、迷路脱出のための最後の手段かもしれない！

八月二十五日　日曜日

ローレンツには本人が意識している以上に超保守主義的な心情が内在しているのかもしれない。科学的に見える手さばきのなかにも、その気配がひそんでいる。たとえば、伝統の問題、それがいくら理不尽で一見不合理に見えるものであっても、文化の進化の過程でそれなりの淘汰圧をくぐりぬけてきたものである以上、かならずなんらかの生存価をもつものだという主張。その主張の裏付けとして彼は数々の動物の形態や行動をひきあいに出し、自分がその意味について説明してみせるまでは、誰にも不可解な謎として受け取られていたことを強調する。たしかにローレンツの観察力や分析力には天才的なものがあり、あやうく説得させられてしまいそうになる。しかしこのロジックには二つの落し穴が隠されているように思う。

第一は、伝統の個別的形式と、伝統形成のための生理的基盤（チョムスキー流に言えば生成伝統といったところか）が、ごっちゃになっているあいまいさである。もちろん学習された文化が淘汰され、その結果が伝統という形式で保存されることは誰にも否定できないだろう。それを可能にする生理的基盤が遺伝子に組込まれていることをみとめても、とりあえずなんの不都合もないはずだ。しかし伝統の個別的形式までを同列に本能とみなすわけにはいかない。

われわれがこうして進化を論ずること自体、進化過程の段階の一つであり、進化自体を悪と考える退行思想は別として、進化能力の増大はそれ自身が人間的な願望であり姿勢であるはずだ。最近の遺伝学もあきらかにしているとおり、どんな生物でも個体差の幅を広くふくんだ種ほど可能性にめぐまれているのだ。いかに情報科学が進歩しても、決定論や宿命論で未来予測が可能になったりするわけがない。根源的に予測不可能な未来に対応するためには、できるだけ異質な多様性を内包する生命もしくは文化に期待するしかないのである。ローレンツのように伝統を固定した作法とすりかえるべきではない。(遺伝子工学にたいする慎重論のほとんどがこの点に集中していることに注目!) 真の伝統は反伝統をふくむ流動的な関数の総体なのである。彼は擬人化を目の敵にするわりには、平然と擬動物化のレトリックでひねりをきかす。

第二の問題は、進化の概念がいささか古風なことだろう。ほとんどの著作が分子生物学が遺伝学に導入される以前に書かれたせいかもしれない。分子生物学の立場からすると、従来考えられていた以上に突然変異の率は高く……と言うより、淘汰が機能しないまま、つまり生存価になんら寄与することなく、種の特性として固定される例が多いらしい。いわゆる中立説というやつだ。淘汰万能主義者の気分を逆撫でしたらしいが、よく考えてみるとダーウィンの基本理念にいささかも抵触するものではない。(この場合皮肉なことに淘汰主義者が左派で、中立主義者が右派的な色分けになる。しかしローレンツは前者に属する右派なのだ。科学とイディオロギーの同一視の危険性!) 一見無意味なのではなく、実質的に無意味な形質が存在(しかも頻繁に)するという事実は、生命がひどくアナーキーなもののような不安を感じさせるが、それもその形質がマイナスの生存価をもつものなら当然淘汰圧の干渉を受けるはずだ。つまりその形質はほとんど無害無益なのである。もちろんその無害無益な形質の土台のうえに、おおきな(+もしくは－の)生存価をもった文化現象が構築される可能性はあるだろう。ローレンツのように、よき伝統には善があるなどと言ってすませているわけにはいかないのだ。善でも悪でもない伝統という関数に、自由で内発的な変数を自在に挿入して「変異」を選択できるのが、動物とは違う人間の能力ではないだろうか。その自由度を可能にしている梃子の支点が《言語》であるはずだ。ローレンツはしばしば（他人の無知をいいことに）遺伝子レベルでの法則を、個別言語による学習された文化領域にまで平気で拡大解釈してしまうきらいがある。動物と人間をへだてている《言語》の壁は彼が思っている以上に決定的なものなのだ。文法構成がいくら違っても、言語は言語であるという共通点が見えないから、あんなふうに人種差別主義者の臭気をただよわせることになってしまうのかもしれない。

スェーデン　タイガー・フィルムの Kjell-Ake Andersson のトリートメント、予想していた以上にイメージが豊かなので安心する。低音部をきかせた塩味餡パンのような舌ざわりはこの連中の持ち味なのだろう。とくに早朝、電話ボックスの中の男がベビー服姿のまま許婚者に電話するところや、マスターベーションの最中に《家族》が訪ねてくるところなど、きわどい面白さがある。成功すればこのメリハリのない粘りも悪くない。しかしいくつかの注文はつけたい。小さいことだが、金魚鉢より例の

「閉鎖生態系のモデル玩具」のほうがよくはないか。男と許婚者の仕事として、デパートの従業員がはたしてもっとも適切かどうか？　むしろ巨大な（ＩＣＭのような）法律事務所にする手もあるのではないか。つまり弁護士は最初から周辺に登場しているわけだ。さらに問題の檻。檻よりも映画の場合は拘束衣（ベビー服に似た）のほうが効果的かもしれない。その拘束衣には、リモートコントロールで操作できる関節などの可動部分があり、意に反した仕種を強制されたりする。つまり構造的にはギブスに似た要素もある、おせっかいなシルバー・ロボット（看護用）だ。《Made in Japan》の表示プレート。なお奇術師を長男の変装にすると、主題を集約しやすいような気もするが、かえって理に落ちすぎか？　重要なのは、家族たちの穴場（男の部屋）探しのルールをもっと計画的なものにするかどうかの問題。長男を奇術師に仕立てて情報収集の役目をさせれば、筋はとおる。しかしそれだと家族が意識的なハンターになりすぎ、展開の不条理性が失われるかもしれない。当然のことだがセリフは極限まで（黙劇にちかいところまで）切り詰めたい。多少分りにくくなってもかまわない。最後に、ラストシーンについて。記者（この物語の語り手でもある）の部屋のドアがノックされるのは、象徴的には納得できるが、これも説明過剰をいなめない。寓意が目立ちすぎはしまいか。ただドア（一般的なあらゆるドア）がノックされるように視覚化は無理だろうか。もしかすると音だけでもいいのかもしれない。記者も弁護士にしてしまったら？

八月二十八日　水曜日

ドナルド・キャンベルのローレンツ紹介は面白い。これ以上紹介文的なものはいくら読んでも無駄だと思っていたが、見過さなくてよかった。R・I・エヴァンズ編の『ローレンツの思想』のなかの一節である。キャンベルはアメリカの心理学会の会長だが、日本の心理学者とは大違いだ。日本の心理学者はもっぱら性格判断の専門家で、血液型による占い師を多少知的にした程度の連中だ。しかしさすがにキャンベルの思考手続きは論理的だし科学的だ。分類学と進化論くらいの違いはある。現代心理学を見直すべきなのかもしれない。

テレビの深夜放送でルルーシュの「夢追い」を見る。技術には感心させられたが、完全に無思想だ。なまじの無思想さでは、たぶんこうはいくまい。完ぺきなまでの思想の欠如が、かえって技術を光らせているのだ。これも一つの才能とみなすべきかもしれない。ついでに感じたことだが、映画「友達」では次女が男のために心の奥底から泣きじゃくる場面を設定すべきだろう。

八月二十九日　木曜日

十月のシンポジュウムのための講演、そろそろまとめに入る段階だ。ローレンツの業績を援用しながら、しかし結局はローレンツ批判として問題を展開するしかなさそうである。ローレンツの著作やキャンベルの意見からうすうす感じとっていた、彼の反動的傾向は、アメリカではナチスとの協力関係がかなり一般的に言われていると言うD・キーンの言葉によっても裏付けられた。

以下キャンベルの見解を、ローレンツに対する批判点にそって見てみよう。

まずキャンベルは、ローレンツ批判というよりは、「攻撃」についての理論の俗流解釈からローレンツを擁護するという形で、言質をとろうとしているように見える。つまり「攻撃性」を人間の遺伝子レベルに組込まれた本能衝動とみなすことで、「戦争」を人間性の宿命であるとする立場に対し、はっきり距離をおくことをローレンツに求めうながしている。キャンベルの立場はこうだ。個体の「攻撃」と組織化された集団の「攻撃」は、一見相似の現象に見えるが、まったく違ったレベルの問題である。個体間の「攻撃」は、「なわばり」の維持のために行われるものであり、一般の「せきつい動物」の例で言えば、「一頭の雄またはハーレム、および自分の子供をまもるための、一頭の雄の行動的な症候群を意味している」わけだ。これに対し、「人間の民族中心主義を動員するための努力は……集団レベルのなわばり性は……妻、子供、家庭を（保護することではなく、逆に）保護放棄することを要求してきた」わけで、現実の脅威はむしろ内部の不和の抑止力として評価されるべきものである。

しかしこんなふうに問題を展開していくと、逆に足をとられることにならないか？　たしかに個体レベルでの「なわばり」と集団レベルでの「なわばり」とは、互いに矛盾し敵対するものかもしれない。だがそれだけだと、個体レベルでの「攻撃」の発散が戦争防止につながるという、フロイドの昇華の観念を通俗化したような結論にも短絡しかねまい。ローレンツの「攻撃」理論がそのまま戦争肯定の理論ではないことを主張するだけでは駄目なのだ。現に類人猿のなわばり集団は一頭の雄に支配されたハーレムだけとは限らない。むしろ「なわばり衝動」のなかに「家族化」と「社会化」とを切り替えるスイッチを発達させたのが社会的高等哺乳類だと考えたほうが筋がとおるのではないか。

ここで大胆な仮説を一つ立てておく。［人間は言語という開かれた制御スイッチを手に入れることによって、同種殺害の制御弁（タブー）を撤去できた。この能力は系統発生のある時点では有効に機能したのではないか。たとえば淘汰圧が言語と技術の豊穣化をうながしたとか……」

さらにキャンベルの見解をつづけてたどってみることにする。

八月三十日　金曜日

昨夜の深夜放送はワイダの「大理石の男」。すっきりしたスポーツマンの身のこなし。しかし外国人がこの手の作品を見て感動するのは、けっきょく他人の不幸をじっくり味わういやらしさに通じていはしまいか。たしかに警察国家の反人間性に対するプロテストはある。だがそのプロテストには普遍性が欠けている。反共感情を誘いはするが、日本の現状にもひそんでいる他人事ではない問題だという警告にはつながらない。それにしてもポーランドの若者たちはこんなにも活々と生きているのだろうか？　本当だろうか？　カッコウがよすぎる。と言うより、はしゃぎすぎの印象を受けてしまうのだ。モダンな六本木あたりのテラス・カフェ（まだ行ってみたことはないが）で、周囲の視線を意識しながらやたらと体を動かし、息づかいもはげしく怪電波を発信しつづけている甲状腺肥大タイプの青年を連想してしまう。彼が「何か」になりたがっていることは一目で分る。善良で空想的な登場人物的青年像。

昨日にひきつづきキャンベルの見解をまとめてみよう。

とにかくキャンベルはローレンツを擁護しようとするあまり（それとも論敵に利用されないための戦術か）、《疑似種形成》という概念にしがみつく。現象的にはそのとおりだろう。動物では他の種に対してしか起りえない殺りくが、種の内部で可能なのだからたしかに《疑似種形成》である。しかしこの概念にはアナロジーとしての整合性以上のものはない。さらにこうしたアナロジーでは、現象をモデルとして理解するには有効でも、実際に戦争を抑止するという現実プランに到達する見込みはない。このあいまいさは遺伝子レベルに組み込まれている「言語」という人間に固有なメカニズムについての認識の不足から来ているように思われる。現にキャンベルの具体的提案も、［雄の《自然な》なわばり的攻撃性の抑止を必要とする］といういささか陳腐な段階にとどまっている。

《疑似種形成》という概念の欠陥はそれだけにとどまらない。他の《疑似種》に対する攻撃は、《疑似》殺人にはなっても本当の殺人にはならないから、いったん解発された種内攻撃性が作用しつづけるというわけだが、これでは戦争の悪は人間が《動物》のようではないというだけのことになってしまいかねない。戦争を考える場合、「殺す側」と「殺される側」とを分けて考えてはいけないのだ。敵であるか、味方であるかを問わず、戦争は兵士の悲劇なのである。支配者はしばしば敵の戦士の死にさ

きだって、味方の戦士の死を求めようとするものだ。(集団化の法則の応用)

敵対するグループの形成とその闘争を説明するのに、なにも《種》の概念の援用を求める必要はない。戦争が攻撃本能を利用することは否定できないが、戦争と攻撃衝動はほんらい別個のものであり、とくに近代戦は、あきらかに政治的矛盾の非外交的解決である。不可欠な戦術的手段として暴力をふくむが、戦略レベルではゲームに似た緻密な思考も求められるはずだ。戦争を誘発するさまざまな条件のうち、遺伝子レベルに組込まれている要素としては、やはりまず第一に「開かれた群」という人間固有な能力を考慮すべきだろう。このプログラムの遂行を可能にしたのが「言語」である。そしてその淘汰圧の結果が「国家」の確立なのだ!

もう一度キャンベルの見解に立ち戻ってみることにしよう。

(台風十四号の接近で風雨つよまる。午後八時)

[集団の規範からのそれとわかる逸脱は、ローレンツの生得的解発機構のひとつのように働いて、叱責(しっせき)と貝殻追放の引き金になる。(キャンベルは、そうした機構が)ローレンツの中で作用しているのを見るのを憎むものである。一部の青年の……身だしなみの逸脱に対して、あたかも赤旗に対するかの有名な牛のごとく反応し……私を困惑させる」まったく異論をはさむ余地がない。さすがの(ローレンツを尊敬してやま

ない）キャンベルもかなり感情をあらわにしている。さらにつづけて［《ヒッピー》たちの逸脱した制服を、われわれを危険に導きつつある体制文化から独立した、脱俗的、利他的志向の表現、つまり聖職者のカラーのようなものとして考えるわけにはいかないものだろうか」と問いかける。これに対するローレンツの返事がまた面白い。［……私はこの均一性が聖職者の首輪式カラーと相似のものであるというあなたの意見には同意できません。むしろインディアンの戦闘用の化粧に比較しうるものと考えています］

しかしいちばんの対立点は（この件に関してはぼく自身ほぼ百パーセント、キャンベルの側に立たざるを得ないのだが）、ローレンツがもっとも忌み嫌う《えせ民主主義の教義》なる概念をめぐってのものだろう。はっきり言ってその概念はさほど明確に規定されているわけではない。キャンベルも次のような問いを発している。［（では望ましいのは）世襲的君主制や社会的カーストなのか？《君主国民》に対する特別な権利なのか？］けっきょくは《遺伝的な差異》と《環境（教育）主義》を機械的に対立物とみなし、前者を擁護し後者に腹を立てているだけのことではないのか。ぼくだってべつに生れたての人間は、教育によってなんでも書き込める白紙のような存在だと考えるほど、素朴な平等主義者ではない。遺伝的差異が生れつき存在することは論議の余地もない自明のことだ。われわれ有色人種が教育や環境によって白人になったりするわけがない。ぼくなりキャンベルが主張しようとしているのは、どんな遺伝的形質の差異も、社会的差異の根拠にはなりえないということである。社会的機会の均等が、貴重な伝統を破壊する《道徳的文化的崩壊》だとするローレンツの立場は、あまりにも非科学（論理）的すぎて病的な被害妄想と断ずるしかない。たぶんローレンツには言語機能の増大そのものが不快なのだろう。社会的均等から顔をそむけるために、生理的均等を罵倒（ばとう）しているのだ。如意棒（にょいぼう）だったはずの進化論をどこかに置き忘れてきてしまったらしい。思想による科学者の窒息の一例である。

ローレンツはたしかに科学者であることを止（や）めてしまっている。さもなければ「遺伝にもとづく社会行動の崩壊によって私たちをおびやかしているのは……おそろしい形での黙示である」などという非科学的な言葉が出てくるはずがない。そんなに簡単に崩壊しないからこそ遺伝形質ではなかったのか！

さすがにキャンベルは本質的な反論を忘れていない。「遺伝的な純粋性がローレンツの価値観の一つであるようだが、しかし自然条件下での自然個体群の遺伝学についての研究は、遺伝子の同型性（ホモ）よりもむしろ大きな異型性（ヘテロ）を見いだしている……私の知るかぎり、今なお……価値ある種特異的な適応が、混血によって失われたというような、交配がもたらす危険の報告例は一つとしてない」
もうこの辺でいいだろう。知能の人種差をめぐる論争については問題なくキャンベルに軍配をあげたい。

八月三十一日　土曜日

昨日の深夜放送はヴィスコンティの「神々の黄昏（たそがれ）」。本当の題は「ルードヴィッヒ」。延々四時間におよぶノーカット版だ。こういう放送があるとテレビも馬鹿（ばか）にならないと思う。しかし内容は予想していたとおりだった。ぼくはどうしてもヴィスコンティが好きになれない。と言うよりヴィスコンティを面白いと感じる人の内部でなにが展開しているのか理解できないのだ。映画解説者は映像美だと言い、永遠の人間ドラマだと言っていたが、とてもそうは思えない。全編にみなぎっているのは拒絶と侮蔑（ぶべつ）の感覚だ。特権的支配階級が被支配階級に示す嫌悪と無関心の表情だ。それを客観的に描ききっていれば、それはそれなりにプロテストとしても成り立つのだろうが、ヴィスコンティ自身が大貴族（王位継承権がまわってきても不思議ではない）の出身であるせいか、批評の射程内に納められないのだ。ひたすら築城にはげむルードヴィッヒを笑うことが出来るのは、従姉（いとこ）のエリザベートだけである。あの奇怪な城が、しょせんは大人のための、それも自分のためだけのディズニーランドにすぎないことを見抜ける存在として、エリザベートしか設定できなかったヴィスコンティの高慢さは我慢ならない。しかもはるかな逆光線のなかで、錯覚かと思わせるていどのかすかな笑い。観客が笑えるなどとは思ってもみなかったのだろう。もちろん王者の絶望を通じて、官僚政治家のくだらなさを描いたものだと言えなくもない。ルードヴィッヒをめぐる政府の役人たちの俗物ぶりにくらべれば、たしかに軍人と民衆は（忠誠心を知っている点で）まともな扱いを受けているようだ。だがどたんばに立たされたルードヴィッヒに残されたのは、死かクーデター（軍と民衆による）かの二者択一なのである。民衆もいいようにダシにされたものだ。ローレンツがこの映画を観たらどう感じるか、興味しんしんである。

さて、そろそろローレンツとも別れるべき時だが、最後にその線路の分岐点にあたる駅名だけは明示しておこう。それはぼくが《言語の獲得》と考えた地点であり、ローレンツはそこに《非合理な価値の感覚》という奇妙な標識を立てているのだ。「価値観についての健全な哲学が、善悪の感覚なしに発達しうるとは考えません」生物学者が使う用語である以上、この《発達》に進化のニュアンスを認めても無理ではあるまい。何か遺伝子レベルに組込まれたプログラムとしての《善悪》を指示しようとしているのだろうか。たぶんそうだろう。ローレンツはプログラムが解発される過程に《感覚》とか《気分》とかの用語を使いたがる。それにしても《善悪》の本能とはなんたるドグマだろう。動物についてあれだけの観察をした進化論者と同一人物とはとても思えない。

さて、いよいよ《言語》の問題である。ぼくはローレンツの再読にかかった当初、その語り口、動物の行動を系統発生的に整理していくあざやかな手口から、いずれは当然《言語》の問題に辿りつくものと期待していた。以前読んだときには気付かなかったのだろうと勝手に決めこんでいた。チョムスキーやパブロフに欠けていたのは、まさにローレンツの方法だったからである。もう一度チョムスキーならびにパブロフに引き返してみる必要がありそうだ。

チョムスキーは《言語》の深層構造をさぐりまわした結果、必然的なものとして《生成文法》の概念に辿りつかざるを得なかった。そしてこの《生成文法》が学習によるものではなく、生得的な（遺伝子レベルに組込まれた）ものだという仮説にたどりつく。いずれは実験的に証明されるだろうが、現在の大脳生理学、ならびに分子生物学の段階ではあいにくまだ手つかずのままである。

しかし状況証拠はかなりそろっている。パブロフはチョムスキーとは反対側から、純粋に大脳の実験生理学の立場から、もう一次元高い条件反射として《言語機能》があるのではないかという仮説を予見した。文献によると死亡する直前のことだったらしい。その後この高次条件反射が実験的に研究されたかどうか、あいにくまだなんの資料も手にすることが出来ないでいる。同じ問題にとりくんでいる同士として、ローレンツももうすこしパブロフの業績に慎重な注意をはらうべきではなかったか。ローレンツはパブロフの方法について、生きている全体の把握を無視した、不自然な拘束による動物の作為的観察だと非難している。たしかにそのとおりだろう。しかしもともと大脳の反射機能の実験がパブロフのねらいで、べつに動物の行動の説明が目的だったわけではないのだ。せめてキャンベルがローレンツに寛大であった程度には、ローレンツもパブロフに対して敬意をもちつづけてほしかったと思う。ローレンツだってあと一歩のところまで近付いていたのだ。

［概念的思考と音声言語はヒトに文化的伝統の可能性を付与したが、獲得形質の遺伝に相当する何ものかを達成することにより、ヒトの進化を根本的に変えてしまった（生物学および文化の領域における儀式化の進化　日高敏隆訳）］

またローレンツに舞い戻ってしまったが、問題を解く鍵(かぎ)であると同時に、ややあいまいな分りにくい言い回しなので説明を加えておこう。ここでローレンツが言いたかったのは、単純に進化の速度のことである。獲得形質の遺伝（ルイセンコ学説）というのは、むろん「不可能」の譬喩的な表現にすぎない。［文化的発展は一、二世代以内で生態学的適応を達成するが、正常の系統発生におけるこのような適応にはまったく桁違いな時間を必要とするのである」と言うわけだ。そしてこの認識は彼の伝統主義を補強するために利用される。いささか論理を欠いているので、はっきりはしないが、この早まった進化にもより速いものと遅いものの二種類があり、速い《発明》や《発見》より、遅い《伝統》や《善悪の感情》のほうを尊重しよう、そのほうがより強力な儀式化作用の上に安住できると言うことらしい。せっかくの《言語》への接近も、こうしてむざむざと見逃されてしまうのである。

《言語》には何か、進化を加速させた以上のものがあるはずだ。

九月一日　日曜日

要約すれば《言語》は第二の本能ということになる。

むろん人間が人間になるための、遺伝子の進化は、単に言語の獲得だけではなかったはずである。数多くの突然変異の積み重ねがあったにちがいない。しかしいかに多くの新情報が蓄積されようと、言語の獲得と比べるわけにはいかないのだ。その間には量と質ほどのひらきがある。何千万匹のチンパンジーを集めても、一人の人間の知恵には及ばないのだ。しかしその意味を正確に理解するのはそう容易なことではない。自然現象を認識するように《言語現象》を認識するわけにはいかないのである。認識は言語機能そのものだから、言語についての認識は「認識の認識」だろう。言語の科学は、内省という従来はあまり科学的とはみなされなかった心理的手続きによらなければならないわけである。

もういちどチョムスキーの『ことばと認識』を読みかえしてみよう。

九月二日　月曜日

十月の国際会議で司会をしてくれる矢野暢(とおる)『劇場国家日本』にとりかかる。

読売新聞の不気味な記事。

「がんじがらめの校則」くっきり　違反者に体罰、横行　日弁連が中高調査

「集会は、レコードの合図で五十九秒以内に集合する」「授業中の挙手は、右腕を約七十度前方へ挙げ、五指をそろえて手のひらを前に向ける」……など細かく規定した《生徒心得》が、ほぼ全国の公立中学、高校に設けられ、中には違反生徒に対して教師が体罰を加えたり、連帯責任で班全員が制裁を受けていることが、三十一

日、日本弁護士連合会（石井成一会長）の「学校生活と子どもの人権」に関する実態調査の中間報告で明らかになった。

日弁連では……公立の中学五百三十五校、高校二百九十三校の校則を収集、分析……関係者から面接、聞き取り調査した。

校則の内容は、大きく　1）校内生活の規則　2）校外生活の規則　3）望ましい生徒像を掲げての訓示　4）違反に対する制裁、罰則　に分類される。

個別規定は一律に守らせて同一行動をさせようという傾向。

〈朝会の入退場は、音楽に従い整列して行進し、視線は登壇者の顔にあてる。「気をつけ」はつまさきを等分四十五度から六十度開き、指をそろえて軽く伸ばし、手のひらは体側につける。礼は、上体を約三十度前方へ傾け、いったん止め、静かにおこす〉

〈トイレは指定された、あるいは最も近いトイレしか原則として使ってはいけない〉

〈小中学校の同窓会に参加する時は、保護者の同意を得、ホームルーム主任を経て生徒指導係の許可を受ける。ただし、旧師が出席する場合に限る〉

また服装の規則が、ズボンのタックの本数や幅、スカートの長さなどにまで細かく及んでいるほか、それらを記載した生徒手帳の常時携帯を義務づけた規定が多い。懲戒、罰則規定がないかわり、生徒に弁明の機会も手段も与えられていない。

……指導に名を借りた体罰が横行している。違反者を体育館や職員室に集めて、生活指導や担任の教師が数人で殴ったり、クラスや班単位で連帯責任をとらせ、忘れ物をした生徒と物を貸した生徒や班全員を殴ったケースも報告されている。

九月三日　火曜日

一日づけの読売の記事は、教育の荒廃が時代の風潮であることを暗示している。過剰な「儀式化」の時代だ。ぼく自身の体験を思い出す。反面教師の効果に期待するしかないのだろうか。

矢野氏の「劇場国家」の概念に、とくに創意は感じられない。けっきょく自己目的化された「儀式化」の過剰と考えればすむことではないか。だとすれば特にアジア的現象とみなす必要はない。また日本について言えば、そのあまりにも政治主義的な政治が、しかし十分に資本の蓄積に有効に機能したことをどう説明するのか。「劇場国家」論には経済的視点が欠落しすぎているような気がする。しかし文化的な普遍性の欠如という視点には全面的に同意せざるを得ない。経済とは逆に、完全な貿易赤字状態だ。しかしこの赤字はヨーロッパ先進国の心理的押し売りの帳簿操作によるものではないのか。文化に赤字や黒字があること自体に胡散臭さを感じてしまう。

忘れないうちに、食事の途中湖畔の駐車場で見掛けた看板のことを書いておこう。

［話しあう家庭に育つ　よい心］

看板の形や置かれている位置からみて、観光客を対象にしたものでないことは明らかである。たぶん人口希薄な箱根の町にも「よくない心」の餓鬼どもがごまんといるのだろう。とっさにひらめいたのは、ローレンツの言葉だった。たしかキャンベルの批判に答えた文章のなかにあったはずだ。すぐに見つかった。

「現在の犯罪の増加の主たる原因が、広く蔓延している幼児期初期の母と子の接触の不足に求められるべきだということを、私以上に確信できる人は誰もいないでしょう」

なんという愚直なアナロジー、笑うべき《擬動物化》だろう！　ノーベル賞受賞者のローレンツ博士が、さびれた箱根町の教育委員、ＰＴＡ役員、警察の風紀係などとたいして変らない意見をおおっぴらに振りまわしているのだ！　しかしそれだけに恐ろしい、もっとも人間的な人間の宿業だと言えなくもない。つまり母親のいない子供は、この《よい心》という気分によって排除され、生来の《異端》になるしかないのである。差別と排除の法則だ。この湖畔の看板を、世界の田舎である日本の、さらに田舎らしい発想というだけで見過してしまうわけにはいかない。いわば並行進化をとげた、国際犯罪なみの危険思想だと言ってもいいのではないだろうか。

この《よい心》のように、一見無邪気で素朴な「現実誤認」と見えるものが、じつは狂暴な《異端審問》と同根であることを、もっと深く追及してみたい。例の「読売」の記事とも結びつくことだ。「言語と国家」という根本問題ともおのずかかわってくる。

素手で鉄壁に挑戦しているような痛みが肩や腕に跳ね返ってくる。ぼくが予想している以上に説得困難な事態に向いあっているのかもしれない。

九月四日　水曜日

新潮社によってクンデラの本二冊を受け取る。新田氏と神楽坂でテンプラを食べる。

通俗科学雑誌『ウータン』の、サイボーグに関する記事を読みながらの着想。神は存在するか、という設問に対する肯定派と否定派の間に、必ずしも思想的な対立があるとは限らないのだ。この両者では「存在」についての概念規定が違う。たとえば夢は存在するか、という設問に置きかえてみるといい。「存在」の意味をどう解釈するかによって、おなじ立場から同時に両方の答えが可能である。物質に質量が存在する（計測可能）ようには存在しなくても、ミミズは夢をみない、というレベルの設問に対してならば、はっきり人間の夢の存在を主張できるわけだ。つまり「神」の選択は、「存在概念」の選択にひとしい。そしてこの「神」を「愛国心」もしくは「忠誠」の概念に置換えれば、いまの主題に結びつく。

厳密な論理に照らしてみれば、「神」の対立物は「無神論」ではなく、まして「悪魔」などではなく、「超人思想」（異形の者・即身成仏）なのではないだろうか。思想の中間項としてなら、不本意ながら「神」にも許容してやる余地がありそうである。同じ意味で、戦争を条件つきで（一種の必要悪として）肯定する思想（たとえば職業軍人の立場）にたいしても、いちおうの理解が必要なのかもしれない。遺伝子レベルからの指令に駆り立てられている受容器を頭ごなしに咎めてみてもはじまらないことだ。戦争否定には具体的な臨床技術の確立がもとめられる。

九月五日　木曜日

矢野氏の『劇場国家日本』の、気掛りな問題点を整理しておこう。

すでに触れたように、この本も、多くの日本人論客がおちいりやすい標本製作者的な視野狭窄症におちいっている。標本にされる対象と運命を共にしていないのだ。つまり日本という標本に対して、本来は不可能なはずの俯瞰撮影者用特別席をもうけ、最初から奇習観察を自分の職務と決めてかかっているところがある。ある一つの文化形態について、それが共通の深層構造の上に構築された特殊な個別性である場合、それを普遍と考えるか特殊と考えるかの配慮がほとんど見受けられない。もしこれが「日本」抜きのより一般的な「劇場国家」論だったら、もっと抵抗なく同意できたような気もする。

もっともこの「劇場国家」という概念は、矢野氏自身のものではなく、クリフォード・ギアツというアメリカの社会学者がバリ島の政治形態を観察して提出した仮説なのである。その内容についてぼくは矢野氏のように衝撃を受けたりは出来なかった。好奇心旺盛な白人が、未開国探検で手に入れた収集品に対する、例によって例のごとき自慢たらたらの自慢話としか受け取れなかった。ギアツによれば「劇場国家」とは、「国家の機能が外来の思想なり観念なりの演出表現に終始し……自前のシナリオで自国を運営できない国……したがって《文明国家》の反対概念でもある」らしい。極楽トンボもいいところである。ギアツ氏はヨーロッパの歴史を勉強したことがないのだろうか。ヨーロッパの宮廷史に自前のシナリオなどあったためしはない。それとも氏はヨーロッパ文明そのものが《文明国家》の反対概念だと主張したいのだろうか。だったら同意しよう。こちらもついせんだって「ルードヴィッヒ」という模倣の極致を描いた映画を観て、重い消化不良に悩まされたばかりのところである！

なにも「劇場国家」などとイキがってみせるまでもないのだ。こういうのを行動生物学では、《儀式化》というごく分りやすい一般概念で説明している。バリ島民だけでなく、ニューヨーク人にも、日本人にも、ラップ人にも、わけへだてなく適用される普遍概念である。表現形式に特殊性はあっても、深層構造は共通のもので、さしあたり切実な今日的問題はその深層構造にかかわる部分であるはずだ。

ふたたび矢野氏の意見にもどって、日本の《政》の特徴としてあげている、「隠居制」と「代理制」の図式は面白い。ただしこれも氏の創見ではなくハーバート・スペンサーの指摘によるものではあるが……。ぼくもかねがね「院政」「上皇制度」のもつ意味について、いま一つ不可解な印象をぬぐえずにいた。さらに矢野氏は「大御所」「関白」「元老」などの諸制度の存在を列挙している。もっともぼくとしては、むしろ「幕府制＝将軍」と「天皇制」の併立のほうがより象徴的であり、重要ではないかという気がしている。しかしこの権力の楕円構造（二つの中心点の存在）も、よく考えてみればなにも日本固有の現象とは言いきれないのだ。規模こそ違え、ヨーロッパの王室と法王の関係によく似ていはしまいか。断言ははばかられるが、一種の普遍法則として、権力の《楕円運動》を考えてもいいような気がする。

★　権力の楕円運動

その中心の一つを軍事力だとすれば、いま一つの中心は儀式の掌握にある！

また矢野氏は《閥》と《スタッフ》の対立という図式を掲げ、前者を日本的な論理、後者を非日本的な論理と規定している。話をすすめるのには好都合だろうが、《閥》と《スタッフ》が水と油みたいに分離できるはずがない。おおかたの権力がそのアマルガムで構成され、それぞれの国情によって混合比が違うと考えるほうが妥当なのではあるまいか。《スタッフ》化のシンボルとみなされているアメリカ社会にだって、マフィアの閥があり、WASPの閥があることは否定できない事実なのだ。たいていの場合、大事なのは相違点の発見よりも共通点の発見なのである。

まして「村八分」が、アジア的な王権思想にもとづく「なじまない日本人にたいする排斥の力学」というに至っては、我田引水もはなはだしいと言わざるをえない。なにも「劇場国家」の《場》の理論など持ち出さなくても、「集団からの認知の拒絶」はしばしば死をまねくほど強いアイデンティティの喪失として、ひろく動物界にも認められている現象なのである。この調子でいけば、顔の中心に鼻が一個ついているのが日本人の特徴ということにもなりかねまい。

最近のアメリカの研究（研究者の氏名を正確にメモしておけばよかった）によれば、群と群のあいだの差異と、群のなかの個体間の差異を比較した場合、一般に後者のほうがはるかに大きいことが報告されている。そのとおりだと思う。たとえば日本人は自由を知らない、と西洋人が言い、訳知り顔の日本人が同調する。べつに反論するつもりはない。ある意味ではそのとおりだろう。しかしフロムが指摘しているように、「自由からの逃避」は現代ヨーロッパ人を患（わずら）わしている死にいたる病にもなっているのだ。

さてこの本の最後を矢野氏はいわば「知識人」のすすめで結んでいる。その「知識人」の意味は文字どおり、たくみに外国語をあやつり、より多く外国について識（し）る人のことのようである。しかしぼくは識ることよりも、考えることのほうがはるかに大事なような気がしている。もう一つ矢野氏にたいして抱く不満は、東南アジアの政治史が専門だというのに（その辺の知識にいちばん期待していたのに）、ヨーロッパによる植民地支配の苛酷（かこく）な影響についてはほとんど触れていないことだ。植民地支配された経験のある国の政治形態の未成熟さはもっと検討されていいテーマだろう。その検討によってヨーロッパや日本は、鏡に自分を映してみたガマ蛙よろしくたらりたらりと油汗を流すくらいの痛み分けが必要だ。文化人類学者風の慈愛にみちた「特殊性の発見の旅」はもう沢山である。特殊なアジアの一隅に住み、しかも侵略によって特殊の再生産に力をかした日本は、国家の普遍的特質についてもっとも多くを語る資格と義務を負っているのではないだろうか。

九月六日　金曜日

すでに書いたことかもしれないが、念のため重ねて書いておく。

第二次世界大戦後、国際法の遵守が意識されたのか、国家主権の神聖視が定着した。そして多くの植民地が独立し、国境による地球分割の総仕上げが行われた。敗戦国でさえ、半国家としての存続を許された。半国家には二つの形式が存在する。一つはドイツや朝鮮半島のような南北、あるいは東西に分断された国家群であり、いま一つは日本のような非武装国家である。

これら半国家は、言ってみれば政治的な実験国家だから、国家の研究のためにはまたとない生きた標本ではないだろうか。もし国家が《集団》の社会進化の理想なら、半国家には何等かの不都合がなければならない。その不都合と考えられるものを、定性的、もしくは定量的に検証していくことで、おのず国家の必要にして十分な条件も割り出すことが出来るはずだ。

被占領国であった時代はべつにして、主権国家として認められてからの日本をなお半国家たらしめているのは、戦争を放棄した憲法の規定にある。そこで右派は憲法の改定を叫び、左派は憲法の擁護にしがみつくわけだ。言葉を変えれば右派は完全国家を目指し、左派は国家を不完全なままにしておきたがっているようにも見える。

文脈だけから言えば、あきらかに右派の立場のほうが有利である。一般的に不完全なものよりは完全なもののほうがいいに決まっているからだ。だから政府がいったん動きはじめると、よほどの事情がないかぎりコントロールするのは難しい。

たとえば昨日のニュース。文部省は全国の中学高校に対して、卒業式、入学式、その他の祝典に「日の丸」をかかげ「君が代」を斉唱するよう強く要請（行政指導）したという。こうした《儀式》面での体制強化は、一部の人間に思想的不快感を与えはするが、「考え方」もしくは「主義」の相違という以上には受けとられないようだ。野党もそんなことで内閣不信任案を出したりしては大人気ないと思うのだろう、口先で反対するだけである。現に今日のニュースでも、社会党が当面かかげている反対目標は次の三つだった。１）スパイ防止法案　２）防衛費一％枠撤廃問題　３）閣僚靖国神社公式参拝。

このうちの3)は文部省の行政指導と同様、《儀式》にかかわる問題だが、野党の攻撃はせいぜい嫌がらせ程度のもので終るだろう。争点の核心はやはり1)と2)にあるというのが、一般の世論をふくめての本音ではないだろうか。しかし国家はけっして一本足では歩かない。《軍事的防衛力》増強のためにも、《儀式の強化》というもう一本の足をしっかり踏みしめなければならないことを知っている。最終的には《愛国心》が国民的合意にならなければ駄目なのだ。

あらためて問いかけてみたい。日本はなぜ半国家ではいけないのか。現状のどこに不都合があるのか。《軍備》と《儀式》の二本足に力をこめて、目指すところはいったい何処(どこ)なのか。

はげしい雷雨! 共同アンテナに落雷があったらしく、テレビが消えた。心配なのでワープロの作業も中止しよう。

九月七日　土曜日

食事中、蟻(あり)が一匹テーブルのうえを這(は)っていた。蟻は乾燥した感じがして、気味の悪さを感じさせない唯一の昆虫である。群れをなしてはいないが、こいつをただのバグレ蟻だと思って見過したら後でひどいめにあう。先兵の偵察蟻にちがいない。無数の蟻の群れのなかで何パーセントかが、仲間の蟻の通った臭いがしない新天地に、あえて乗り出していく勇気をもっているのだろう。コロニーの神経の末端である。こいつが砂糖壺でも見付けたら、すぐさま引き返して仲間に通報するにちがいない。大半の蟻は通達を受けてからぞろぞろ行動を開始する、ルーチンワーク・タイプの蟻なのだ。いわゆる蟻らしい蟻である。この偵察蟻さえ殺しておけば、テーブルの上は連中にとって存在しないにひとしい。敬意を表しつつ、その勇気ある独行蟻をひねりつぶしてやった。ローレンツ先生が知ったら眉をひそめることだろう。

本当に戦争はアプリオリに悪なのだろうか？

たしかに戦争こそは諸悪の根源である。すくなくもぼくはそう思う。しかし職業軍人や愛国者はべつの考えを持っているかもしれない。戦争とはいったい何なのか。クラウゼヴィッツは「べつの方法による政治の手段」だと言っている。それはそのとおりだろう。しかしいくら定義を重ねてみても、納得のいく解答にはならない。考えてみると歴史小説のほとんどが戦争小説である。歴史劇のほとんどが戦争劇である。民衆が政治的発言のおこぼれにあずかるまでは、戦争は天災のようにやってくる一種の宿命だったのだろうか。勇気のある者しか生きられなかった時代なのかもしれない。少くも物語に語られるのは戦士や勇者のみだった。ぼくのような臆病者には居場所もなかったのだ。しかしぼくたちの祖先が部族戦争に勝ちぬいてきた者たちであったことも事実である。戦争とは何なのか。人間とは何なのか。なぜ種間の殺しあいが種の維持に有効だったのか。戦争が淘汰圧と矛盾しなかったのなら、戦争が人間になんらかの利益をもたらしたことも認めざるをえなくなる。人間の進化の果ては地球の破壊者になることだったのだろうか。それが誕生以来ＤＮＡに刻み込まれたプログラムだったのだろうか。

共同アンテナの修理がおわったらしく、テレビがついた。しかしふたたび激しい雷雨。ワープロも中断する。

多分もっとも重大でオリジナルな仮説！　（もっともあとで訂正の可能性はある）

系統発生の必然的過程として人間が《戦争》の能力（同種殺害を制御する本能の喪失）を獲得した理由は、もしかすると《言語》能力の獲得と深くかかわりあっていたのかもしれない。

ローレンツは文化による疑似種の形成をその理由にあげている。疑似種に目をくらまされ、たとえば異民族、宗教的異端者などを同じ種とは認められなくなったせいだと言う。一理はある。しかしそうなると、文化自体が種の維持にとって障害だったことにならないか？　とうぜん淘汰圧は文化を発展させる方向にではなく、抑制する方向に働いたはずである。もちろんナチスのように、あるいは帝国主義時代の日本のように、単一の優秀民族による世界支配を理想にした場合は、矛盾なく「他民族」「他文化」の抹殺を受け入れることが出来るだろう。しかし疑似種はしょせん疑似種にすぎないのだ。ローレンツはあきらかに自分のレトリックに目をくらまされている。

ぼくの仮説は（まだ絶対の確信はないが）はるかに現実に即している。もっとも原始的な部族間の戦争について考えてみよう。戦争の勝利で守られるのは部族の組織であり、単なる個体ではない。重要なのはこの点なのだ。もし強い個体の勝利（通俗冒険物語や英雄物語のパターン）が戦争の帰結なら、淘汰圧は攻撃性にだけ働き、人類は戦士の集団に進化していたはずである。もちろん力自慢の性向が人間の文化に根強く潜在していることは否定できない。「健全な精神は健全な肉体にやどる」べきだし、オリンピックはたゆみなく記録をのばしつづけている。だからと言ってかならずしも人間の知力が衰えていっているわけではない。めざましい技術革新の速度が知力と無関係だと言いきれる者はいないだろう。そして技術革新を支えている者がすべて筋肉マンだとは限らないのだ。

部族の存続は個体の存続と違って、なかにヘテロ（異形）を保持することになる。たとえば戦士としての不適格者の温存だ。あるときは少数の戦士しか生きのびられないこともあるだろうが、逆に戦士だけの消耗で終ることもあるはずだ。強い部族が先制攻撃で勝ちすすんだ場合、ヘテロの構造は増大すると見てもいい。ヘテロの増大は進化論的にみて適応できる環境を拡大することだから、それ自体でもある程度は部族の存続に有利に作用するはずである。しかし人間の増殖ぶりは自然法則を無視した加速度的なものだった。ここでいよいよ《言語》が特別な意味をおびてくる。人間という種にとってヘテロの増大が、他の生物以上に有利に機能した理由は、それが《言語》を維持するために好都合だったからだと考えられはしまいか。

経験的にもあきらかなように、健全な肉体にかならずしも健全な精神がやどってくれるとは限らないのである。一つの部族のなかには、戦士として役立つ男以外に、とうぜん女、子供、老人などが含まれる。それは人間以外の動物の群れでも同じことだろう。問題は戦士として役に立たない「ボス以外の男」が構成員としてどんな立場に立たされるかだ。動物社会なら当然追放だろう。しかし人間社会には戦闘力以外に、《言語》操作という新しい役割があった！　事実未開社会では、酋長（しゅうちょう）のほかにシャーマンが、もう一人の権力者として君臨している場合が多い。すでに権力の楕円構造がスタートしているわけだ。酋長は戦士の長として肉体的にも優れている必要があるが、シャーマンに求められるのは群れの結束を守る組織力で、かならずしも腕力が評価されるわけではない。シャーマンは呪術（じゅじゅつ）の効用を知っていた。呪術とはとりもなおさず《言語》による《儀式化》のテクニックである。戦争に勝利することがシャーマンを含む非戦闘要員の存続を保証し、それがさらに集団の結束を固め、やがて部族内に複雑な分業を成立させる機会を与えたのではないだろうか。

　もちろん言語能力の獲得は、たんに《儀式》の強化に役立っただけではないはずだ。人間の行動を解発する刺激信号としての言語は、動物の「鳴き声」や「吠（ほ）え声」とは違い、自由な組み合わせによっていくらでも複雑化でき、また新規の創作も可能な「開かれ」た刺激信号である。社会や文化の進化とともに言語の機能も複雑な進化をとげ、何が言語本来の役割であったのかを見極めるのは難しい。その言語機能の進化過程については、あらためて考えることにして、いまは《儀式強化》の接着剤、もしくは《促進剤》としての言語について検討してみることにしよう。

何度も繰り返したように、言語能力の基礎は遺伝子レベルに組み込まれたプログラムである。チョムスキーの言う「生成文法」だ。しかし実際に使用される個別言語は後天的に学習されたもので、その結果形成される文化現象も当然後天的に獲得されたものである。そこで《儀式》についても、言語の介入なしに人間を支配している（本能的な）ものと、《言語》によって学習獲得された（伝統的、もしくは社会的な）ものとを、はっきり区別しておく必要があるだろう。ここではいちおう前者を《深層儀式》、後者を《表層儀式》と呼ぶことにしたい。

この二つの《儀式》レベルの混同がどんな混乱を引き起すか、いかに反動的な見解をうみだすか、そのいい例がローレンツである。人間行動のすべてを教育可能なものとみなす一部の楽天的な行動学者に対して、ローレンツがその動物研究の成果から反論せざるを得なかった気持はよく分る。だが明白に学習された《表層儀式》の領域にまで、むりやり《深層儀式》のルールを適用することで、ローレンツは儀式を相対化しうる《言語》の力を見失ってしまったのだ。

集団の強化刺激である《言語》の魔力を解除するのもまた《言語》なのである。

九月八日　日曜日

人がうめくような声を聞いて目をさます。うめき声ではなく、湖水を走らせているボートの音だ。リモコン装置で走らせる模型のボートである。そう言えば今日は日曜日だった。日曜ごとにかならずやってくるマニヤがいる。ふつうのエンジン音とはちがい、よほどの高回転らしく、甘えた赤ん坊が何かをねだるうめき声を連想させるのだ。藪蚊（やぶか）の羽音を数十倍に拡大した音と言ってもいい。耳ざわりな音だ。単なる騒音という以上に、強く意識に干渉してくる。赤ん坊のうめき声に似ているからにちがいない。解読を強制する暗号文なのである。

おそらくこの強制的な干渉力をもった人声が、なんらかの人間行動を解発する端緒としての信号なのだろう。むろんまだ《言語》以前のレベルであり、強く意識に干渉はするが、行動を指示するまでには至っていない。行動を規定し指示するためには、泣いたり笑ったりうめいたりするだけでは不十分なのである。指示する行動を特定するために、対応する音声の分節が形成されなければならない。しかしそれだけではまだ《言語》とは言えない。動物の音声信号でもかなりの分節化が観察される。そして分節の構造は対応する行動を１００％特定するし、また特定できなければ意味をなさない。つまりここまではまだ本能の領分なのである。

この本能の領分で……ここが重要である！……行動を解発する刺激と、解発された行動とが、厳密に、例外なく、一対一の対応をする必要は、群れがつねに群れとしての行動の統制を保持するためだと考えられる。一つの信号が異った行動を解発するようでは、種の維持は危険にさらされる。淘汰圧が系統発生的に例外を摘み取ったのだ。（あとで詳しく検証するつもりだが、音声が分節化した《言語》によって、その例外禁止令が解除され、個別反応の可能性が開かれたのではないだろうか！）

ローレンツはこの一対一の対応が人間においても例外ではないことを強く主張している。というより、主張しすぎている。たとえばその主著『動物行動学』（日高敏隆・丘直通訳）のなかの一節、「人間社会の固定的な構造要素としての生得的解発機構」では次のような見解に触れることが出来る。［格好の分析対象は、われわれが幼児に対応する差異に働く生得的解発機構である。相対的に大きな頭、下方にある目、ふっくらした頬、太く短かい手足、そして不器用な運動様式といったものが、刺激総和現象の法則に従って、子供を《かわいらしく》感じさせるのだ。この法則は人形や動物のような《身替り模型》にも適応される。玩具産業の商品はその模型研究の成果である］……まあここまではいいだろう、しかし次の観察はどうか？［生得的解発機構の働きであることが証明されたもう一つの過程は、人間の表現動作とそれに対する反応である……多くの発達心理学者の考えに反して……《いわゆる人相学的な体験》は（あいまいな認識による類推などではなく）……その固有な種族維持機能は人間に特異的な表現動作の理解にある（ので）……（つまり表情の理解は人間の種族維持にとってきわめて重要なので、表現のためにある器官の動きには、それが）最も単純な組合せであっても、いともあっさりと応答してしまう……そこで草原は《笑う》ことができる。《湖水はほほえみかけ、水浴びに招く》。岸壁や雷雲はきびしく威嚇的に立ちはだかった人間と同じ表現価値を有する。種々の動物の顔の形をした模型にして、この反応はさらに顕著である。それゆえワシは、勇気の象徴となり……」

まったくの《こじつけ》と言うよりほかはない。ひろく畜産が行われている地方で育った（ローレンツのような）者でもないかぎり、草原を見て「笑顔」から生得的に解発されるような反応を示すわけがない。ワニの棲む湖水のほとりで育った者が、湖水からほほえみかけられたり、水浴びに招かれたりするだろうか。まさに笑うべき強弁と言うよりほかはない。誰が考えたって、《笑う湖水》は学習された言語領域の認識である。

にもかかわらずローレンツ先生は言いつのるのだ。［（この人相学的こじつけは）……個体の生活を通じて後天的な付加による《限定》すなわち選択性の増大を、常にこうむる（危険を避けるために）、（限定的な）生得的解発機構である人相学的役割へと《こじつけられ》たのである……」

　先生の本能擁護はさらにきわどく展開する。［まったく融通性のない（ところが、この）機構の生得的特徴（なのだ）……それが、人間に審美的および倫理的な《価値感覚》を呼び起こすのである……そして、いわゆる黄金分割の審美作用の基礎となっているのは、美しい人間の身体のプロポーションに《合わせて作られた》生得的解発機構であり……われわれに感情的態度を解発し、《恐怖と同情》を引き起すのは、ほんのわずかの数のモチーフである……英雄によって解放された乙女、味方のために自己を犠牲にした友、などいくつかの不滅の形式は、『エッダ』『イリアス』から西部劇の映画にいたるまで繰り返し現れる……（これは本能だから、有効な特徴を）大幅に単純化した形でしかも単独に提示した場合にも、真の状況と同じ質の感情反応を解発する……（さらにそれが）ごく大ざっぱな模型的状況にすぎないことを知っている場合でも、解発される情緒に変化はない。虐待（ぎゃくたい）された子供、《ならずもの》に乱暴される若妻、もちろん危機一髪で救われるのだが、それに対して人は否応（いやおう）なしの防御反応を解発する」

　ローレンツのこの熱にうなされたような語り口には、《深層儀式》にたいする異常な執着と、《言語》によって開かれた解発機構のプログラムである《表層儀式》に対する病的な嫌悪(けんお)と警戒心とが感じられる。この内務班長のような規律と画一性にたいする頑固な要求を誘発したのは、いったいどんな刺激要因だったのだろう。論理的要請だけだったとはとても信じられない。

午前四時。右手中指に痛み。つづきは明日。

九月九日　月曜日

黄金分割がひきおこす調和の感情が、美しい人間の身体のプロポーションに対する本能的な反応にもとづいている、と言うローレンツの考え方は、いかにもドイツ的な（と言ってはいけないことは重々承知のうえで、ちょっぴり売り言葉に買い言葉）人種主義者らしい自己告白である。黄金分割からはほど遠いプロポーションの民族は、すべてみずからの醜さを呪(のろ)いつづけながら日々をおくっているとでも思っているのだろうか。たしかに白人モデルが氾濫(はんらん)している日本のテレビ・コマーシャルを見れば、ローレンツならずとも同様の結論に達せざるを得ないかもしれない。しかし事実はまったく逆なのだ。こうした日本的現象も、永い歴史的なヨーロッパ人種主義と、狂暴な植民地支配によって非西欧社会に植えつけたコンプレックスの残りカスなのである。被支配者が支配者に示す媚(こび)についてはよく知られている。間違いかもしれないが、最近「ストックホルム・シンドローム」とかいう言葉を目にした記憶がある。空港でテロ事件があり、そのさい人質の女性がテロの犯人に求愛したとかいうニュースをもとにした命名だ。他のアジア諸国のような被植民地化の経験をもたず、しかもいまや世界で一、二位を争う経済大国になった日本でさえ、いまだに抜け出せずにいるヨーロッパ人種主義の影響の深さに思いをいたしてほしい。まして植民地化によって根こそぎにされたアジア、アフリカ、中南米の旧植民地国に残る傷跡の深さにははかり知れないものがある。黄金分割的でないことは決して遺伝的なものではないし、人種的劣等を意味するものでもない。美しいプロポーションについて、ぼくならまったく別の発想をする。それは多分、苛酷な奴隷労働から解放された肉体への願望の表象であるはずだ。(昔の農民の体型とスポーツ選手の体型の比較。もちろん遊牧民族と農耕民族との対比であってもかまわない。さらに身体には、露顕体型と陰蔽体型という区別も必要だろう。きびしい身分階級社会と、原則的に平等感が行動基準になっている社会では、おのずと身体表現の自由度が違ってくるからだ。さらに当然、気候風土、食物の傾向などもかかわってくる。しかしこれらはすべて遺伝的なものではありえない。肌の色やプロポーション自体は遺伝的であっても、審美的判断の基準や表現形式は完全に後天的なものであるはずだ)

タイでクーデター未遂の報道。例によって例のごとく、在留邦人の安否についてのコメントが焦点にすえられる。こうした自国中心主義的な習慣からはやく脱皮してほしいものだ。正確な報道をとりにくいせいもあるだろうが、必要なのはやはり国際経済、国際政治からの視点だろう。日常的慣行のなかにひそむ《群の強化機能》は、けっこうイディオロギーと同等の影響力をもつはずだ。差別用語に対する規制措置が実行されているのだから、土着的閉鎖感覚を自己規制する動きがマスコミの中から出てきてもよさそうに思うのだが……

かなりの試行錯誤をへて、なんとか問題の扉の錠前に合う鍵をさぐり当てたような気がする。そろそろローレンツ攻撃も終りにしよう。彼の性行にかかわらず、学問上の業績は大きいのだ。現にぼくのローレンツ批判もある意味ではローレンツの方法を援用したものである。それに彼自身の率直な告白もある。『動物行動学』の中の一節だ。

［以下のことがらをつつみかくさず白状しなければならない。つまり《聖なる》おののきに満ちあふれ国歌を歌うことはすばらしい体験であり、そのおののきは年老

いたチンパンジーの皮膚の毛の逆立てに相当し、そしてこの反応のすべては基本的にある《敵》に対して向けられることを」

「……不格好な《身替り模型》によろこんでだまされる……この純粋な生理学的基盤なしには……ユダヤ人迫害といった扇動によって意図的になされた大衆的残虐行為は基本的に不可能であったろうと主張したい」

ローレンツには国歌を耳にしてもいっこう逆毛立ったりしない人間がいることを理解できないのだろうか。正直言ってぼくは国歌を聞くと羞恥心と嫌悪感でいっぱいになる。子供の頃からそうだった。『方舟さくら丸』のモチーフの一つもそこにある。ドナルド・キーンもオリンピック嫌いの理由の一つに国旗掲揚をあげていた。不思議なことだ。国歌や国旗の歴史がついせんだって始まったばかりの、生得的なものとはなんの関係もない幼いものであることになぜ気付かないのだろう。けっきょくローレンツは心底からのファシストであり、しかしファシズムが不都合であることを理性のうえでは認め得るだけの良識はそなえ、だが不都合ではあっても《悪》ではないことを自分の学問的成果によって証明したいとひたすら願っているようだ。「ユダヤ人迫害」さえ《純粋な生理学的基盤》による結果になってしまう。扇動者ヒットラーも媒介者以上の責任はとらされずにすむのだ。

ところがそのローレンツさえしぶしぶ認めざるを得ない人間的現実があるのだ。彼はその現象を《家畜化》と規定している。ぼくはあまり適切な規定のしかただとは思わない。《家畜》という表現自体のなかに、すでに偏見と蔑視の意図を感じてしまうのだ。事実ローレンツも蔑視の気持を隠そうとはしない。例によって「審美的な領域」を持ち出し、《家畜化現象》は醜いものだと決めつける。さらに「醜いと感じるもののほとんどが家畜化現象である」とまで言い切っている。「筋肉のたるみ、たれさがった腹、X脚、相対的に小さい近眼、たるんだ人相、さいづち頭……」その逆の証明としてファッション産業が示すデザインの傾向を取り上げてはばからないのだ。そしてまたしても黄金分割！

にもかかわらず、ここで《家畜化現象》が問題になった動機は、まったく別の所にあったのだ。

「アルノルト・ゲーレンが人間について《本性として文化的な存在》であるというとき、この大胆な概念は、比較行動研究の観点から、確実に正しいものとして証明されている。われわれはすでに、人間は《本能の減退した生物》であることを述べた。ゲーレンが本質的特徴とみなした、人間の《世界解放性》——特異的な、遺伝的に固定された環境世界適応から大幅に自由であること——は一つの特質であり、その大部分は固定的で生得的な反応の《家畜化》にもとづく欠失の結果である」［チャールズ・オーティス・ホイットマンは、家畜の《本能》の消失はけっして知的発達における後退を意味しないことをすでに認めていた……家畜はひんぱんに洞察によって問題を解くが、野生型にはそれができないこと……ホイットマンは注目すべき主張をした――「これらの《本能の誤り》は知能ではない。しかしそれらは開いた扉であり、それを通って、偉大な教育者たる経験がうまく入り込み、すべての知的奇跡を遂行するのである」と……］

つまり問題になっているのは「開かれたプログラム」という、人間固有の存在様式なのである。動物行動からの類推だけでは説明不可能な、人間固有の行動原理に目を向けないかぎり、ローレンツといえども自分の人間論（反平等主義）を展開するのが困難になってきたのだ。しかし素直に人間の特異性を認めてしまっては自分の立場がなくなってしまうので、意地をはって《家畜化》をとばくちに選んだというところなのだろう。本末転倒もいいところである。まるで人間が家畜をつくったのではなく、家畜が人間を規定していると言わんばかりではないか。事実このあたりからローレンツらしからぬ粗雑な混乱がはじまるのだ。そしていよいよ《言語》の出番だが、もっとも重要なポイントなので、明日の作業にまわそう。これでなんとか峠を越せそうだ。

右眼が痛い。

九月十日　火曜日

正午、毎日新聞の電話で目をさます。十月の会議の社告が出たという知らせ。会議の翌日、新聞用にアメリカの分子生物学の先生と対談してほしいという依頼。ケネディはリチャードソン（元国防長官？）に変更だそうだ。どっちにしても共通の話題は期待できないのだから構わない。困ったのは講演の長さである。少くも一時間と考えていたのに、三十五分以内だそうだ。数ヶ月にわたって考えてきたこの大問題を、三十分にまとめるというのは、また別の苦労である。まあいいだろう。自分のための勉強だったと考えればすむことだ。とにかく自分を鞭打つにはいい機会だった。しかしいずれにしてもここ十日以内に作業を終了しなければならない。

講演のテーマは「技術と人間」だから、やはり問題を望遠する接眼レンズの部分は「技術」がいいだろう。「技術」について、一般に連想する課題にはどういうことがあるだろうか？　1）利用する側として、環境選択の拡大。ロボット、農業技術、コンピューター。便利。2）専門化の問題。生産化、商品化にあたっての独占、特許の問題。資本との結合。ロボットも農業技術も失業問題と結びつく。さらには南北格差の増大。3）フランケンシュタインの復活。たとえばエイズをめぐるSF的憶測。遺伝子工学の独走。人間の客体化（宇宙人みたいなのを最新造語でなんと言ったっけ？そう、たしかエイリァンだった）。4）超兵器。遺伝子工学と核兵器。国家と技術。技術管理の国家への白紙委任状。「国防上の機密」東西の対立の激化、地域紛争の機会の増大。

「技術と人間」という設問に一つ魅力が欠けるのは、その設問自体のなかにすでに解答の大枠が用意されてしまっているからである。主旋律は高らかに鳴りひびく「人間性回復の歌」だ。なんとなく心地よい響きをもっている。しかしなんの具体性もない。ただ技術と対立させた「人間性の回復」には、技術を重いヨロイのように脱ぎすててしまう解放感があり、裸、つまり初源に戻るいざないを感じるのだ。裸の心もとなさは、しぜん群化の衝動をうながす。集団の大義と本能的やすらぎ、ローレンツ流に言えば「衝動にちかい審美感覚」である。つまり「人間性の回復」は、回復する人間性の具体的内容やそのための方法などはどうでもよく、その言葉によって誘発される《陶酔感》に意味があるようだ。扇動家が愛用するスローガンと近似である。

帰納主義的に考えれば、当然のことだが技術は人間の一部である。動物の場合でも視覚的な輪郭だけでその総体を表現することは難しい。生得的な行動の構造、なわばり、一部の昆虫の場合には社会構成までふくめた輪郭が要求されるだろう。とくに人間の場合には技術や思考まで含めなければならないので、ちょうど宇宙像が視覚化困難なように困難をきわめる。相対性理論で言えば宇宙は有限だが、視覚化（三次元化）しようと思えば無限大のキャンバスが要求されるのだ。技術と人間を対立させたくなる心情に対して、いまは禁欲的な凝視の姿勢が求められる。

技術には大別して二つの流れがあるようだ。

A　手足の延長である工学的技術。（ロボット、遺伝子工学）

B　大脳の延長である思考（計算）技術。（コンピューター）

カッコの中はむろん通俗的イメージにすぎない。現実にはAとBは分離不可能である。ただ人間の危機意識に迫るためには、とくにBの設定が有効に思われるのだ。現代の危機意識には戦争を天災のように考える《終末観》と、不可侵の領域だった精神の領域が科学によって侵犯されそうだという《崩壊感》とがないまぜになっている。ここでぼくが最終的に主張したいことは、精神もまた人間の生理活動の一分野であり、その系統発生的な意味と作用を理解するためには、《言語》に帰納主義的自然科学の光を当てなければならないということだ。

パヴロフ、ローレンツ、チョムスキーという三頭立ての馬車に乗り込んでみたのもその狙い（ねら）だった。狙いはかなり正確だったように思う。《言語》という大岩礁（だいがんしょう）の露頭がついそこに見えはじめている。

《言語》を観察することの困難は、観察する手段もまた《言語》だという点にある。

面倒でももう一度ローレンツに引き返し、昨日のつづきの《家畜化》問題を片付けてしまわなければならない。

彼はよくよく人間の後天的能力がカンにさわるらしく、のっけから《家畜化現象》などを持ち出してきたが、《家畜化》が自然現象として進化の過程に発生したものではなく、人間によって形成されたあくまでも人工的なものであることは、あらためて検証するまでもないことだ。一般に生物は淘汰圧だけをたよりに環境に適応していく。受動的に突然変異を待ちうけなければならないだけでなく、適応を効果的に固定していくためには、解発機構の土台固めと構成にじっくり手間ひまかけなければならない。さらにその適応が種の維持に有効だったとしても、あくまでも結果論にすぎず、合目的的な舵取り（かじとり）はまったくなされていないのだ。自然進化はおそろしくゆっくりしたものである。

しかし人間はある種の動物を家畜化するにあたって、遺伝の《傾斜》にはっきりした方向性を与えて誘導したのである。多産、肥大化、産乳量の増加、羽毛の増加、などに加えて飼育の容易さが狙いだった。本来動物の行動を解発する条件には、敵の襲撃のような瞬発的で急激なものと、季節の変化のような複合的でゆっくりしたものとがある。前者は特異的で、後者は普遍的だ。人間は社会的分業によってこの両者をたくみに統合してしまった。しぜん動物の家畜化にあたっても、この統合された環境制御力を駆使することになる。人間が獲得した環境支配のお裾分けだ。人間と類似の環境（あらゆる瞬間が不意の襲撃という危険にみたされた緊張からの解放）のお裾分けを受けた家畜が、食物摂取や交尾などもっとも深い種維持の行動をのぞく多くの本能を失ったとしてもべつに不思議はない。野生種と比較すると、全体的システムの崩壊は否定しえない事実だが、システムの欠落部分は人間が分担しているのだから家畜を責めてみてもはじまらない。まして審美的に醜悪だなどという中傷はもってのほかである。人間はその気になればサラブレッドのような家畜を創り出すことも出来たのだ。

ローレンツが言うように、何かのはずみに《家畜化現象》が人間を襲ったわけではなく、《家畜》はあくまでも人間の作品だったことを繰り返し強調しておきたい。

もちろんローレンツも人間性を《家畜化現象》だけで片付けるのは、さすがに気がひけるらしく、脈絡もなく《胎児化》という概念を持ち出してくる。［（人間の身体的特質は）ボルクが初めて観察し、決定的に証明したように……永続的な《幼若化》をもたらす種特異的な発生阻害の結果である」……たとえば人間の好奇心は類人猿の幼児期のそれと似ている……［ボルクはその現象群全体を人間の《胎児化》と名づけた」……動物界においては、個体発生の最終段階が省略され、幼生のままで性的に成熟してしまう《ネオテニー》なる現象がある……［人間の本質的特徴、すなわち環境世界との積極的で創造的な対決の維持は、（明らかに）ネオテニー現象である」

この最後の引用にはルビがふってある。文脈のうえからは、多少突発的だが、しかし疑いもなくこの一節は人間（これまでの文脈からは家畜化された）を肯定的に評価したものである。もちろんこのすぐ後にこう続く。［類人猿から人間への進化的飛躍は、新たに進化した生物（人間）にとって非常な危険が伴うという事実に、われわれは少しも驚かない……生得的行動の構造の縮小こそが人類の危機を招いた構造であるという事実を受け入れねばならない……」

立場はまったく逆だが、ローレンツもまた「人類の危機」を感じ、解決策を講じようとしていることは否定できないようだ。結論から言うとその解決のための具体案はさして特別なものではない。《人間の本当の価値》を知っている者（つまりローレンツのような真の科学者）が、民衆を信じ、面倒がらずに啓蒙書（けいもうしょ）を書くことである。異論はない。事実ローレンツはきわめて明快な文体で何冊もの影響力ある本を出版した。とくに『攻撃』などは歴史的名著である。

だが問題は《人間の本当の価値》の内容である。彼がしぶしぶ認めた《創造性》も《飽くなき好奇心》も《自由度》も《理性化》も、彼の立場からすれば決して《本当の価値》ではなかったのだ。だから彼は「人間化の両刃性」とは言わずにあくまでも「家畜化現象の両刃性」という言い方にこだわっている。そして結論として「いわゆる権力欲と同様に、攻撃行動の特定の病理学的増大は……家畜化に基く肥大の過程によっている」ことになる。ここで病理学的というのは、理性的な道徳では補償がきかないということらしい。くだいて言うと、ヒットラーの暴力礼賛も、理性的道徳の欠如などで咎められるべきではなく（そんなものは本来無力に決っているのだから）、むしろ家畜化現象の犠牲者として診断されるべきだ、と言うことになる。けっきょくのところ、例の《黄金分割的審美感覚》《直感的な善悪の判断》《家畜に対する嫌悪と侮蔑》《国歌への集団的熱狂》等々の古代的高揚感への回帰の祈りなのだろうか？

ぼくにはまったく無縁な立場である。ついでに言いそえておこう。彼の啓蒙の矛先は、つねに変らず反復して「憎き平等主義者」に向けられている！「平等主義者」こそが諸悪の根源であり、醜い《家畜》どもの代表なのである！

しかしそのローレンツも、厭うべき《家畜化現象》が、いったいどんな理由で起きたのかは理解できず、さんざん頭をひねった形跡がある。

「明らかに生得的解発機構の消失は、人間の多才とコスモポリタン性にとって欠くべからざる前提である。人類にもっとも近い系統発生上の類縁者である類人猿はきわめて狭い生活空間に対するすばらしい専門家である。そして――地質学的に見た――この《狭適応的》祖先型からの極端な《汎適応的》人間への突然の移行は、通常の種の変遷の過程に基いては十分に説明できない。それは数世紀という期間で起こりうる家畜化による固定的な生得的機構の脱分化過程という仮説によってのみ理解される」

進化の結果である《家畜化》を進化の原因にするという、臆面もないすりかえを仮説にしなければ、人間の誕生が説明できなかったのだ。ぼくならその「突然の移行」の分岐点に、《言語》の標識を立ててやる。そう、《言語》の誕生はまさに《遺伝子》レベルでの出来事だったのである。《家畜化》どころではなく、その瞬間は、《遺伝子》が《遺伝子》自身の発見への旅に出た驚くべき瞬間でもあったのだ。「はじめに《ことば》ありき」という《ことば》は、人類の誕生に関するかぎり生物学的に正しい。

九月十一日　水曜日

　薄暗がりの中を歩いていたとしよう。次の一歩をおろす、ちょうどそのあたりに、地面の他の部分とは違う色の《斑点(はんてん)》を見つけ、とっさに避けたとする。ぼくはその《斑点》を認知したことになるが、まだ認識したわけではない。さらに《斑点》の端を踏んでしまい、重心を移しかえてしまう前にすばやく身を引いたとしよう。この反射行動は、前の認知による反応とも違い、おそらく足が《斑点》の端に触れた感覚を刺激にした無条件反射にちかいものである。次に足が感じた違和感が、あわてて身をひくほどのものではなく、かりに踏みつけていても滑るとか転ぶとかの危険はなかったことを伝えてくる。経験との照合である。いくつもの条件反射の索引を検索し、神経に警戒信号の解除を伝えたのだ。状況によってはそのまま歩きつづける。しかしもう一度その《斑点》を確認しようとするかもしれない。ここで認識のレベルに達する。なぜそんな確認が必要なのだろう。二度と不意打ちをくわないためだ。それが腐食しかけた木の葉にすぎないことを認識し、《言語》レベルでのファイルと照合して安全を確認してしまえば、次は《認知》の段階で事前に警報装置の解除がおこなわれるのである。おどろくべき省力化だ。ローレンツなら、「家畜化にともなう本能欠失と、その代償として得た洞察力」と言うところだろう。しかしこれが《言語》のもたらした新世界なのである。ちょっぴり言葉に出してみてもいい。「くそ、驚かすなよ！」《言語》の体系、構造、機能、意味を、総体として把握するのは難しい。そもそも《把握》という作業そのものが《言語》の機能の一部だからだ。言ってみれば鏡に鏡を映すような作業だ。映し出されるものは無にすぎない。鏡に鏡を投影した際のメカニズムは、何か任意の別のものを間に置き、その仮に托した像の結び方から類推していくしかないのである。しかしある程度は《言語》についての規定をしておく必要がある。《言語》というサインから喚起される内容は、人によってまちまちすぎるし、一般に過少評価される傾向が見られるからだ。われわれは空気のように《言語》を消費しながら、その《言語》を意識することは少ない。それにあらたまって意識された《言語》イメージは多くの場合、ある程度以上の意味内容をふくんだ構文である。たとえば一編の映画を観たとしよう。そのなかに含まれていた《言語》を考えるとき、誰でもまず思い浮べるのは「せりふ」の部分だろう。たしかに「せりふ」は《言語》である。だが「せりふ」だけが《言語》なのではない。その映画の総体――テーマ、プロット、共感や反発など――が《言語》なしには存在しえないのだ。もっと単純な例として、落とし物（たとえば財布）をした時のことを考えてみよう。記憶のなかで落す機会があった情景を、自分の行動にそってなぞっていく。どこかの階段を降り、電話ボックスに入ってポケットに手をいれている……どこかの喫茶店のレジの前で支払いをしようとしてポケットに手をいれている……駅の切符売り場でポケットに手をいれている……それぞれの情景を思い浮べるのに、かならずしもいちいち「独白」で確認を取っているわけではない。イメージの再現だけで十分だ。つまり『右脳』によるアナログ的な追跡だけでこと足りるのである。だが、それらの情景を時間の連鎖のなかに位置づけて、行動の順序が記憶どおりであるかどうかを確認する作業は、もはやイメージの役割ではない。またCの地点で金の支払いが出来たのだから、それ以前のA、B地点で財布を落した可能性はない、というような消去法的推理能力はあきらかにイメージを越えたものだ。《言語》、つまり『左脳』のデジタル的思考を駆使しているのである。むろん独白にもなっていない、極度に簡略化された高速思考である。しかしいくら簡略化されていても、《言語》としての構造をもった母型はちゃんと背後にひかえているのだ。その証拠に、必要とあれば（交番に届け出る場合など）すべての状況を第三者に伝達可能である。

じっと目をこらしていると、意識の総体が、チカチカ光る《言語》の渦で占められた星雲のようなものであることが分る。無意識（正確には意識下の領域）を見ることのほうが難しい。よほど修練を経た禅僧ならともかく、普通人の普通の状態では、夢の一部（ノンレム睡眠）を除くとつねに点滅する《言語》の雲にとり囲まれているのだ。人間と動物の世界は、厚い意識という大気にくるまれた地球と、むき出しの月ほどの違いがある。擬人化なしに動物の世界を想像するのが困難なのは、想像自体がすでに《言語》による意識化の作業だからだ。

夢からさめて、その夢の内容を思い出せないとき、異様な苦痛におそわれることがある。あれは《言語化》の要求が満されないおびえなのだ。《言語化》の衝動は思った以上に激しいものである。いったんその衝動が満されてしまえば、心理的な平衡を取り戻す。これは《言語化》の衝動が本能的に逆らいがたいものであることを示すと同時に、《言語》がいかにわれわれの日常を支配しているかの証明でもあるだろう。「精神分析学」は満されない《言語化》の苦痛を読もうとした学問だ。ある種の精神的苦痛を、意識下の刺激が言語との対応を失ったための失調状態とみなしたのである。

だからと言って本能や無意識の領域を軽視するつもりはない。軽視するどころか《言語》でさえ遺伝子レベルに基礎を置いていることを最大の論拠にしているつもりである。しかしローレンツが考えているほどに、理性が尊重され、本能が軽視されているわけでもないのだ。現にそのローレンツの《言語》観の貧弱さには呆然とするしかない。『記載なしですますという当世流行の錯誤』（日高敏隆訳）のなかの「知識の源泉としての言語」というもっともらしいタイトルの一節のなかで、先生はこう述べている。［……自然発生的言語は、主観的な心理学的事実をもっとも微妙な形で反映しています……それゆえ、質的に限定できるような人間の動機づけに対して、言語がつくりだした単語はすべて実在に対応するものと（みなすことが出来）……だから科学的なアプローチにとっても（それらの単語の考察は）貴重な助けになるでしょう。多くのそのような単語——愛、友情、憎しみ、嫉妬、羨望、情欲、恐怖、激怒——がありますが、それでもその数には限りがあります。事実、私は今これ以上は考えつきません］

言語はただの語彙集なのだろうか。それもそんなに貧弱な辞書なのだろうか。知識の源泉になる「ことば」は、たったの八語しかないのだろうか。ローレンツは何を使って彼の大論文をものしたつもりなのだろう？

これほどではなくても、《言語》はしばしば出来の悪い運搬道具なみのあつかいを受けることがある。もうかなり前のことだがアメリカの大学で勉強したあるプラグマティストは、はっきりこう断言した。［不完全な言語のおかげで、思考の伝達が不完全にしか行われない。だから思考が成熟すれば、言語にかかわるもっと効率のいい伝達手段が工夫される可能性がある。テレパシーなどもその一つとして、当然考慮されてしかるべきだろう」いまここで反論するつもりはない。次の小説『スプーン曲げの少年』にはいやでも深くかかわってくる問題だ。馬鹿々々しいとだけ言っておこう。

断っておくがローレンツと言えども、このプラグマティストほどには馬鹿でない。すくなくも認識機能について神秘主義におちいるような、非科学的態度はとっていない。別のところでは、たとえば『人間性の解体』(谷口茂訳)という本の中の「分化的進化」の章などでは、チョムスキーの見解を引用してほぼ同意を与えているのである。「(ある動物が)人間化の入口で、(外界の探索行動をする際)自分の探索している手が、探索されている対象と、同じ外界の一対象であることを発見したのだ。この瞬間に、把握から理解への最初の架橋が遂行された。ノーム・チョムスキーの見解によれば、概念的思考は環境支配のために生じたものであり、ようやく二次的に言葉との関係に達したのである。この想定には、たしかに有力な論拠がある。しかしながら私は、概念的思考と言葉とは手に手をとって生じたと確信している」

ほとんどぼくの言い分と一致している。べつに反論の余地はない。ここまで理解していながら、肝心のところでなぜあんな暴論におちいってしまうのか。《言語》概念がひどく定義しにくいせいもあるだろう。《言語》の定義は、いわば定義の定義である。仮に未来の科学が分子生物学的大脳生理学を確立し、言語機能を科学的検証の対象にふくめることに成功したとしても、それで《言語》世界を説明しつくすわけにはいかないのだ。だからといってローレンツのように、のばしたゴム紐を手から離してしまうような反応は不可解と言わざるを得ない。よほど《言語》によって展開された人間部分が気に入らないのだろう。きっと深く考えてみるのも嫌なのだ。その証拠に、せっかくチョムスキーに言及したすぐ後に続く意見が次のとおりである。［というのは、ただ概念への芽が与えられるや否や、ただちにそれに対して言語的象徴が見いだされたと思われるからである］どうやら《言語》をスタンプ程度のものとしか考えていないようだ。命名もたしかに言語の重要な機能の一つだろうが、それだけだったら、ことさら《言語》が生得的なものか獲得的なものかで論争するほどのこともない。単に対象に言語的象徴を対応させたことが問題なのではなく、対象世界の構造に、構造をもった言語（つまり文法）を対応させたことが、この人間の飛翔力の源だったのである。

待てよ、こいつはおかしい。この『人間性の解体』という本には、前に引用した『動物行動学』の内容とはまったく逆のことが書いてある。例の《国歌》についての意見だ。前はチンパンジーの逆毛立てだったのが、ここでは「いっしょに歌うこと、それは悪魔に庇を貸すこと」に変っている。そしてさらに「間脳が喋るとき、それは新皮質を黙らせる」という名文句までが添えられている。一八〇度の転換だ。どうしたのだろう。書かれた年代を調べてみることにする。なるほど、『動物行動学』は1950年、『人間性の解体』は1983年だ。この三十三年の間に、おおきく自己批判があったようである。もちろん後の意見を尊重しよう。
そう言えばキャンベルの論文をふくむエヴァンズの『ローレンツの思想』が1975年だから、あんがいキャンベルの批判などが影響を与えたのだろうか。

三浦和義逮捕！　映画以外で犯人逮捕の現場を見るのは始めてだ。

九月十二日　木曜日
午前二時半まで三浦逮捕についてのテレビ見物。野次馬根性。このなかにも様々な行動解発因子がうごめいている。三浦の人物批評はまた別の機会ということにして、この複合的な解発因子のうごめきは、とりあえず興味をひく問題である。
しばしば問題にされる、コンピューターと大脳の思考過程の相違も、この「うごめき」の有無とかかわり合っているのかもしれない。つまりコンピューターは代数方程式ふうに解答に向って最短距離を探索する。頭に豆電球をつけた一匹のネズミが暗い迷路のなかを駆けまわる情景を想像すればいい。それに対して大脳の思考はジェームス・ジョイス風だ。多数の出発点から多数のネズミ（解発された言語）たちが同時にスタートする。豆電球を明滅させながらいったん迷路の全体に拡散する。やがて縞目（しまめ）になったり、網目になったり、不規則だが濃淡の傾向を持ちはじめる。孤立した豆電球は消える。接触してネズミどうしでエネルギーのバトン・タッチが行われ、一匹の電球の輝度が二倍になる。時間とともに、宇宙で星が誕生するような過程が進行する。一つ、もしくは複数の強い輝点が太陽になって静止する。（パヴロフの実験のなかの、大脳半球における刺激の拡散と集中というのも、たぶんこの現象を指しているのだろう）

人工頭脳が人間の思考に追い付くかどうかの論議も、この大脳の刺激汎化（拡散過程）という無駄をプログラム出来るかどうかにかかってくる。言ってみれば人生のプログラムだ。出来るかもしれないが、おそろしく使いにくい機械になるだろう。「気分」をもった機械は、機械としてはたぶん失格である。

一般的に言語による思考過程を《理性・的》なものとみなしがちだ。しかし《理性》と《理性的》とは区別して考える必要があるかもしれない。仮に《言語》の本質であるデジタル的過程を《理性》と規定しても、いったん拡散状態を通過する以上、全過程がコンピューターのように論理的に運んでくれるとは限らないのだ。《理性》が《反理性的》に盲目飛行することだって十分考えられるのである。たとえば「筋のとおらない感情的発言」でも、発言である以上は《言語》であり、《言語》にはもともとそういう要素があるのだと考えるべきだろう。とくに本能の反乱などを考慮する必要はない。本来「生成文法」そのものが、起源を本能に負ったものなのである。

大脳は進化過程のもっとも最後に出現した、しかし組織学的には血液におとらず未分化な組織である。その矛盾にふさわしく、「相対性原理」から「憲法」にいたる厳密をきわめた思考から、まったく反理性的なシェパードの戯曲のセリフまでをカバーする汎用機なのだ。《理性》と《反理性》の境界線は、《言語》と《非言語》のあいだに求めるべきではなく、《言語》自身のなかの揺れ動く等圧線のようなものだと考えるべきだろう。

さて……もう何度目かの「さて」だが、こんどこそは最後の「さて」にしたい……そもそもぼくが思想の梃子(てこ)の支点としての《言語》を考えるようになったのは、たしか今年のはじめＮＨＫでの渡辺格(わたなべいたる)氏との対談の際、参考までに目を通した『分子から精神へ』という本のせいが大きかったように思う。柴谷篤弘と藤岡喜愛という二人の対談である。柴谷氏はオーストラリア連邦科学産業研究機構上級主任研究員（専門分子生物学）、藤岡氏は愛媛大学教授、医学博士（専門人類学）。ふたりとも大変えらい人らしい。対談内容もたしかに才気カンパツ凡人をよせつけないものがある。（中断）

☆［もらい泣きについて］　8チャンネルのテレビ・ニュースで、人気アナウンサーがからかわれていた。四年前、三浦容疑者がロスから意識不明の妻と一緒に戻ってきたときのヴィディオの画面だ。三浦がこみあげてくる嗚咽に声をふるわせる。つられて質問するアナウンサーも涙ぐむ。画面の外から憮然とした調子で呟くアナウンサー。「とても信じられません、早く真相が知りたいと思います」無理もない。なんとも真にせまった愁嘆場なのだ。逮捕が現に行われた以上、鰐の空涙にすぎなかったのだろうが、いくらそう言い聞かせてみても信じられないほどの演技力である。どう見ても生得的解発機構によって解発された行動そのものだ。ある種の涙は感染によって《群》を一つの「気分」に誘いこむ目的を持っている。つまり感染力を持つということは、本能の必要にして十分な条件でもあるわけだ。（笑いの感染力も馬鹿にならないが、《群化》のしかたにかなりの差があるようだ。涙のほうが個体の変容率も圧縮率も高い）そして現にアナウンサーが「もらい泣き」してくれた。と言うことは、人間は《意識》レベルでほぼ本能に近い効力をもった表現を模倣できることになる。《無意識》が《意識》を代行できても（大は小をかねる）不思議はないが、《意識》が《無意識》を代行できるとなると、《言語》領域についてさらに拡張した理解が求められるのではないか。

（前につづく）だいたいぼくが分子生物学に興味をもったきっかけは……誰にとっても同じことだろうが……従来二元論的に考えられがちだった生命と物質を、還元主義的方法で統一してみせてくれた点にあった。分子生物学が基本的にはほぼ完成の域に達し、今後の方向を摸索中だと聞いていたぼくは、当然その成果を精神現象の還元主義的解明に向けるものと期待していたわけだ。

ところが『分子から精神へ』という本のなかでは、まったく違った立場が展開されている。遺伝の法則を分子レベルで説明する手がかりをつかんだ成果に、いちどは酔ってはみたものの、やがて全動物をつらぬくＤＮＡの法則に一貫性がないことが分り、そうなるとせっかく分析してきた道を逆にたどって総合にむかう希望も完全に絶たれてしまった、これこそ還元主義の行き詰まりである、という悲観論。（素粒子追跡の苦労と混乱と忍耐を思い出してほしいよ！）そこで非線形などが持ち出され、物理学万能主義が愚弄され、ついには精神集中から呼吸法までが真剣な話題になり、最後はひどく神秘主義的な雰囲気になって「水瓶座境界領域」（？）が普及してくれないことの不満にまで辿りつく。呆れた「肉体と精神の二元論」だ。あんがいこれが一般的な知的風潮なのだろうか。

九月十四日　土曜日

昨夜は午前三時まで深夜映画を観てしまう。「クルージング」八十年制作。アル・パシーノ主演。監督脚本は忘れてしまったが、同一人物。これはかなりの才能の持ち主だ。しかし一般受けはしない。ぼく自身、九割方つまらない、と言うより不快感をぬぐえなかったが、最後の一割で感心し、それまでの不快感までが了解できるものに逆転した。連続殺人がつづくゲイの世界に、「おとり捜査」のために潜入した若い警官が、やがて一人の若いホモに出会う。誘いをかける。公園のなかの使われなくなったトンネルの中。ズボンを脱ぎかける二人。もみあいになって、警官がナイフでホモを刺す。そのナイフはむろん連続殺人に使われていたものと同一の品。その場面はこれまでのいきさつから見て、当然ホモが先にナイフを繰り出し、警官が奪い取って身をまもったように解釈できる。警察としてもそう解釈してホモを自白に追い込む。若い警官は刑事に昇進を約束される。ところがその直後、ふたたび同じ手口の殺人事件がおこる。その頃若い警官は婚約者の部屋を訪ねている。顔を洗い、髭を剃っている。隣の部屋で婚約者が、警官の脱ぎ捨てたゲイの服（黒い皮ジャンパーとナチスまがいの制帽と濃いサングラス）をつぎつぎ身につけていく。警官の顔のアップ。日常性を失っていることは分るが、それ以上は解読不能な表情。THE END.

言ってみればこれは別の物語の発端である。いかなるカタルシスも完全に拒絶されている。プロットは表面には出てこない警官の内部の質的な変化だけである。しかもその変化は警官自身にも自覚されていないものだから、画面の上でもまったく説明されていない。真犯人の殺人の動機は誰にも分らないまま、警官の最後の表情に凝縮され、観客自身がそこから解読するしかないのである。とても興行的に成功したとは思えない。しかしこんな本質的に難解な映画に投資したプロデューサーがいるとは驚きだ。アメリカに脱帽。

『分子から精神へ』という題名につられたぼくは、期待が大きかっただけに失望も大きかった。羊頭狗肉もいいところである。渡辺格氏との対談を控えていたこともあって、脳味噌のアクセルが全開になり猛然とピストンバルブが吹き上った。多くの二元論者の考えのなかに《言語》というキーワードが完全に欠落していることに思い当った。つづいてチョムスキーの「生成文法」の存在を思い出し、パヴロフの「条件反射第二系」を思いついていた。そう、問題は《言語》なのだ！　ぼくのような忘れっぽい人間の頭でも、いざとなると意外な連合能力を見せてくれる。大脳皮質のメモリー能力には薄気味悪いほどだ。将来ノイロンとシナプスの連絡経路が観察可能になったら、本人にも意識されていない人間形成史のグラフィック表示が可能になるかもしれない。能力の開発と管理という両刃のヤイバがまた一つ増えることになる。

この問題を考えはじめていたことと、『方舟さくら丸』を書きあげ次の『スプーン曲げの少年』のテーマに取り組みはじめていた矢先という条件が、考えるだけでもなじめない国際会議への出席を引き受けてしまった理由である。おかげで『日記』などという、生れて始めての勤勉さを発揮できたのだから文句は言えない。

分子生物学から精神への手懸りは《言語》にあるはずだ、と言うぼくの意見に、渡辺格氏は微かだが動揺に似た反応を示した。還元主義的自然科学者としての直感だったと信じたい。しかし氏が本気で分子生物学の立場から言語問題に取り組むかどうかは疑わしい。たしかにDNAから言語までを還元主義一本槍で処理するのには無理がある。大脳、とくに新皮質のメカニズムが、遺伝子図書館のどの部分にどんな配列で管理されているかを検索することは将来たぶん可能になるだろう。しかしそれはあくまでもハードの解析であってソフト解明ではない。大脳皮質のメカニズムをモデルとして再現、あるいは構成することと、そのモデルを実際に運転することとは完全に別問題なのである。とくに第一系の条件反射から、第二系の条件反射への飛躍的進化の部分は、《言語》という認識機能の特異性（自己投影の認識）からして、従来の科学の方法では不可能かもしれないのだ。だからと言って超科学（ニュー・サイエンス?）の出番だというわけではない。三次元空間を二次元の座標では表記できなくても、積分の概念を導入すれば同じカテゴリーの体系内に納めることが出来る。三次元空間は二次元空間の否定でないばかりか、二次元空間の認識なしには認識できない概念なのである。たぶん《言語》に到達するにも積分に似た思考の飛躍が必要になるのだろう。しかし還元主義的方法が無用になるわけではない。どんなソフトの開発にも、それに応じたハードの開発が前提なのである。《言語》の扉を前にして、分子生物学や大脳生理学の役割に対する期待はいささかも減ずるものではない。

もちろん精神という言葉にはもともと物質や肉体に対して、異議申立ての含みを感じさせるものがある。心理的には二元論がむしろ自然な反応であることを認めるべきかもしれない。最近の超自然現象ばやり、とくに若年層むけの「超能力雑誌」の発行が目立つことも、科学と技術の混同が世論操作上の利点であることを直感的に心得ている各界のエリートたちの怠慢の中にあっては、当然の好奇心のはけぐちなのだろう。たしかに《精神》というやつは難物だ。精神は《言語》の機能であるなどという興醒めな主張よりは、ピラミッド・パワーのほうがはるかに魅力的に決まっている。白状するとぼく自身、啓蒙（というより通俗）科学雑誌を見て、解説どおりにピラミッドを造ってみようとしたことがある。刃物の切れ味がよくなるとか、植物の種子がたちまち発芽するとかいう効能に、なんとなくこだわってしまったのだ。信じるのと、こだわるのとでは、微妙な違いがある。信じてもいないのに、そうあれかしと願う「衝動」がはたらいて、ピラミッドの試作挑戦にひきつけられるのだ。ある意味では人間行動の基本形の一つである試行錯誤の誘いでもある。理屈のうえでは分っていても、体験として納得できなければ、なかなか「確信」のファイルに登録されないのだ。

もちろんピラミッド試作を実行するまでには至らなかった。その馬鹿々しさを見越す理性のほうが、体験の誘惑よりも強かったせいだろう。第一「パワー」なるものの効用があまりにも卑俗なレベルで実用的すぎる。人間の日常生活レベルでの便利さという点で関連がある以外、物理的にはなんのつながりもない事象を発現させる力場など考えられるわけがないではないか。それにこの場合、特定のピラミッドに「パワー」があるのではなく、一般的な「形状」が「パワー」の原因だと説かれている。「形状」というのは任意の幾何学的な座標にすぎず、「パワー」はおろか物質としての実在さえ不可能なのだ。それこそ超能力であり、シンボルとしての魔力である。「因果律」からの解放の衝動は、《言語》からの解放を望む《本能》の足掻きかもしれない。

たぶんテレビがしばしば超能力を扱いながら、それがトリックにすぎないことの証明に力をそそぐことはめったになく、せいぜい「信じられなくても疑いもできない、事実は事実として受け止めよう」と言ったスタイルに落ち着くのも、視聴率は「理性」よりも「本能」に働きかけたほうが稼げるという計算にもとづいているのだろう。通俗お子様番組だからといって見過してはいけない問題なのかもしれない。超能力、血液型、占星術、そう言った一見些細な《言語障害》が、堤防にあけられた蟻の穴の役目をして、やがて「愛国行進曲」の大合唱を可能にする免疫をつくっていく。まさにローレンツが言うとおり「間脳が喋るとき、新皮質は沈黙する」のである。もちろんこれは『スプーン曲げの少年』のテーマにも欠かせない視点だ。

ここで一つ注目すべきことは、いくら超能力の信者でも、たとえば日航ジャンボ機墜落事件については同乗者のなかに「スプーン曲げの少年」がいたかもしれないと言った疑惑はまず持たない点だ。ちゃんと使い分けをしているのである。ここにも楕円(だえん)構造のパターンが隠されている！

九月十五日　日曜日

一昨日の「朝日新聞」夕刊からの抜粋。ひさしぶりに、と言うより最近では珍しく救いのある明るいニュースである。

中国侵略「加害責任」再び映画に　製作班が現地調査

日中戦争をテーマとした記録映画「語られなかった戦争――侵略」をつくり、その上映運動を進めてきた戦後世代のグループが、旧日本軍による中国侵略の実態調査のために、今年の夏、中国の東北部（旧満州）を訪問した。中国人を虐待(ぎゃくたい)した豊満ダムの万人坑、日本人として初めて訪れた長春の近代博物館、元抗日軍兵士とのインタビューなど中国側の資料をもとに、近く「侵略パートⅡ」の製作にとりかかる。

訪中したのは、静岡市に住む中学教師森正孝さん（四三）ら「侵略上映全国連絡会」のメンバー二十二人。七月二十六日から八月六日まで、ハルビン、長春、吉林（きつりん）、瀋陽（しんよう）、北京（ペキン）などを訪問した。

森さんらによると、珍しい資料として公開できるのは、吉林・豊満ダム建設の犠牲となった中国人労働者を記念する「豊満労工記念館」、長春の吉林省博物館の一角に最近オープンした、日本の侵略史を紹介する近代博物館、当時、日本軍に抵抗した東北抗日連軍の男女元兵士へのインタビュー、北京・盧溝橋（ろこうきょう）での虐殺の実態など。

実態調査は、同グループが一年前に中日友好協会に要請、同協会招待の形で実現した。中国側は現地で「この悲惨な体験を日中共同で伝える努力をしよう。日中友好の原点はそこにある。映画は中国にも送ってほしい」と述べたという。

映画は上映時間六十分、年内には完成の予定。

製作が中国側でなく、日本側の企画だった点に希望がもてる。日本人はこの問題をつい忘れがちだ。ぼく自身、ナチスだとかナチス的という表現を、つい他人事（ひとごと）のように使ってしまいがちである。ローレンツに対して、からかったり不快感を表明したりする際にだって、単に彼がゲルマン人だというだけでなく、自分は無関係な安全地帯にいるつもりになっていた。たしかにぼくは九割方、厭戦思想にとりつかれ、皇国史観とも、国家主義とも無関係に生きてきた。しかしそうしたぼくの反全体主義的思想形成をふくめて、今日の存在をあらしめているのは、まさにその侵略の収奪物による新陳代謝の結果なのである。連帯責任はまぬかれえまい。

日本人の内部にひそむローレンツ的選民意識を見逃さないこと。

しかしその前に民族的特異性というものが、厳密な意味ではたして存在するのかどうか、じっくり検証してみる必要もあるだろう。現象的にはたしかに文化的差異らしいものがはっきり存在している。風俗習慣はしばしば外来者にカルチャーショックを引き起す。だが風俗習慣が本質的な意味での民族形成の基本かどうか、いちおう疑ってみる必要もあるだろう。つまり風俗も習慣も《儀式化》の様式であり、固定化の強度は問題であっても、その内容にはさして意味がないとも考えられるからだ。残念ながら詳細は知らないが、アメリカのある学者の研究によると、《群》と《群》のあいだの如何なる差異も、《群》のなかの個体間の差異にははるかに及ばないと言う。それが本当なら、民族文化（伝統文化）の特異性など、儀式と識別のためのデザインにすぎないことになりかねない。国内向けの商品と、輸出用の商品のあいだに、とくに際立った差異がみとめられないことを考えると、信じてもいい意見のような気もしてくる。

もともと《言語》の形成は個人レベルでは成り立たないものなのだ。遺伝子レベルで用意された《言語の場》を基礎に、その集合体が個別言語の習得を可能にする。つまりこういうことだ。群を形成していさえすれば、おのず《言語》が習得されるような能力が、遺伝子のなかに組込まれている。その個別言語はそれぞれの群に固有なもので、群れの内部で共有できればいい。ただしその本質から言って、《生成文法》で基礎づけられているという性質は普遍則である。各《群》は違った個別言語で、それぞれ形式は違うが、文化という共通概念の領域を必然的に発展させる。どんなに異質であっても文化は文化だということだ。法則を突き止めさえすれば、たぶん相互に翻訳可能な範囲での差異にとどまるはずである。

ところで《言語形成》のために必要な最低の員数は何人くらいだったのだろう?いまのところは想像にすぎないが、原始人のバンドの構成員は類人猿の場合よりも多かったのではないかと思う。より多くの群を組織できる能力と、《言語》能力とは不可分な関係にあったような気がする。仮に類人猿の場合でも種を維持するためには、より多数の構成員の組織が有利だったとしても、採餌（さいじ）、生殖、出産、育児、外敵からの防衛、などのために遺伝子に組込まれたプログラムを遂行するためにおのず員数の制約があったはずだ。しかし人間の場合、《言語》がそのプログラムの檻(おり)の扉を開いてしまった。動物では想像も出来なかったジョイント・システムを形成してしまった。部族は拡張に拡張をかさね、個人的認知を越えてシンボルによる結集にまで到達する。そして《国家》に辿りつく。壮大な《言語》の伽藍(がらん)神殿である！

九月十六日　月曜日

《精神》の定義は難しい。しかし無定義のまま日常語としてはじゅうぶんに通用する。会話の前後の関係から、容易に了解しあえる場合が多い。だがその内容はまちまちで、状況が違えばほとんど共通項を見いだせないほどだ。

☆　敗因は《精神》のたるみだ、という運動部コーチの訓話。

☆　大事なのは《精神》ではなく魂だと説く宗教家。

☆　遵法(じゅんぽう)精神。

☆　健全な《精神》は健全な肉体にやどる。

☆　精神病院。精神病理学。精神科学。精神分析学。精神鑑定。

☆　精神年齢の低下をなげく。

☆　その偉大な《精神》は永遠にたたえられるでありましょう。

にもかかわらず、《精神》という同一概念で一括される共通性がまったくないわけではない。第一に、物質もしくは物質の運動として客観化できない点だろう。もっとも漠然とした精神概念を、さらに分類して、《精神》《霊魂》《心理》と区分する立場もある。《心理学》は単に心理現象を羅列分類するだけの古典的心理学を別にすれば、かなり肉体的基礎を考慮し、生理学的傾向を強めているとみなしてもいいだろう。いずれは広義の「生理学」の一分野に吸収されてしかるべき分野だと思う。ローレンツなどはパヴロフのことを偉大な「心理学者」とこともなげに言っているくらいだ。とくに日本の大学のように、「心理学」の講座が文学部にもうけられているなど、笑止の沙汰(さた)というほかはない。また「超心理学」という薄気味悪い疑似学派があり、古典心理学者のなれのはてが原稿料稼ぎをしているが、これなど逆に心理の肉体依存が定説化していることのあらわれとも言えるだろう。また《霊魂》についても、あるていど肉体依存の傾向を認めざるを得ない。心霊術の《魂》から、「三つ児(ご)の魂」の《魂》まで、昔は内臓の一種と同様に肉体のどこかに局在している「何か」と考えられていた。ふつうの物質とは違うが、状況に応じて物質化することができる、特殊な非物質とみなされていた。霊魂不滅や再生や輪廻(りんね)の思想の根拠である。それよりは多少合理的な立場として(ぼくも便宜上しばしば使用するが)、精神よりは未分化な、ローレンツが言う《審美的感覚》による善悪の判断的な意味で使われることがある。《信念》だとか《忠誠心》だとか、多少儀式的な衝動に関する概念のようだ。さまよえる霊魂も結局は肉体に戻るしかなさそうだ。

　そこでこの《心理》と《霊魂》を問題の《精神》から差し引くと、残りはひどく抽象的で透明なものになる。実態はますます遠ざかり、いくら追いつめようとしても、蜃気楼（しんきろう）のように逃げていく。どうやらこれ（精神）は「思考のプロセス」そのものであり、捕獲して標本箱に飾れるたぐいの「客体」ではなさそうだ。「思考のプロセス」を思考しているのだから、《精神》とは何かという問い自体の構造を、内省によって「あぶり出し」てみるしかない。あぶり出してみた結果、秘密の暗号文はこう読める。

《言語による言語の考察》

　九月十七日　火曜日

《精神》もしくは《言語》の獲得は、それまでの霊長類には不可能だった巨大な集団組織の形成を可能にした。その能力が種の維持にもたらした利益は何んだったのか。単純にまず戦闘力の増大があげられるだろう。しかしそれだけでは集団の持続は難しい。たぶん淘汰圧（とうたあつ）は《言語》による分業の能力を加速したはずだ。前にも触れた《棈円構造》的社会進化である。

ローレンツはこの［高度に組織化された社会的共同生活］を、［超個人的システム］と呼び、［伝統による文化形成］と規定している。ここがぼくとローレンツの基本的分岐点だ。社会形成に際して、《言語》はなにも伝統文化を固定する方向に機能しただけではない。社会集団はつねに《逸脱》を再生産する淘汰圧を内包していた。いくつもの民俗学的な報告も示しているとおり、いかに強固に義務づけられた《儀式》にも、かならず例外則がもうけられている。よく観察すると《儀式》の頂点である「まつりごと」自体がしばしば「儀式破り」の要素を持っていたりする。つまり《言語》による分業形成は、均等な構造を破壊するものであり、したがって動物集団としての《深層儀式》を解消して個人の自律性を拡大する方向に機能したはずだ。自律性の拡大は当然生産の拡大をうながし、集団内に利益をもたらす。もちろん矛盾も拡大するだろう。とくに個体間の序列が不安定になり、結束がゆるむ。

この状態は敵対集団にとって好個の攻撃目標になるはずだ。そこで防衛のために集団は戦闘優先の状況をつくり出さなければならない。集団が戦闘に全力をそそげるように、組織構造そのものを変更する必要がある。ちょうど一個の生体が、闘争のためには分化した各器官の個別能力を犠牲にしてでも、アドレナリンの分泌（ぶんぴつ）によって攻撃本能の指令に全身を従属させるのに似ている。集団もまたアドレナリンの分泌のために、シンボルを作り出す。《表層儀式》である。

《表層儀式》は《言語》によって形成される後天的なものだから、《深層儀式》のような夢遊病的拘束力はない。しかし《言語》による操作だけあってはるかに技巧的だ。所属集団に対する忠誠を、個人レベルでのあらゆる「本能」に優先させるために、「熱狂」と「恐怖」の壮麗な儀式を演出する。技術的にはともに《深層儀式》の模倣というスタイルをとる。「熱狂」は外敵（仮想敵でもいい）のサイン、「恐怖」は仲間から認知されないことの不安、と言った具合だ。ここでしばしば問題にされるのは、その外敵が人間以外の種ならともかく、同種間の殺害はめったにないという系統発生的法則がなぜ人間では機能しないのかという点だ。ローレンツは文化的退廃が、攻撃本能の背後にあるべき寛容（制御機能）を喪失させた（あるいは迷走させた）、と一旦は書いたが、後でチンパンジーが他集団を全員虐殺した例をひき、霊長類では「みな殺し」が生得的プログラムかもしれないと訂正している。ぼくはそのチンパンジーの軍事行動を観察したジェーン・ローウィク・グードルのものはまったく読んでいないので、論評を加える資格はないが、どうも腑に落ちない。類人猿行動学の、とくに野外観察の領域における日本人学者の活動は盛んなので、かなり多くの本に目を通しているつもりだ。敵グループの幼児殺害捕食がある儀式的性格を帯びていることの観察など、じつに印象的だった。ピグミー・チンパンジーでも、新入りの雌が子持ちである場合、グループのボスによる子殺しの例はあるらしい。そして子供を殺された雌はすぐに発情し、受胎可能になる。これは対立する二つの本能が、譲りあって対立を解消したわけで、系統発生的に矛盾はない。その本能の譲りあい（幼児殺害）の際、グループ全員が狂気にちかい興奮状態におちいるらしいが、非日常的な出来事を無害化するための《儀式》と考えれば納得がいく。こうした観察とローウィク・グードルの観察との間には、ひどくかけ離れた、両立しにくいものが感じられる。

しかしとりあえずは、両方の可能性がありうることにして話をすすめるしかない。どっちにしても、人間の場合、集団的行動が解発されるのはほとんど《言語》による鍵刺激なのである。例外は火事や龍巻や土石流の発生によるパニック、もしくは予告なしの電撃作戦で生活圏が突如戦場化した場合だろう。この場合は大半が本能的な集団化の法則に従って行動する。ごく少数の者が状況判断をして、選択的行動をとる。言語崩壊を食い止められた少数者だ。運がよければボスとして群の脱出に手を貸せるかもしれない。だが一般的に、戦争は開始する以前からすでに始まっているものだ。どんな国家的儀式でも百パーセント臨戦態勢そのものだと考えてまず間違いないだろう。《表層儀式》が反復され洗練度を増すにつれてしっかりと枝をひろげ、《深層儀式》に根をからませる。つまり《表層儀式》は単なる《深層儀式》の投影ではないし、ローレンツが言うような対立物でもないのである。ここで分ることは《言語》の二重機能だ。分業によって個体の自由度をひろげたはずの《言語》が、同時に群を戦士へと均等化する《儀式化》の鍵刺激としても作用しているのである。《言語》が人間の行動を拘束したり解放したりするメカニズムが、理解や納得という「意味領域」を越えて、感覚刺激にも匹敵する強制力を持つ理由について考えてみたい。《言語能力》の基礎が遺伝子に組込まれたプログラムであることと無関係ではないはずだ。

ここで一つ重大な反省と弁明をしておかなければならない。「生成文法」という用語の乱用についてである。チョムスキーはこの概念をきわめて厳密に規定している。その規定によれば、遺伝子に組込まれたプログラムに従って個別言語が成熟していく過程、つまり生成の法則を「生成文法」と名付けているのである。プログラムそのものは「普遍文法」だ。今後はぼくも区別して扱うことにしよう。

もう一つ、チョムスキーの立場を分りやすく説明している文章の引用。

「われわれは、子供が「言語を憶(おぼ)える」と言い、言語が成長するあるいは成熟するなどとは言わない。(しかしそれは言語の特殊性からくる誤解なのだ。なぜなら、生理的器官についてはまったく逆の表現をする）われわれは胎児が翼ではなく腕を持つことを学習する……生殖器官を持つことを学習する、などとは言わないのである」

ところで「生成文法」という考え方を内省的に内側からなぞってみると、嫌でも次の原理を認めざるを得なくなる。「理性」は現実の法則ではなく、可能な文法の法則だということだ。これは決して不可知論ではないし、主観主義でもない。受容器の法則に対応して外界が認知されるという当然の話であって、むしろ超越的なものを拒否する立場である。どんな自然科学的法則もこの立場と矛盾しない以上、この作業仮説を容認してなんら不都合はないはずだ。ついでにもう一つ作業仮説を重ねてみよう。

「文化の構造は生成文法の生成過程に対応する！」

残された二、三の問題の整理。

（A）《深層儀式》としてなお人間社会に有効に機能しつづけている要素は何か？
（B）忠誠の感情が国家レベルに拡大していくメカニズムの解明。
（C）戦争を評価する尺度の多様性について。
（D）戦争否定の根拠。

（E）《言語》はどこまで国家儀式に介入できるか？　その方法は？
たぶん敵対者の立場から、逆説的に考えてみるのがいいだろう。

九月十八日　水曜日

キーン氏と宇佐美で夕食。伊豆スカイラインは濃霧。

面白いミネアポリスの新聞を見せられた。むこうの版で四半分ほどもある写真入りの大きな記事だ。その写真はぼくのものではないが、記事のなかにはいたるところＫｏｂｏ　Ａｂｅの名前が散見している。なんでもその写真の主は、大学院の学生で、鞄（かばん）を盗まれたらしいのだ。幸いあとで鞄は発見されたし、小切手帳なども無事だった。しかし肌身はなさず持ち歩いていた大事な書類だけが消えていた。その書類というのが『安部公房論』で、学位取得のための論文だったらしい。その失望を伝える記事だったというわけだ。

キーン氏が持っていたサクラの花の絵葉書に、短いなぐさめの記事を書いてやる。全く妙なことで知名度を高めたものである。

いったん全文をプリントアウト、読み返してみよう。この辺で十月の講演用の草稿は、なんとかまとまってくれそうな気がしている。

九月十九日　木曜日

コピーを百二十ページまでチェックしながら読みかえしてみた。いい線を行っているような気がする。

外で日ごろにない騒然とした気配。地元の選挙らしい。

昨日宇佐美で買った「毎日新聞」に偶然来月のシンポジウムの大きな社告が掲載されていた。まとめの手懸りになるかもしれないので、要旨の抜粋をしておこう。

来月八、九日　大阪で国際シンポ　新しい価値観探る

［人間と科学……共存の道は］

★　科学技術のブラック・ボックス化。無関心は、技術の独り歩きを招きかねない。

★　先端巨大技術の予測不可能な影響力。

☆宇宙開発分野。

(光) 通信情報。気象衛星。通信衛星。世界ニュースの生中継。

(影) 宇宙兵器。

☆バイオテクノロジー。
(光) 遺伝子組み替え技術による、インシュリンや成長ホルモンの生産工業化。組織培養による食糧増産技術。微生物を利用したバイオ・プラント。エネルギー・コストの低下。遺伝子病治療の可能性。

(影) SF的に言えば、クローン人間の可能性。私見によれば、生物化学兵器。
☆コンピューター。
問題が広すぎるせいだろう、(光) についても (影) についても具体的には触れていない。関心の的は第五世代 (知能) コンピューターにあるようだ。神経症、鬱病(うつびょう)、創造性の低下などがあげられている。
★ 共存のための秩序確立、暴走に対する監視体制、人類生存の尊厳を守るための新しい価値観の創造。
[パネリストの横顔]
アレキサンダー・キング　ローマクラブ会長 (英)
エリオット・L・リチャードソン　元司法、国防長官 (米)

安部公房　作家（日）
ドナルド・D・ブラウン　分子生物学者（米）
A・T・アリヤラトネ　宗教家（スリランカ）
矢野暢　コーディネーター、京大教授、外交史（日）

プリント・アウトされた日記全文を通読してみた。自分で言うのも妙だが、予想していた以上に難解な内容である。これを三十分の講義にまとめあげるのはかなり腕力がいる仕事だ。聴衆は素人だろうから、具体的な展開のほうがいいだろうし、ますますテーマを絞り込んで要約する必要がある。どこに焦点を当てるべきだろうか。

「技術と人間」というテーマは、ぼくが追いかけてきた《言語》をめぐる諸問題と本質的には一致するが、微妙なズレもないではない。とくにシンポジウムが求めているものとは、かなりの食違いが感じられる。困ったことに、この「技術と人間」というテーマは、問題提起のしかた自体のなかにすでに解答が用意されているのだ。しかしそんな挙げ足取りをしてみても始まるまい。テーマの隙間にうまくぼく自身のテーマをはさみ込んで、料理してしまうことである。

それとも正面きって、「国家と言語」に照準を合わせてしまうべきなのか？

九月二十日　金曜日

どうしてもここで訴えておかなければならないこと。

逆算すると、結論は「四権分立」の問題である。その一部門としての「教育府」の設置を民主主義の原則とする提案。その理由は……

九月二十一日　土曜日

……その理由は、

まず《技術》が現代の悪玉に仕立てられた理由から始めるべきだろう。そこから《国家と儀式》の関係にすすみ、《言語》の楕円運動を解析する。しかし詳細は別のフロッピーにしたほうがよさそうだ。いったん日記は中断して、まとめの作業が終了してからコピーをとることにする。

十月十三日　日曜日

大阪での国際シンポジウム、無事終了。準備にかけた労力に加え、三日間の完全身柄拘束はかなりこたえた。関節という関節に麻薬を注射したようなけだるさ。他人が思っているほどタフではないのかもしれない。とにかく完成した草稿をコピーしておこう。

[1985. 5. 12—10. 13]

もぐら日記 II

十月十三日　日曜日（続）

聴衆の受けはよかったが、後味はあまりよくない。原稿の棒読みには慣れていないので、時間切れになり、途中三分の一くらいを端折（はしょ）らざるをえなかった。もっと混乱したのは通訳陣だろう。外国人のパネラーたちには内容がよく伝わらなかったような気がする。そこで全文をどこか雑誌にでも掲載しようと、新田氏に相談、ともかく主催者である「毎日」の了解をとることにする。ところが「毎日」社長が草稿を読み、本紙学芸欄での連載を決めてしまった。さすがは社長だと言うべきだろうか。まあ、これはこれでいいだろう。新聞のほうがどんな雑誌よりも公器としての力を持っている。

ローマ・クラブのキング会長の発言が、いちばん整理されていたし、内容もあった。

あとの連中は、陳腐。

ひどい風雨。テレビのニュースを見ていると、東京では青空がひろがり、気温は三十度、人々はアイスクリームを舐めながら真夏の服装で歩いている。わずか百キロの距離で、たいへんな違いだ。ここでは濃霧が底引き網のように木の枝をからめて走っている。

総体的に、こんどの勉強は無駄でなかったと思う。《言語》による儀式化の方程式が、ぼくの思考の底で有機的に作動するようになったのが分る。この思考方法を自分のものにすることが出来たのだ。こうなると応用も楽だろう。めりはりのある脱皮。次の小説にどう反映するかが楽しみである。

十月十六日　水曜日

クンデラの作品を読みはじめた。面白そうだ。キーン氏の言うとおり、たしかにぼくと資質が似通っている。中部ヨーロッパの民族的特質にこだわりすぎるところを除けば、思想的にも共通点が多い。芸術的評価については、手許の二冊を読みおえてからにしよう。現代のカフカと呼ばれているらしいが、それにしては象徴に凝縮する力が弱いような気がしないでもない。

夜に入って、家が揺れるほどの強風。

明日はノーベル文学賞の発表らしい。新聞社からしきりに探りの電話がかかってくる。しだいに腹立たしくなってくる。まるで競馬の予想なみだ。ただの読物作家や、随想作家などと同列に並べられて論じられるのは我慢ならない。見識がなさすぎる。早く明日の夜が過ぎてほしいものだ。

十月十七日　木曜日

風は凪(な)いだが、濃霧。

毎日につづいて朝日からも張り込みの挨拶(あいさつ)。担当記者には同情するが、不愉快だ。紀ノ国氏に連絡して、SEIBUのチェニジー担当者に早く会おう。善は急げ！

(残念ながら今日は木曜日でSEIBUは休み)

昨日のテレビは夜に入ってから全局が西武ライオンズの優勝ニュース一色で塗りつぶされる。馬鹿々々(ばかばか)しいが、こうした《ファン》形成の法則をよく観察すれば、人間の集団帰属衝動の構造を解明する手懸りをつかめるかもしれない。この無邪気な「儀式」の産業化。ここまで集団の規模を巨大化できるのは、やはりテレビという情報メディアの普及のおかげだろう。「人間行動学」と「情報問題」の統一がさしあたっての課題である。

ノーベル賞はクロード・シモンに決定。また一年いらいらさせられるのかと思うと気が重い。

十月二十日　日曜日

朝日の原稿、遅々として進まない。風邪気味のせいだろうか。

クンデラの『生は彼方に』を読了。悪くはない。おそろしく論理的な小説だ。代表的な表現のスタイルである叙情詩に内在している宿命的な先祖返り的傾向（反動化）の指摘はなかなか当を得たものだ。ぼくなら《群化作用》と規定する。政治の全体主義的傾向との連繫は、いわば内的必然なのである。この小説は、共産主義政権が確立していく戦後のプラハに生まれ、そして死んでいった一人の叙情詩人の物語だ。叙情詩人であるという以外に、彼に罪はない。メフィストフェレスとは逆に、善をなさんと欲しながら、卑小な裏切りを重ねるだけで死んでいく。まさに裏返しの教養小説である。あるいは教養小説のパロディである。

しかし小説としての魅力に今一つ欠けたところがある。たぶん作者と主人公の切り結びが弱いせいだろう。作者は主人公をもっと強く愛し、もっと強く憎まなければならないのだ。この調子では、読者を作者のアリバイ探しに専念する検事の立場に追いやりかねない。もちろんクンデラは完全犯罪に成功するだろう。アルテュール・ランボーが、パリの五月革命の嵐のなかを駆け抜ける！
クンデラによる《群化機能》が顕著な詩的語彙集。
［日暮れ……バラ……草叢の上の露……星……闇……はるかな音色のメロディ……母親……懐しい家庭……小川……銀……虹……愛……「ああ！」……］
まさに演歌の語彙集である。古今東西を問わぬこの普遍的な叙情の法則には驚くより他はない。

十月二十四日　木曜日
昨日、紀ノ国氏ともども西武デパートのレジャー用品部の連中と会う。『チェニジー』の製造販売が決定する。妙な気分だ。
風邪気味のせいか、「朝日」の仕事がいっこうにはかどってくれない。

十二月六日　金曜日
約一ヶ月半にわたる長い中断。しかし怠けていたわけではない。「朝日」の原稿を書きあげたし、「読売」の《タバコをやめる方法》も書きあげた。それに「海燕（かいえん）」のインタビュー約四十五枚も、ほとんど書きなおしに近い作業だった。考えてみると、最近にない生産量かもしれない。おまけに今、丸谷才一の「たった一人の反乱」の英訳版の推薦文をまとめ終えたところ。昨夜千枚分を一気に読みあげ、さっそく仕上げたのだから、われながらアッパレである。他に原文のままの発表はないはずだから、いちおう控えをとっておこう。

英訳『たった一人の反乱』推薦文

安部公房

ふと巨大な動物園のなかに迷い込んでいた。とりわけ奇妙な檻（おり）の前だ。遠近法を欠いたパステルカラー調の照明のなかで、陰影がないのに異様に鮮明な輪郭をもった動物たちが、つぎつぎ危険な刃渡りの芸を披露してくれている。一人も死人がでないピカレスク劇のようでもある。扮装（ふんそう）こそ違え、動作も顔立ちも全員瓜（うり）ふたつで、不気味な既視感がみなぎっている。檻のわきの表示を見ると、『霊長類、ひと科、現代日本人』と書いてあった。見物しながらいつの間にやら見物されていた。

今年残された仕事は、あとフランスの雑誌の巻頭エッセイ。『密会』について……それからＮＨＫの中村君と、来年のプランについての話しあい。明七日はスエーデン・テレビに出演。九日は「読売文学賞」の予選、そのあと七時からソ連のノーボスチ通信の正月用インタヴュー。

ぼくらしくない多忙さ！

［1985. 10. 13 ― 12. 6］

もぐら日記 Ⅲ

一九八九年三月二十五日　日記を再開する。

この間、多くのことがあった。『友達』がスェーデンで映画化され、受賞した。『方舟さくら丸』が、ソ連、中国で翻訳され、クノップとガリマールで出版された。まだ本を受け取っていないが、イタリーでも出版されたそうだ。さらにガリマールでは、『友達』が同時出版された。

現在、あたらしい小説『スプーンを曲げる少年』が約１００ページになったところ。

『もぐら日記』第Ⅲ部は、クレオール文化についてのメモになるはずだ。

〔1989. 3. 25〕

死に急ぐ鯨たち　解説

養老孟司

　安部公房は論理的な作家である。理科的と言ってもいい。理科的な作家も、いままでは何人かいる。しかし、安部氏ほど、まったく理科的な思考をする人は珍しいのではないか。文科系には、数学なら因数分解もダメだと言う人が多いが、安部氏は数学が好きだ、と自分でも言う。もっとも、だからといって、作品の中に数式が出てくるわけではない。

　安部氏とは、二日にわたって、対談をしたことがある。そのときの印象から二人で出した結論は、安部氏が実験室にこもり、私が小説を書くべきだ、というものだった。私の方はその気がないが、安部氏はもともと実験室むきの才能をお持ちである。安部式の自動車のチェーンすら存在する。それを、読者はご存じであろうか。

『死に急ぐ鯨たち』という文章は、私が鯨の集団自殺に興味を持っていることを知った人に教えてもらった。これ自体は短い文章だが、ここでは、鯨の集団自殺が、「可能性としての死」に怯える鯨の行動と解釈されている。それがもちろん、核時代の人間の姿と重ね合わせになる。古くは陸棲動物であった鯨が、溺死するのではないかというパニックに襲われて集団自殺する。こうした先祖がえりの感覚は、安部氏の小説の中にも登場する。水棲となって生き延びる未来の人間の中に、「どうしても空気が恋しくなるやつ」がいる。そいつが、「風の音を聞きに陸地に上がって、空気に溺れて死んでしまう」。これでは、理科的というより詩人風だが、『死に急ぐ鯨たち』に見られるように、理科の論理と不安という情念の結合が、安部氏の作品の基調音をなしているように思えてならない。それが不思議な世界を作り出す。

安部氏には、不安を描こうとする傾向がある。氏の世界では、あの巨大な鯨ですら、自分が不安なのである。不安は、人間の根源的な情念の一つである。したがってそこでは、しばしば不安が先行し、あとからその解釈が生じる。解釈とは論理的なものでなければならず、したがって安部氏の理科的な才能が、そこで開花するらしい。氏の小説が、外国でもよく読まれるについては、この「論理性」が大きく関わっているに違いない。

『死に急ぐ鯨たち』に集められた文章と対話は、文明批評でもあり、著者自身による作品の解説でもある。安部氏には、小説以外のこうした著作はあまりないから、作家安部公房の思考を知るために、興味深く、重要な書物である。いずれの文章も読みやすく、決してむずかしいものではない。ここに載せられた六つのインタビューからも、それはよくわかるであろう。これらのインタビューは、『方舟（はこぶね）さくら丸』のような近年の作品のよい解説にもなっている。もっとも「作者の解説を必要とする類（たぐい）の読者は、いずれよき読者ではありえないのだ」、と著者は言う。

『死に急ぐ鯨たち』の中に、文明批評と解説と、そのどちらの面を読みとるかは、読者の好みに任される。しかし、両面に共通するモチーフが明らかに認められる。それは、作家安部公房の八〇年代の半ばの思考を、よく示しているはずである。そのキイ・ワードは、最初の『シャーマンは祖国を歌う』の中に、ほとんど表われる。この文章の副題は「儀式・言語・国家、そしてＤＮＡ」である。これを、この書物全体のキイ・ワードと考えてもよいであろう。

　作家が言語を重んじる。それは、当然である。しかし、言語を手段として徹底的に振り回すわりには、言語そのものに対する意識が欠ける。そういう作家が多い。それに反して、『シャーマンは祖国を歌う』に述べられる、安部氏の言語論は興味深い。それ言語を論理的、分析的に、正面から扱おうとする。もっともこうした分析癖は、『サクラは異端審問官の紋章』の中で、ご本人が分析について書いているように、作家自身にとって好ましいとは限るまい。

『シャーマンは祖国を歌う』の中で、安部氏はパブロフ、チョムスキー、ローレンツの三人を参考として挙げ、自身の言語論を展開する。動物の行動は、「閉じたループ」を作る。つまり特定の入力があると、特定の出力が生じる。したがって、入力から出力までの「ループ」には、どこにも抜け穴がない。ところが人間では、そのループが「開いて」しまう。すなわち言語という形で、ゆえにまたその結果として、個々別々に、ループが開いてしまうのである。これは卓見である。

言語をこのように見なす。これは、いかにも作家らしい。言語の世界が、「ループが開かれることによって」生じることほど、作家にとって重要なことはないであろう。さもなければ、文学とは、閉じた世界の中での「言語いじり」になってしまうからである。

自然科学的には、脳は客観世界である外界に「開く」。感覚と運動という、二つの入出力口で、脳は外界に連絡する。要するに、その脳の機能の一部が、言語ではないか。自然科学者なら、そう考えるのが普通であろう。こうして言語は、自然科学思考によって脳に閉じ込められる。それを敢(あ)えて「開こう」とすれば、外界を当てにするしかない。だから自然科学は、外界の事物に関する「実証」一点張りなのである。ところが人間は、自然科学以前から、ちゃんと文学を持っているではないか。それなら文学とは、いったいなにか。

「作家」安部公房は、そうした自然科学流の暗黙の前提を、みごとに逆転させる。それが逆転するのが人間なのだ、と。ループは外界ではなく、「ことばという内」に開くのである。こうして、世界は外から内に反転し、言語による世界が大きく広がる。ここでは「認識は言語の構造そのもの」であり、「認識の限界は言語によってのみ」知られる。だからこそ、著者は言う。「その作品によってはじめて成立可能な世界の創造、それが文学の存在理由だ」、と。

この書物の中では、小林恭二のインタビュー『破滅と再生　2』の一部で、言語論がさらに繰り返される。認識の限界と言語、アナログのデジタル化の問題が、ここで触れられている。安部氏の言語論は、これにとどまらない。ここには載せられていないが、日本語をクレオールではないかと見なす議論も、その後に発表されている。クレオールとは、母国語を異にする子供たちが集まると、自然に作り出される、どの既成の言語とも異なった新しい言語である。

シャーマンは祖国を歌う。安部氏はこれを、「分化」に対する「集団化」という、ことばの一方の機能と見なす。これに、儀式が結びつくことになる。「祖国を歌う」ことによって、ことばは集団化の機能を果たす。もちろん、「集団化は、かならずしも否定面ばかりではない。それどころか、種としての目的遂行には、欠かすべからざる本能」である。だが、こうした集団化の傾向に、安部氏はほとんど本能的に抵抗するようである。そこに、人間においてはじめて開かれたことばの世界が、ふたたび大きく閉じようとする可能性を見るからであろう。集団化の問題は、『破滅と再生 2』の中で、さらに詳細に展開される。

この「反集団化」のモチーフもまた、安部氏の小説を底流する。それは、青春期の若者が、これから入って行かねばならない社会に対して抱く、漠然(ばくぜん)たる不安に似ている。いったん社会に取り込まれれば、自分もまたやがて変質せざるを得ない。それは、現在生きている自分の消失、あるいは究極には破滅にほかならない。そうした自我の不安、それをたとえば、東欧の若者たちは、敏感に見てとっていたはずである。東欧の「社会」は、どう見ても、若者が喜んでそこに入っていくような種類のものではなかったからである。安部氏の作品は、いわば隠喩(いんゆ)として、そうした社会に落ち込んで行こうとする人間の不安を、鋭く描写する。だからそこでは、安部氏の小説がよく読まれたのであろう。

『死に急ぐ鯨たち』に含められた文章では、じつにさまざまな主題が論じられている。『地球儀に住むガルシア・マルケス』のような作家論なら、作家としてあるいは当然かもしれない。しかし、それに加えて、廃棄物からワープロ、右脳を刺激するためのワサビの話、『核シェルターの中の展覧会』のような音楽、美術批評、ついには時空の問題。

個人的に私は、『核シェルターの中の展覧会』に興味を引かれる。ここでは、美術や音楽という、文学以外のジャンルをどう考えるか、あるいはオリジナルとコピーの関係について、作家安部公房の思考が明らかにされている。「時間軸と空間軸でグラフを描けば」というのは、いかにも「理科系」らしいが、そういう整理をすれば、小説は美術と音楽の中間に位置する。しかし、表現の形式で考えれば、小説はぬきんでてデジタル的だという。芸術を一言でまとめれば、こういうことになるのかもしれない。『死に急ぐ鯨たち』に表われる、さまざまな発言は、一見サラリと論じられているが、丁寧に読んでみると、いくつかの重要な視点を指していることがわかる。それをどう読み取るか、それが読者としての善し悪し(あ)ということになろうか。

(平成三年一月、解剖学者)

※この解説は平成三年刊行の『死に急ぐ鯨たち』(新潮文庫)に寄せられた解説を再録したものです。

死に急ぐ鯨たち・もぐら日記　解説

鳥羽耕史

一九八六年九月に安部公房は『死に急ぐ鯨たち』を新潮社から刊行した。雑文を書かないことをモットーにした安部が残した、数少ない評論集の一つである。辻修平の装幀(そうてい)で、自ら撮った写真を五点入れた。荒涼とした海辺の荷車の後は安部が好んだゴミ捨て場の写真が三点続き、タイトーの「ウエスタンガン」という一九七五年発売のアーケードゲーム、和式便器、冷蔵庫のようなものが見える。最後は片手を上、片手を横に上げる人の姿が描かれた壁の写真だ。文章の内容は、日米仏の新聞・雑誌に発表したコリーヌ・ブレ、栗坪良樹、小林恭二によるインタビューと講演、エッセイをまとめたものである。

一九八〇年代は、安部公房のノーベル文学賞受賞への期待が高まっていた時期だった。一九七〇年代に演劇グループ「安部公房スタジオ」の活動をサポートした堤清二の西武百貨店、担当編集者という以上のつきあいだった新田敞(ひろし)の新潮社が、受賞のアシストになるような活動をしていた。具体的には、堤清二、新田敞に西武美術館館長の紀国憲一を加えたメンバーとの一九八五年六月の北欧五ヶ国旅行と、スウェーデンの監督シェル＝オーケ・アンデションを起用しての『友達』の映画化（一九八九年）である。そうした根回しが進んでいた中で編まれた『死に急ぐ鯨たち』には、「国際作家」としての安部を感じさせる要素が多分に含まれている。

まず、巻頭に置かれた「なぜ書くか……」は、フランスの新聞『リベラシオン』一九八五年三月増刊号のアンケート回答で、世界の四百人の作家を国別に分けて掲載されたものだ。日本からは他に遠藤周作、深沢七郎、村上春樹、村上龍、大江健三郎、瀬戸内晴美（寂聴）、谷川俊太郎がコメントを寄せている。「子午線上の綱渡り」と「明日の新聞」を読む」は、ともにフランスのジャーナリストであるコリーヌ・ブレによるインタビューだ。前者は「安部公房の最新のフロッピーディスク」の題で『リベラシオン』一九八五年三月二十七日号に、後者は「健康という名の病気」の題でフランスの『ロートル・ジュルナル』一九八六年四月九日号に、「テヘランのドストイエフスキー」（『朝日新聞』一九八五年十二月二日・三日夕刊）と併せて掲載された。一九八五年から一九四一年を回想した問題提起が、フランスでも現代でも同じように通用することに驚かされる。

表題作の「死に急ぐ鯨たち」も、アメリカで出版予定の*Belief in Action*に収録の予定で書かれたが出版されなかったものだ。「サクラは異端審問官の紋章」は一九八一年十一月一日の『ワシントン・ポスト』にドナルド・キーンの英訳「桜の暗黒面」として掲載され、原文は二十日の『朝日新聞』夕刊に発表、二十二日にはイギリスの『ガーディアン』にも転載された。「シャーマンは祖国を歌う」は、一九八五年十月八日から九日にかけて大阪商工会議所国際会議ホールで開かれた第六回国際シンポジウム「人間と科学の対話」の初日の基調講演「技術と人間」を改題したもので、同年十月二十八日から十一月六日の『毎日新聞』に掲載された。これも国際的な舞台での発表ということになる。

また、「地球儀に住むガルシア・マルケス」は、「ガルシア・マルケスをめぐって」の題で一九八三年四月の『イベロアメリカ研究』に掲載された。これは同年一月十三日に上智大学で行われたマルケスのノーベル賞受賞記念講演の原稿である。前年にマルケスのノーベル文学賞受賞が決まった夜、安部は『読売新聞』に原稿を頼まれ、迷っているうちにタイミングを逸していた。安部は一九八三年十月にもＮＨＫ教育テレビでマルケスについて話しており、日本のノーベル文学賞候補者としてのコメントを期待されていたことが窺(うかが)える。一九九〇年には、来日したマルケスと面会を果たした。

「右脳閉塞症候群」は一九八〇年一月三十一日の『読売新聞』夕刊に掲載された「'80年代の文学　小説の新しさ」に大きく加筆修正したもので、角田忠信『日本人の脳　脳の働きと東西の文化』（大修館書店、一九七八年）での右脳論に基づく議論を展開している。「タバコをやめる方法」は一九八六年一月十四日の『読売新聞』夕刊に掲載された。「錨なき方舟の時代」は『すばる』一九八四年一月号、「破滅と再生　1」は『すばる』一九八五年六月号に載った、青山学院女子短期大学教授だった栗坪良樹によるインタビューである。「破滅と再生　2」は『海燕』一九八六年一月号に載った、作家の小林恭二によるインタビューだ。

「核シェルターの中の展覧会」は『芸術新潮』一九八五年四月号に掲載された。雑誌ではさまざまな芸術作品の図版が掲載された他、大きな違いとして、ドゥエン（ドゥエイン）・ハンソンの名を挙げていたのを、単行本に収める際に（ジョージ・）シーガルに替えている。両者とも生きている人間で型を取る点は共通しているが、着色して洋服を着せ、人間そっくりに仕上げるハンソンから、白い石膏像をつくるシーガルに変更したのだ。木下直之『美術という見世物　油絵茶屋の時代』（平凡社、一九九三年）で紹介された生き人形にも近いハンソン作品より、人体の形だけ模して白く抽象化してあるシーガル作品の方が、安部の好みに合ったのだろう。一九八七年に『友達・棒になった男』を新潮文庫に収めた際には、カバーにシーガル《THE BILLBOARD》という看板を塗る男の彫刻を用い、一九八九年に『緑色のストッキング・未必の故意』を新潮文庫に収めた際にも、カバーにシーガルの《BOX: THE OPEN DOOR》というコートの男がドアを開けている彫刻の白いドアを緑色に着色して用いており、一九八六年以降のシーガルへのこだわりが感じられる。それ以前、一九八一年元日の『読売新聞』に掲載された「そっくり人形」で言及される着色されたスーパー・リアリズムの人形は、おそらくハンソン作品のことだろう。

「もぐら日記」は一九八五年五月十二日～十月十三日、「もぐら日記 Ⅱ」は同年十月十三日～十二月六日、「もぐら日記 Ⅲ」は一九八九年三月二十五日に執筆されており、Ⅲ以外は『死に急ぐ鯨たち』収録作と重なる時期である。「もぐら日記」のかなりの部分が「シャーマンは祖国を歌う」の元になったシンポジウムの準備に関わるものであり、「もぐら日記 Ⅱ」には終了後の感想も記されている。もちろん日記の名の通り、安部の生活を窺わせる部分もある。一九八〇年四月から、安部は調布市若葉町の自宅に住む妻の真知と別居し、芦ノ湖（あしのこ）を見下ろす元箱根の山荘を仕事場兼住居にした。『死に急ぐ鯨たち』に収められた文章と同じく、「もぐら日記」も山荘に据えられたデスクトップのワープロ（文書作成機能だけのコンピューター）の記憶媒体であるフロッピーディスクに残されたものだ。五月十二日から九月十二日までのプリントアウトは新田敞から『新潮45』編集部に渡っていたが、安部の許可が下りず掲載できなかったということだ。しかし一度は編集者に渡したので、発表の意志がなかったとは言えないだろう。九月十四日以降は、生前、人目に触れなかったものと思われる。以下にいくつかの注釈を入れておこう。

五月十三日と十六日の『萬葉集とその世紀』は、安部が審査委員だった日本文学大賞学芸部門の候補作だった可能性がある。受賞作は十九日に電話してきたキーンの『百代（はくたい）の過客』である。六月二日と三十日に言及のある北欧旅行は前述のもので、一泊したパリでフェリックス・ガタリに、ストックホルムでシェル＝オーケ・アンデションに会っている。八月二日に批判されている哲学者は、前夜のＥＴＶ８「戦後を問う」に出演した中沢新一である。安部公房とポストモダン思想の相性が悪かった一例と言えるだろう。八月十四日の日航機墜落事故への関心は、「破滅と再生　２」にも反映されている。八月二十日には「テヘランのドストイエフスキー」を書きかけていたことがわかる。八月二十三日に昼食をとっているのは芦ノ湖畔のレストランブライトで、安部の行きつけだった。八月二十五日後半のコメントはシェル＝オーケ・アンデションによる『友達』シナリオに対するもので、二十八日と「もぐら日記 III」にも言及がある。九月四日の新田氏はもちろん新田敞。九月十一、十四日の『スプーン曲げの少年』は未完のまま残され、没後出版の『飛ぶ男』になる。九月十八日にドナルド・キーンと宇佐美で夕食したのは、おそらく吉長というお気に入りの活魚料理店であろう。店の案内には、「初春や吉日めでて長く飲む」というドナルド・キーン、「山を越えて吉長を食べにくる」という安部公房の色紙の文字が印刷されていた。十月十七日の「張り込み」とは、ノーベル文学賞受賞の場合にコメントを取ろうとしていた記者たちのことだ。「紀ノ国氏」とは西武美術館館長の紀国憲一のことで、二十四日にも言及されるチェニジーは安部が発明したタイヤチェーンの商品名である。十二月六日、丸谷才一『たった一人の反乱』推薦文の掲載は確認できず、ハードカバー版のジャケットに「"A circus ... of the picaresque" —— Kobo Abe」と載ったのみである。「フランスの雑誌」は前述の『ロートル・ジュルナル』のことで、国際的な注目の高さを感じさせる。

『死に急ぐ鯨たち』と「もぐら日記」からは、箱根に隠棲(いんせい)しながら世界で活躍していた一九八〇年代の安部の姿が見えてくる。安部のパブロフへの関心は初期から一貫しており、この時期にはチョムスキーの生成文法やローレンツの動物行動学にも注目しながら、言語を生理学的に捉えようとする探究を続けていたこともわかる。「クレオール文化についてのメモになるはず」だった「もぐら日記 Ⅲ」が書き継がれなかったのは残念だが、安部はクレオールを「学習無用の普遍文化」としてのアメリカ文化と共通するものと考えていたらしい。そうした普遍性への志向は、オリンピックや靖国神社におけるナショナリズムへの強い嫌悪とセットになったものであった。

本書は『方舟さくら丸』の自作解説であり、『飛ぶ男』の構想と執筆過程を見せるものでもある。楽屋裏を見せたがらなかった安部には稀有な書となった。これらの小説と本書を併読することで、作品には表れなかった安部の思考をたどってみるのも面白いのではないだろうか。

（二〇二四年七月、文学研究者）

この作品は平成三年一月新潮文庫より刊行された『死に急ぐ鯨たち』に、『安部公房全集28〔1984.11-1989.12〕』に収録されている「もぐら日記」「もぐら日記 Ⅱ」「もぐら日記 Ⅲ」を新たに追加したものである。文庫化にあたっては全集版を底本とし、明らかな誤記誤植と思われる箇所は直した。

【読者の皆様へ】

本書収録作品には、今日の人権意識に照らし、不適切な語句や表現が散見され、それらは、現代において明らかに使用すべき語句・表現ではありません。

しかし、著者が差別意識より使用したとは考え難い点、故人の著作者人格権を尊重すべきであることという点を踏まえ、また作品の歴史的文学的価値に鑑み、新潮文庫編集部としては、原文のまま刊行させていただくことといたしました。

決して差別の助長、温存を意図するものではないことをご理解の上、お読みいただければ幸いです。

※連絡がとれない著作権者の方が一部いらっしゃいました。お心当たりのある方は、新潮文庫編集部までご連絡いただければ幸いです。

（新潮文庫編集部）

安部公房著　無関係な死・時の崖

自分の部屋に見ず知らずの死体を発見した男が、死体を消そうとして逆に死体に追いつめられてゆく「無関係な死」など、10編を収録。

安部公房著　R62号の発明・鉛の卵

生きたまま自分の《死体》を売ってロボットにされた技師の人間への復讐を描く「R62号の発明」など、思想的冒険にみちた作品12編。

安部公房著　人間そっくり

《こんにちは火星人》というラジオ番組の脚本家のところへあらわれた自称・火星人——彼はいったい何者か？　異色のSF長編小説。

安部公房著　燃えつきた地図

失踪者を追跡しているうちに、次々と手がかりを失い、大都会の砂漠の中で次第に自分を見失ってゆく興信所員。都会人の孤独と不安。

安部公房著　砂の女　読売文学賞受賞

砂穴の底に埋もれていく一軒屋に故なく閉じ込められ、あらゆる方法で脱出を試みる男を描き、世界20数カ国語に翻訳紹介された名作。

安部公房著　箱男

ダンボール箱を頭からかぶり都市をさ迷うことで、自ら存在証明を放棄する箱男は、何を夢見るのか。謎とスリルにみちた長編。

カフカ
高橋義孝訳
変　　身

朝、目をさますと巨大な毒虫に変っている自分を発見した男――第一次大戦後のドイツの精神的危機、新しきものの待望を託した傑作。

カフカ
前田敬作訳
城

測量技師Kが赴いた〝城〟は、厖大かつ神秘的な官僚機構に包まれ、外来者に対して決して門を開かない……絶望と孤独の作家の大作。

カフカ
頭木弘樹編訳
絶望名人 カフカの人生論

ネガティブな言葉ばかりですが、思わず笑ってしまったり、逆に勇気付けられたり。今までにはない巨人カフカの元気がでる名言集。

ガルシア＝マルケス
野谷文昭訳
予告された殺人の記録

閉鎖的な田舎町で三十年ほど前に起きた幻想とも見紛う事件。その凝縮された時空に共同体の崩壊過程を重層的に捉えた、熟成の中篇。

カミュ
窪田啓作訳
異　邦　人

太陽が眩しくてアラビア人を殺し、死刑判決を受けたのちも自分は幸福であると確信する主人公ムルソー。不条理をテーマにした名作。

P・オースター
柴田元幸訳
孤独の発明

父が遺した夥しい写真に導かれ、私は曖昧な記憶を探り始めた。見えない父の実像を求めて……。父子関係をめぐる著者の原点的作品。

死(し)に急(いそ)ぐ鯨(くじら)たち・もぐら日記(にっき)

新潮文庫　あ－4－23

令和六年九月一日発行

著者　安部公房(あべこうぼう)

発行者　佐藤隆信

発行所　株式会社新潮社

郵便番号　一六二―八七一一
東京都新宿区矢来町七一
電話　編集部(〇三)三二六六―五四四〇
　　　読者係(〇三)三二六六―五一一一
https://www.shinchosha.co.jp

価格はカバーに表示してあります。

乱丁・落丁本は、ご面倒ですが小社読者係宛ご送付ください。送料小社負担にてお取替えいたします。

印刷・株式会社光邦　製本・株式会社大進堂

ISBN978-4-10-112127-7 C0195